临江仙

上册

仲恒 吕佳慧 改编

北京联合出版公司
Beijing United Publishing Co.,Ltd.

下册

第十五章	入俗世	255
第十六章	众生态	277
第十七章	桃花源	302
第十八章	尝万苦	321
第十九章	黄粱梦	338
第二十章	疑窦生	351
第二十一章	因果絮	364
第二十二章	前尘事	378
第二十三章	姻缘劫	395
第二十四章	战事起	410
第二十五章	入瓮计	427
第二十六章	声声慢	441
第二十七章	一日欢	456
第二十八章	祸乱起	470
第二十九章	困孤局	484
第三十章	许平生	495

目录

上册

楔子		1
第一章	曾相识	3
第二章	凡世缘	13
第三章	九重天	27
第四章	个中人	45
第五章	遇白蛇	63
第六章	旧事现	84
第七章	红莲孽	111
第八章	险象生	131
第九章	度千劫	148
第十章	方寸地	166
第十一章	伊人归	189
第十二章	罗浮梦	211
第十三章	两心离	224
第十四章	论道心	241

楔子

天地混沌，鸿蒙生其中，以身为界，开天辟地，阳清为天，阴浊为地，天数极高，地数极深。

鸿蒙神主，垂死化身，气成风云，声化雷霆，四肢五体为四极五岳，血液为江河，筋脉为地里，肌肉为田土，发为星辰，皮肤为草木，齿骨为金石，精髓为珠玉，汗流为雨泽，眼中精气再分阴阳，浊冷为阴，清炙为阳，各据南北，化为二神——大成玄尊白九思、四灵仙尊花如月。另有一缕浊气，流窜于世间，侵魂蚀心，生贪、嗔、痴、慢、疑。

二神承鸿蒙灵祉，受天地滋长，同源同宗，此消彼长。岁不知几何，万物消长，神、凡有别。

数万年后，为度情劫，二神结为夫妻，下凡历练，却不知数百年间历经何事，使得两人死生相搏，不灭不休。

九重天的丹霞境天姥峰广场上弥漫着一股肃杀之气。白九思手持长剑，剑身散发着冷冽的寒光，剑尖微微颤动。他眼神冷傲而凌厉，一步步向高台走去。

花如月满身狼狈地跌倒在地，身影在风中微微颤抖，面色惨白，绝望而空洞的眼神直射入虚空。

"白——九——思！"花如月握紧逐日剑缓缓转头，眼中落下血泪，仇恨的目光如有实质一般刺向身后人。

突然，长剑带着凌厉的剑气，如一道闪电般直刺白九思的胸口。她的剑势灵动而迅猛，剑光如飞舞的蝴蝶，却又带着致命的杀气。

白九思反应极快，他手中的契月剑瞬间化作一道流光，与花如月的逐日剑相撞。两剑相接，灵力瞬间爆开，周围的空气仿佛被撕裂，发出轰的一声巨响。强大的冲击波瞬间将广场上的石板震得四分五裂，碎石飞溅，尘土飞扬。剑光闪烁，灵力四溢，天姥峰的空气中弥漫着浓重的杀气，每一次剑光的碰撞都发出清脆而刺耳的声响，仿佛两人内心深处的不甘与愤怒在相互碰撞。

花如月的剑势越来越急，逐日剑在空中划出一道道弧线，招招凌厉，带着对白九思的深深恨意。两人缠斗在一处，全然是搏命之姿。

逐日剑与契月剑又一次强硬地碰撞，随着逐日剑的嗡鸣，花如月的身体被震得向后飞去，她重重地摔落在地，喷出一口鲜血。

白九思缓缓地走向她，剑尖指向她的咽喉，冷冷地说道："花如月，掠夺仙器，抢占福地，你可认罪？"

然而，花如月突然笑了，笑得眼泪直流。她的笑声中带着一丝凄凉和绝望："白九思，有罪的是你才对！"

话音刚落，花如月缓缓闭上双眼，身体突然爆发出一股强大的灵力，她的身体瞬间化作无数碎片。

"阿月！停下！"白九思弃剑去捞。

那些碎片在空中飞舞，穿过他伸出的手掌，最终全部消散在风中。

三百年时光匆匆流逝，上穷碧落下黄泉，大成玄尊再也没能寻到四灵仙尊一丝一毫的踪迹。

第一章
曾相识

李青月是玉梵山净云宗太苍峰青阳真人座下的一名女弟子,现任净云宗守山弟子——俗称"看大门的"。她为人不低调也不张扬,不聪慧也不愚笨,不好看也不丑陋,不软弱也不刚强,相貌平平,资质平平,不好不坏,不上不下,是个不让人讨厌也没什么人喜欢的存在。

她八岁入山门,至今十一载,仍在存思练气、锻打肢节,进度嘛,属于赶出门去有些可惜但留下来也浪费粮食的。

就连她的师父青阳真人,不翻弟子名录,也记不起自己还收过这样一号弟子。旁人,更是对她没多大印象。这样的人,本该留在山门再虚度些时日,熬个一二十年,用实力证明师父当年收她为徒纯属酒后瞎眼,然后看在她这些年实在没能耐犯下什么大错的情况下,将她赶出修仙道,去外门做个俗家掌事,一辈子和瓜果菜蔬、鸡鸭鱼肉打交道,也算是物尽其用,为门派尽一份心。

谁也没指望她会有什么出息。她自己应该也是如此想。没承想,一朝不慎为美色所误,她竟然成了整个门派的香饽饽。

这件事还得从阴莲宗妖女曲星蛮闯净云宗的山门说起。

一滴雨落在李青月的眉心,她睁开眼,懊恼地抬头看去。头顶的光盾缺了一角,摇摇欲坠。她的手指轻轻触碰光盾,指尖玄光一闪即逝,显得有些不太灵光。

噗的一声,头顶光盾彻底消失,雨水毫无阻碍地打了下来,淋了李青月一脸。她的头发被雨水打湿,贴在脸颊上,显得有些狼狈。

一旁同样在守门的张酸扭头看她一脸雨水的样子,嫌弃地皱了皱眉。他的手指轻轻一挥，一道光盾在李青月的头顶撑开。

李青月一喜，扭头向张酸看去："谢谢师兄。"

张酸却不看她，神色依旧冷冰冰的，正视前方，安心守门："明日早起练功。"

李青月的脸一垮，不情不愿地"哦"了一声。她擦干了脸，打算照往常一般尽一尽守门弟子的本分，呆立着不动，保持仙风道骨，这一天也就过去了。

谁料变故总是来得突然，一道紫色身影直逼山门而来，刚好挑中了李青月所在的方向。

李青月这柄剑，十一年里做过扁担，当过拐杖，陪着主人装模作样，就是未曾出鞘御敌。这有人冲山门的祸事，李青月也是第一次遇上，手忙脚乱之下差点儿把剑扔出去。好在张酸是个见过世面的师兄，持剑在手，替李青月挡下了第一波冲击。

"何人胆敢擅闯净云宗？！"

紫色身影猛然停下，但也没停太久就飞速进山。李青月只来得及看清这是个颇具灵气的美人儿，就被对方一掌扇飞了。只能说，净云宗一向是个清净地界，不然李青月也没法在守山门的岗位上混这么久。

张酸颤抖着手捡起自己被打飞的佩剑，眼里盛满黯然。但他随即振作起来，嘱咐李青月藏好，自己则赶去敲钟，通知门人山门已破，有人闯山。

李青月灰头土脸地爬起来，思索再三，还是拎着自己的佩剑追着那道紫色身影而去。

鸿蒙大殿前广场。

蒙楚身姿笔挺，长跪不起。他的身影在雨中显得格外孤寂，雨水顺着他的脸颊滑落，显得有些凄凉。

吕素冠站在蒙楚身旁，撑着纸伞，为他遮雨，自己的半个身子却暴露在雨中，雨水倾打，衣带沾湿。她的脸上带着一丝担忧，眼中满是对蒙楚的关心。她的手指紧紧握着伞柄，仿佛在努力压抑内心的不安。

鸿蒙大殿大门洞开，低沉的声音传来："蒙楚，你可知错？"

蒙楚抬头，雨水顺着他锋利的下颌线缓缓滚落。他的眼神中没有一丝畏惧，反而透着一股倔强："弟子不知。"

紫阳真人的声音中带着一丝怒气："孽障！蒙昧无知，冥顽不灵！"

一道神光从鸿蒙大殿内轰出，击在蒙楚身上！蒙楚身子一震，呕出一口血来。

吕素冠惊呼一声，抛掉雨伞，扶住蒙楚。她的声音中带着一丝哭腔："师兄！"

蒙楚深吸一口气，压下喉间血气，再次跪直，梗着脖子，一言不发。

"你乃我名下首徒，是三千弟子的首座师兄，是我净云宗耗费仙资竭力培养的下一任掌门人选。你却不思静修，勾结邪道妖人，痴恋阴莲宗妖女，善恶不分，正邪不辨，你还敢说你不知错？"

净云宗掌门紫阳自鸿蒙大殿中飞身出来，面色严肃，紧紧盯着跪在广场中央的蒙楚。

"阿蛮生性良善，并非师父口中的邪门妖女。"蒙楚终于开口，只是这番回答使得紫阳的脸色越发阴沉。

紫阳的声音中带着一丝悲痛："蒙楚勾结邪宗，犯我门规，本座今天要清理门户！"

吕素冠惊慌失措，跪地哭求："掌门息怒！师兄只是一时糊涂……"

曲星蛮闯入山门广场时，所见正是净云宗众弟子摆开阵势，按次序而立，紫阳站在最前方的场面。蒙楚一身雨水，胸前血迹斑驳，明显受了罚。曲星蛮二话不说就护在蒙楚身侧，一袭紫衣，周身魔气萦绕，与净云宗众人对峙起来。

李青月速度太慢，赶到时这对峙的局面已成，她只好偷偷溜进队尾。早些到的张酸不动声色地挡在她身前。

"师父，阿蛮只为寻我，并非要对净云宗出手。"蒙楚起身，拦在曲星蛮身前，话语中明显有维护之意。

紫阳好不容易培养出蒙楚这么一个未来掌门人，眼见这孩子要出息了，净云宗后继有人，结果他偏偏痴恋魔道阴莲宗妖女。紫阳刚才连清理门户的架势都摆出来了，也没能听见蒙楚认一句错。如今这妖女打上门了，他还当着全门派的面为她说情，紫阳气得嘴都歪了。

"蒙楚，你是要为这妖女与净云宗为敌吗？"

"你才是妖女呢！你全家都是妖女！"曲星蛮一手叉着腰，一手举着刀，冲着紫阳嚷嚷。

蒙楚拦住愤愤不平的曲星蛮，走向紫阳，重重地跪了下去，弯腰叩首："弟子心中有一疑惑。师父说弟子善恶不分、正邪不辨，敢问师父：何为善？何为恶？何为正？何为邪？"

"超凡向道则为善，人心颠迷则为恶，克己复礼则为正，肆意妄行则为邪。"

蒙楚环顾四周，眼见净云宗的弟子们列阵排开，一副大敌当前的模样，不由得冷笑一声，道："弟子还以为，胜者为善，败者为恶，强者为正，弱者为邪。"

紫阳听了，嘴倒是不歪了。李青月远远望过去，觉得紫阳师尊脑袋顶上冒黑烟了。一众弟子噤若寒蝉，都在暗自悬心大师兄接下来的处境。

唯有与蒙楚一起长大的吕素冠急急出列，又直挺挺地跪下："掌门息怒！师兄他只是一时糊涂……"

紫阳不为所动，号令众弟子诵经布阵，眼看是要拿出对抗大妖的架势封印蒙楚，废掉他的一身修为，这也算是杀鸡儆猴，清正门风。

门中诸人虽有不忍，但掌门发令，莫敢不从，他们只好结印布阵，须臾间金色法阵渐渐成型，向着蒙楚压去。

吕素冠急道："师兄！师兄，你快向掌门认错啊！"

蒙楚只将曲星蛮轻轻推出法阵的范围，而后直面师父，不肯再有行动。李青月作为守门弟子，没资格也没本事参与结阵，只好在旁边轻轻叹息，这蒙师兄倒是个坦荡的真情种。

曲星蛮眼见蒙楚不做反抗，终于忍无可忍道："蒙大哥，我带你走！臭老道，我敬你是蒙大哥的师长，一再忍让，你一口一个'妖女'也就算了，如今还真的要对蒙大哥动手，我今天就让你看看，什么是真正的魔道妖人！"说罢，她素手一招，一柄紫气缭绕的弯刀已提在掌中，寒光冷冽。

蒙楚阻止不及，曲星蛮已横刀劈向紫阳，魔气冲散了周遭刚刚凝结成的金光。净云宗弟子素日训练有素，立刻跃入场中，列成法阵，将曲星蛮困在其中。双方旗鼓相当，山门广场上一时间魔气缭绕，金光四起。

突然，曲星蛮用魔刀朝掌心一划，催动血咒，魔刀紫气暴涨，一刀劈散了法阵。阵中弟子闪避不及，纷纷被魔气扫中，跌倒在地。在旁观战的李青月险些被四散的魔气击中，张酸一把拉住她，迅疾带着她闪避开来。

紫阳厉声召唤："云阿！"

破空之声传来，一道虹光瞬息而至。紫阳持剑在手，顾不得掌门之尊，直接冲着曲星蛮逼去，剑势如山，有摧城之力。

曲星蛮大惊，立时后退，看着身边的净云宗弟子，计上心来。

吕素冠自小与蒙楚一同长大，心底认定是妖女勾引、迷惑了自己的师兄，此时她满脸恨意，不要命地向曲星蛮攻击，故而离她最近。

曲星蛮运气伸手，一道气流冲着吕素冠卷了过去。吕素冠也是机警，腾空闪避，径直躲到正在看热闹的李青月背后，一把将李青月推了出去。

不愧是修仙界"小透明"，李青月一时间只觉得身似腊肉，被曲星蛮抓在手里，当作护盾冲着云阿剑抛了过去。

"青月！"张酸惊呼出声，想要上前阻拦却来不及了。

那天，阳光明媚，风也温柔。李青月在空中画出一道优美的曲线，挺胸抬头，直直地撞上了云阿剑。"小透明"也是有优点的，比如不耽误故事进度。紫阳一点儿没犹豫地拔出云阿剑，继续劈向曲星蛮，打跑了这"千里抢夫"的妖女。

九重天上，神鸟长鸣，云海翻腾。藏雷殿重重宫门，飞檐斗拱，精巧异常。大殿深处，静室之中，眉目俊朗的男子一袭白袍盘膝打坐，双目微闭。突然，他似有所觉，微微蹙眉，缓缓睁开了眼睛，抬手放到心口处。他的眼神中带着一丝困惑，手指轻轻触碰着心口，仿佛在感受某种力量。片刻过后，他再度凝神闭目，继续释放灵力搜寻。无数灵力从他身上溢出，如同一张网向外延伸。

李青月醒来时，发现自己胸前的伤口已经愈合，只是还隐隐作痛。门派里医术最高的丹阳长老一向只接大活儿——只管救活，不管治好。胸口处破了个大洞的血衣还狼狈地挂在她身上，想来又是张酸师兄帮了她，只是到底男女有别，这衣服，他自然不好乱动。李青月慢慢缓了几息，四肢百骸才渐渐恢复知觉。

丹阳的话痨弟子蒋辩竟然来看李青月。他也不全然为了探病，主要是想看看这守山门的小师妹啥时候能轮值上岗。可看到李青月脸色灰败得像墓碑一样，他自然不好意思抓她守山门，只是八卦了一通便离开了。

命虽然保住了，但是这伤还是得再治治的，李青月连咳嗽带喘地去丹房拿药。偏巧最擅肺经的师姐就是将她推出去挡灾的吕素冠。

吕素冠跪在鸿蒙大殿的殿门前已经好几个时辰了。她的身影在微风中显得有些单薄，却透着一股坚韧。吕素冠的头发有些凌乱，几缕发丝贴在脸颊上，显得有些狼狈。她微微颤抖的手紧紧握着衣角，似乎在努力压抑内心的不安。

李青月一边咳嗽着，一边走过来："吕师姐？"

吕素冠目视殿门，看也不看她。

李青月斟酌着开口："吕师姐，我是青阳真人座下弟子李青月，昨日不小心为魔道妖人所伤，伤了肺腑。刚刚我去丹房拿药，值守的师姐说肺经一脉你最在行，要我来找你瞧病，瞧了之后，才能去拿药。"

"伤？"吕素冠终于木然地开口，声音嘶哑、干涩，几乎低不可闻。

"是！"

吕素冠眉心一蹙，怆然欲泣，看向紧闭的殿门："是啊，蒙师兄被困在升仙台，风吹日晒，不知受了多少苦，有没有什么旧伤复发。"

李青月一愣："啊？"

"掌门是不会理我了，我跪在这儿也无济于事，倒不如去看看他，也能陪他一陪。"吕素冠说罢起身离去，仿佛全然没见到身边的李青月。

李青月目瞪口呆，看着吕素冠离去的身影，无奈道："师姐？师姐？！"

后山小径。

李青月垂头丧气地走着，脸上带着一丝失落。

一只小鸟经过，一坨鸟屎从天而降，正巧落在李青月肩膀上。李青月气急败坏地捡起一颗石子，向那鸟儿打去！

一道神光袭来，将李青月的石子撞得粉碎。

上官日月笑着走过来："这是鹓鹐，是我师父亲自养的，你若是打了它，只怕我师父会拿你的内丹入药。"

"气色好多了。青月，你的伤好些了？"上官日月是丹阳长老的亲传弟子，出了名的好脾气，待人为温和、周到，门派众多师兄中数他名声最好。

李青月一喜："师兄，你记得我的名字啊。"她刚笑了一声，牵动伤口，又咳了起来。

上官日月探手入怀，拿出一瓶丹药："这是玄元丹，对你的伤势有益，给你吧。"

"多谢师兄。"

"掌门的云阿剑乃仙剑，非比寻常，你为云阿所伤，不能掉以轻心。除了玄元丹，还应配以金髓草，随丹服用，方能痊愈。"上官日月嘱咐道。

金髓草通体赤色，极好辨认，倒算不上名贵，但只生长在小秋山的峰顶，山路难行，想要采到得费些工夫。

"我很会爬山的！"

李青月白拿了上官日月的丹药，自然不好意思再让他帮忙采药，忙不迭地拒绝了上官日月的好意，背着自己的药篓子直奔小秋山。

刚到山脚下，李青月就傻眼了，不知道哪个脑子有浊气的人居然给眼前这座高耸参天、直插云霄的陡峰起名叫"小"秋山！

李青月只是个末流的炼气期修士，连驾云都不会，只好自力更生地往山顶爬。她没招谁没惹谁地爬了两日，终于在山顶找到了一棵长在峭壁之上的金髓草，没想到被旁边一只猴子用石头砸了一下。李青月一脚踏空，薅着猴子尾巴穿云破雾地坠入了深渊。

小秋山山谷里的风是慈悲的，草是心善的，泥土也是松软的。山谷中层林环绕，绿草如茵，繁花翠叶拥着一汪湖水，李青月被突如其来的神光托住，硬生生顿在湖面之上。神光凝结成冰，触手生寒。一白衣男子墨发如瀑，眉眼风流，指尖一丝灵光尚未消散，竟然从水面之上走了过来。

李青月目瞪口呆地看着白衣男子，一时不知道是先感慨他法力高还是先赞美他长得好。没等李青月想好，身下冰层却开始出现裂痕……

"仙友救命！我不会水！"

白衣男子大概从未被人抱过大腿，看着连滚带爬扑过来的李青月，眉头一皱，袖子一挥，就将李青月从湖面甩去了岸边。本就被拍在树上，好不容易才站稳的白毛小猴成了李青月的肉垫，脑袋上的白毛被压得凌乱起来。

李青月毫发无伤地站了起来，承了白衣男子的搭救之情，自然要正式拜谢。她整理衣衫，理顺鬓发，正打算行个大礼，旁边受了无妄之灾的白毛猴却暴起。它感觉凭着李青月自己是没法从湖面上砸过来的，于是认准了罪魁祸首，捡起一块石头就投了出去！

李青月本想上前推开白衣男子，没想到脚下一绊，直直地冲着白衣男子扑了过去。

那天，山谷里的蒲公英扬起一场飞雪，李青月的唇轻轻擦过白衣男子的脸颊，亲出来了一段令她倾家荡产的姻缘。

"玉梵山，净云宗，李青月。"李青月终于从白衣男子身上手忙脚乱地爬起来，后退一步，抱拳行礼。

"白九思。"白衣男子直直地望向李青月，忽而又垂眸，掩盖住眼底翻涌的复杂情绪，"你可有话对我说？"

"啊？说什么？"李青月顿时愣住，眼珠转了转，弯腰施礼，自信地再拜道，"多谢仙友救命大恩。"

白九思闻言却戾气骤生，语气也变得严厉起来："没了？"

李青月被吓得一个激灵，脑子立刻飞速运转，想起刚才亲了人家一口，心中豁然开朗。

"仙友，我既轻薄了你，必会对你的清誉负责，你且等我一日，我定会来寻你！"

李青月转过身便匆匆离开。

白九思盯着她找不准方向来回乱撞的背影，目光沉沉，似乎藏着千言万语:"阿月,我找到你了……"

李青月回到自己屋里,翻箱倒柜,将自己珍藏的话本子全都翻了出来,嘴里塞着草药认真钻研。

张酸一进门,就看见了心事重重、状若羊驼的李青月。

"师兄,你来得刚好,你可知聘礼一般得多少?"

"不修仙了?要嫁人?"张酸皱着眉,默默藏起了手中的金髓草。

"不是,就……就是好奇……"

"聘礼是男子心意,并无定数,全凭他对心上人有几分看重。"

第二日,李青月拖着一个与自己差不多大小的包裹,哼哧哼哧地又来到小秋山山谷。看着蒲公英丛中的白九思,她不由得唾弃自己见色起意。

"白九思,我家住玉梵山脚,父母因祸乱亡故,八岁入净云宗,如今十一载。但……法力低微,只是个守山弟子。这包裹中是我全部身家,拿来给你做聘礼。但你若嫌我身份低微,不需要我负责,我也不会强求。"

白九思盯着李青月,眼中惊疑不定,沉默半晌才挥了挥袖子,将包裹收下:"我无父无母,无亲无友,收下你的聘礼,就是你的人了。"

李青月闻言一顿,欣喜不是,同情也不是。思索再三,她只好模仿往日里师长们语重心长的样子,拍了拍白九思的肩膀:"无妨,以后你有我。"

李青月将白九思带回了净云宗。只因首徒蒙楚之事尚未了结,故而她只好金屋藏娇,将白九思养在自己的寝室。长得好看的男人甚是难养,李青月费尽心思从食堂端来的饭菜,白九思一口不动,偏要吃什么小秋山上的小秋果;从师兄处要来的衣衫,白九思也不肯穿,嫌弃那衣服上有人味。

李青月守着山门,藏着男人,打着地铺还得哄着祖宗,故而夜里睡得分外香甜,丝毫不知晓,某日夜深,白九思从床上缓缓坐起,掌心神光闪动,凝成冰锥,刺向李青月的眉心。

"阿月,你是笃定我不会杀你吗?"

人倒霉起来，出门逛街都会被牵连。这一晚，李青月鬼鬼祟祟背着偷偷下山给白九思买来的新衣服，遇上了同样鬼鬼祟祟的吕素冠和蒙楚。

吕素冠见蒙楚被缚升仙台，宁愿赴死也不肯认错，于是封了蒙楚脉门，打算强行将他救走。然后，刚与他俩撞上的李青月，就被紫阳和众弟子当作他们的同党一并带回了罚恶殿。

"你李师妹险些因你命丧妖女之手，如今却还不计前嫌来救你，如此同门之谊，竟然还不能让你醒悟吗？！"

李青月几番想同紫阳师尊解释，真不是她，她对他们没有同门之谊，她就是路过。但她就是插不进嘴，只好作罢。蒙楚忙着维护曲星蛮，吕素冠忙着维护蒙楚，无人在意她这个"从犯"。

紫阳拔出剑来，打算一剑砍了蒙楚，落个清净。

吕素冠拉着一旁看热闹的李青月跪了下去："掌门！我们和蒙楚师兄同门十几载，你若要罚，那便连我们一起罚吧！"

"我们？！"李青月终于有机会出声，"我真的只是路过……不关我事啊！"

"此事确和李师妹无关。"

看着蒙楚说了句公道话，李青月终于松了一口气。

旁边的净云宗"八卦第一人"蒋辩却跳了出来："掌门！李青月在房里藏男人！说不定就是魔宗的帮手！"

第二章
凡世缘

"你们可晓得那个守山门的李青月在屋子里藏的男人是谁吗？"弟子饭堂里，蒋辩身边聚集了一群端着饭碗听八卦的弟子。

蒋辩一停顿，就有人自觉地往他碗里添上块排骨。

"她说她藏的是……大——成——玄——尊！"

听到这个名号，周围的弟子纷纷倒吸一口冷气。

"她说那个人叫白九思。我都打听过了，那可是大成玄尊的名讳！大成玄尊是什么人物啊！那可是九重天上的神族！她一介凡人，还是个守山门的弟子，居然敢扯这样的弥天大谎！"

白九思这个名讳在凡间不算出名，现在应该很少有人提起，他如今行走六界的全称是昊天至元上圣洞玄奇高执玉妙法开天赤明真慈大成尊者，简称大成玄尊，是九天十地、三山六界首屈一指的人物。

大成玄尊居于丹霞境藏雷殿，镇守神族圣物——无量功德碑。神、魔一战之后，魔族被驱逐，这无量碑便是阻断魔界入口的镇物，守碑的白九思自然也就成了这人、神、魔三界的守界人，凡间修仙门派十有八九拜的都是大成玄尊。

由此可见，在这十方世界之中，白九思真的混得很有牌面。

故而，当李青月将金屋藏男的故事娓娓道来，又说出白九思名号时，紫阳气得厥了过去。这一届的弟子，一个不如一个。蒙楚虽迷恋妖女，但行事磊落，敢做敢当。这李青月法力低微也就算了，宗门所授的"言行雅正"，她是一点儿没往心里去，扯谎还专挑大的扯，连大成玄尊的名号都敢拿出来瞎掰。

李青月就这样被判了个废去修为、逐出师门，倒是比迷恋阴莲宗妖女的蒙楚受罚还快。

李青月疑惑，李青月委屈，李青月想骂娘。

李青月刚被关进地牢那晚，白九思神出鬼没，来见李青月。李青月原想着让他出面，证明自己虽然藏了男人，但绝非勾结妖人、背叛师门，顶多是见色起意，耽于情爱。

却不料白九思满脸玩味之色，只是摇头感慨："你向人提亲，怎么不提前问问别人的身份呢？"

李青月心里一沉，美色误人，自己竟然真的捡了个魔道妖人回来。于是她只好当场与白九思割席，聘礼改做赔礼，让白九思赶快下山离开，免得被掌门捉住，丢了性命。

却没想到，这"魔道妖人"白九思竟然摇身一变成了大成玄尊，门派上下更是无一人相信她的话。

升仙台上，李青月被五花大绑着吊在半空中。净云宗众弟子又摆起了开会的架势，都想听听这弥天大谎的真相究竟为何。

"李青月，本座再给你一次机会，你实话说来，那魔道妖人到底是谁？"

"掌门！弟子知道的全都说了，绝无半句虚言！"

紫阳一脸失望，分明半点儿都不信。

"为人立信，处事立心。既如此，净云宗留不得你了。你一身术法皆是净云宗所授，为免你日后行恶，今日我便废去你的修为，逐出师门。众弟子皆以你为戒！"

下一刻，紫阳的灵力打在李青月身上。李青月面色惨白，声声呼痛，只觉得五脏六腑都被撕裂了。众弟子见了，目光闪躲，面露不忍。

李青月力竭昏迷前，看见的竟是白九思的身影。

那一天，净云宗分外热闹。紫阳用剑劈了九重天的神君，闭关二百多年的玄微长老出关劝架。抱着李青月的白衣男子真的是活的大成玄尊。

大成玄尊说："我来寻，我的道侣。"

鸿蒙大殿上，刚刚出关的玄微长老一脸淡然，掌门紫阳真人则是面皮紧绷，嘴角抽搐，深感大成玄尊许是吃错了丹药，在这里胡言乱语。

"玄尊，真的是她吗？"紫阳看着刚走进大殿、一副呆傻模样的李青月，颤巍巍地开口。

"对。"

"玄尊真会挑人，这孩子入我净云宗十一年，最是妥帖、懂事，识大体，知进退，才思敏捷，博学多才，天赋也是极好的……"紫阳深吸一口气，修仙之人以诚立心，回头他就去跪祖师像忏悔，"虽然境界不高，但是根基牢固，基础扎实，最难得的是她还古道热肠，谨言慎行，不骄不躁，是我派三千弟子的楷模。"

"她的聘礼我已收下，婚事的其他安排，随你们。"白九思不等众人反应，身影已经消失。

大殿之外，一只白鸟悄然落在树枝上。

李青月的婚事就这么定了下来，没人问她的意见。

神明下凡娶凡人道侣，话本子都不敢这么编，这大馅饼突然砸到净云宗头上了。整个净云宗欢天喜地，也就玄微略略镇定些，嘱咐门人：净云宗以"勇"字立派，知死而不避，不惑，不忧，不惧。即便与神族结亲，也不可失去气节，不可贪婪，不可谄媚，不可逢迎。

但他转头就拉着众长老开会商讨，直接将婚期定在最近的吉日，生怕晚一点儿大成玄尊反应过来改主意。众长老写请帖写得手腕酸痛，恨不得把门派弟子要变成玄尊夫人的事情讲给满天下的人听。

汉家十二州，净云宗坐拥玉梵山，是雍地仙门之首。

张酸抱剑向山门外望去。都说玉梵山好似仙境，可在他看来，除了无边绿色和偶尔飘过的几片白云，此地并无半分独特之处。

"张师兄，"一旁的蒋辩抬头，望向天空，"你说，会不会有一日，也有哪位仙女姐姐突然就看上我了，要将我带到天上去做道侣？"

张酸皱眉不语。自打李青月的婚事定下来，守山门空缺的这个位置就由丹阳座下的蒋辩顶了，而这个师弟除了有些话痨，似乎……还有癔症。

"师兄。"蒋辩的语气突然认真，张酸不由得皱眉。

然而，蒋辩从未让张酸失望，他愁眉苦脸道："师兄，我们该去吃饭了吧?再晚些小饭堂可就没有好菜了。"

张酸敷衍地挥挥手,跟在蒋辩身侧,沉默地走去饭堂。

现在李青月应该还在静室听紫阳师尊讲课吧,学道德心法,抑或宗门历史。张酸自嘲地笑笑,自鸿蒙师祖创立净云宗起,至今已有上百年。传到这一代,有紫阳、丹阳、青阳几位长老。其中,紫阳真人道法修行最佳,被奉为师尊,丹阳真人擅长炼丹制药,青月的师父青阳真人则整日云游在外。可无论做什么,他们这些修仙之人最终所求也不过是功德圆满、飞升成仙。

几位长老如此,如今要嫁给大成玄尊的李青月如此,三年前的张酸亦是如此。

三年前,张酸是净云宗的首座弟子,风光无限。那时的他,跟现在的首座弟子蒙楚可是完全不同的两种人。

蒙楚肯为了一个魔道妖女,放弃掌门之位,而三年前的张酸心里只有修行和道法,不会去想多余的事儿,更不愿理会无关的人。连紫阳师尊都说,他本身天赋不差,又这样努力,很可能会是师门里最早登天问仙的弟子。

然而,造化弄人,往往一个人越在意什么,就越会失去什么。三年前的张酸满怀抱负,却在下山除妖时被妖兽毕方鸟伤及根骨,无法继续修行,只能做一名闲散的守山弟子。他心怀不甘,怨恨天道不公,可又无能为力。

张酸心中从来只有修道成仙这一件事,时间长了,难免会成为心结,化作执念。午夜梦回,他甚至会想,如果没有那次意外,他会变成什么样?像紫阳师尊一样继续守着净云宗,还是已经得道成仙?类似的问题萦绕心头。

突然有一天,盘旋在他心头的问题悄然换了方向。他开始好奇那个总跟他站在一起的守山弟子,那个偶尔会可怜兮兮叫他"师兄"的师妹,那个吃饭时会坐在他身边安静扒拉饭的李青月……她为什么总爱盯着天空发呆?她在看什么?看云,看鸟?她又在想什么?想人,想事儿?还是只是在想晚饭吃什么?

人人都以为,是三年的时间化解了张酸的遗憾,只有张酸清楚,真正让他放下心结的,并非时间,并非玉梵山门前三年如一日的风景,而是对他而言每日都不同的李青月。

"青月师妹!"

张酸一怔，只见饭堂门口，李青月慢吞吞地回过头，身侧的蒋辩正兴致勃勃地一边冲李青月挥手，一边走过去。

"蒋师兄。"李青月拱手行礼，似乎才瞧见蒋辩身后郁郁不语的张酸，连忙道："张师兄也在啊。"

张酸眼神微闪，随即收回放在李青月身上的目光，冷漠地绕过她和蒋辩，径直走进小饭堂。

"蒋师兄，"李青月莫名其妙地看着张酸离去的背影，不由得怀疑蒋辩，"你惹他了？"

蒋辩摸摸脑袋："没有吧。"

"那怎么——"李青月刚要开口就被蒋辩打断，蒋辩兴高采烈地拍拍她的肩膀："不管怎么说，今天能在小饭堂门口遇见师妹真是太好了！"

听蒋辩这语气，李青月突然机警起来："师兄，你要是吃不饱，应该去找盛饭的石枫师兄，别总是打我的主意。"

"苟富贵，无相忘。"说到吃，蒋辩总是格外灵光，几乎瞬间就听懂了李青月的意思，撇撇嘴委屈道，"之前你盘子里只有两块排骨时，都舍得分给师兄我一块。如今你都要飞升去做神仙了，怎么倒小气起来？"

李青月哑然。她怎么记得那时的情况是，只剩下两块排骨，蒋辩还抢走她一块？

两人争论着走进饭堂，原本喧闹的饭堂突然安静下来，在座的弟子愣了片刻，纷纷起身。

"师妹，坐我这儿吃吗？"

"师妹想吃什么？我去给你拿。"

李青月连连摆手，蒋辩却已经迎了上去，一把搂住几个师弟："请我，请我吧，我跟青月老熟了。"

"蒋师兄？"李青月呆住，一时间也不知该不该上前阻拦蒋辩，只能看着蒋辩被一众弟子包围，渐行渐远。

李青月自己默默走向角落，坐在张酸身边，干笑一声，道："师兄，吃着呢？"

张酸的动作一顿，他不冷不淡地抬起头，反问道："看不见吗？"

李青月尴尬地笑笑，刚拿起桌上的碗筷要去盛饭，就看见本来在看顾众弟子的上官日月走了过来。

上官日月扫了一眼嘴唇发白、脸色阴沉的张酸，微微欠身道："师妹，请随我来。"

李青月没动。张酸不由得皱起眉，不悦地看着上官日月。上官日月被看得一愣，想起来李青月要被逐出师门那会儿，自己拦着张酸救她，被他胖揍了一顿，便连忙解释："是紫阳师尊嘱咐的。师尊说，以青月现在这个身份，再跟着其他弟子一起吃饭堂实在不合适，因此特地在后院为她开了个单间，饭菜都已经备好，只等着青月师妹来了。"

张酸沉默，低下头继续吃了两口，草草放下碗筷，转身离开了。

李青月看着张酸离去的身影，欲言又止。自从她被大成玄尊选作道侣，门派内，上至紫阳师尊，下至刚入门的小师弟、师妹，对她的态度都来了个大转弯，恭敬又客气，唯独张酸始终是这副模样，甚至……比过去还要冷淡几分。

"青月师妹？"上官日月轻声叫了一声，似乎也对张酸颇为无奈，"你……张酸他……算了，别放在心上。"

李青月点点头，收回目光，跟在上官身后去了后院的单间。

单间内布置雅致，轩窗外山色空蒙，青松翠柏，隐约能听见山雀的叫声，仿佛清流穿石般悦耳。

桌上一盘似鸡非鸡的飞禽被料理得色香味俱全，让人食指大动。

"这可是石枫师兄用丹药炖了整整一日的鹓鶵，你一定要多吃几口。"上官日月边说边递来筷子。

"鹓鶵？！丹阳师叔亲自养的……我若打了它，会被师叔挖了内丹炼药的那只鸟？！"

上官日月微微一笑，将筷子塞进李青月手中："此鸟乃灵禽，于你修为有益，以后每日都要吃一只。"

李青月微怔，有些恍惚地垂下眼睑，拿起筷子扒拉几下。看着满桌的珍馐，她却突然没了胃口，下意识地撑起下巴望向天空。云雾缭绕处，似乎有遥远的天门。

一只白鸟抖抖翎羽，从窗前掠过。

李青月的师父青阳真人这几年一直在外游历，体悟修行。如今被只有门派面临灭顶之灾时才会放出的十万火急急令急召回门，向来端方体面的仙姑跑得鞋都丢了一只，回来后就被掌门下了死命令：抓紧这七日，一定要让玄尊夫人记住师门的栽培和恩遇，把师门当成娘家，时时惦念，刻刻记挂。净云宗的百年基业、千年运数，门派弟子的福祉造化、修行前程，他们这些长老仙师再过百年是两腿一蹬还是大道长生，福祸、成败、荣辱、得失就在此一举！

怀着这样的心情，青阳见到了自己的弟子。

青阳上来就给了李青月一个大大的拥抱："明月啊，为师回来了，想不想师父啊？"

然后……两人端坐于静室，相对无言。半晌，惊才艳绝的门派师兄被派来跟李青月混熟脸，端了一壶清茶入内，轻轻放在小几上。

静室关门，一室尴尬。

"那个……明月啊……"

李青月抿嘴干笑，看起来恭敬有礼："师父，是青月。"

青阳话音一滞，半晌，纳闷地问："怎么取了一个和我这么像的名字？"

"……师父，这是您取的。"

驾云三日马不停蹄的青阳心口一疼，默默对掌门师兄说了声"抱歉"。看这架势，师兄交给她的任务怕是很难完成了。

"你今年，十九岁了？"

"是。"

"你我师徒也多日不见了，修习上可有什么疑惑吗？《内页经》炼得如何了？"

"弟子九岁的时候，师父说弟子读好了《道岳真经》，就传弟子《内页经》。"

青阳微微一愣，问："然后呢？"

李青月坐得端正无比，一脸真诚，没有半分戏谑："然后，弟子就没见过师父了。"

青阳满心尴尬，心想，就算自己十万火急地赶回来，发现师门已被妖魔夷为平地,也好过眼前这般场景。她不由得叹了口气,耷拉着脑袋,低垂着眼睑,连喘气都觉得疲惫。

"师父?"李青月为青阳倒了杯茶,轻轻推过去。

青阳抬起头来。

"喝点儿吧。"

青阳拿起自己腰间的酒壶,牛饮了一大口。看着眼前这个说不上乖觉但看起来也有几分真诚的女弟子,她破罐子破摔地叹了口气,问道:"你愿意吗?"

李青月一愣:"什么?"

"嫁给大成玄尊,你愿意吗?"

李青月皱了皱眉,有些疑惑:"我不知道。掌门师尊说,大成玄尊是天界真神。我等凡人修士,摒除物欲,斩断世情,于这深山之中勤修苦练,为的就是有朝一日能飞升天界,成仙成神,求得长生。如今我得大造化,入了玄尊法眼,这是万载不遇的机缘,莫说是做玄尊的道侣,就算是去给玄尊看门,也是九天十地、三山六界亿万生灵求都求不来的造化。"

"话是这样说。"青阳又喝了一大口酒,也不知自己说这些是对是错,但总觉得自己身为别人的师父,这个时候该说几句,便硬着头皮道,"可成婚毕竟不同于看门,就算是凡人,也要讲究个你情我愿。再说了……"

青阳上上下下打量了自己的徒弟一番,又道:"玄尊到底看上你哪儿了?"

李青月突然有些慌,呼吸为之一乱,忙深吸一口气,仰着脖子说:"掌门师尊说了,玄尊是至高无上的神,法眼如炬,眼光独到,行事有章法,落子有因果,他既有了章程,定有合理的缘故。我看不明白,玄尊定是看明白了,我区区一副肉体凡胎,没什么能给玄尊图的,如今因果落下,我只管接住便是,无须多想。"

青阳看着这个努力说服自己的小徒弟,一时语塞,讷讷道:"哦,这样,你想得开就好。"

小几上香气沉沉向下,流云一般,铺满了满面桌案。青阳低着头,心想,自己还是走吧,掌门师兄把该说的话都说了,小徒弟听话想得开,看起来也不是无情无义的,自己这个做师父的也没什么好嘱咐的。但她又心里拧巴着难受，总觉得有哪里不对劲，自己又说不上来，七上八下的，如坐针毡。

一只黑黑瘦瘦的小手突然伸过来，扯了扯她的衣角。

青阳抬起头来，看向李青月的眼。

李青月相貌寻常，但有一双好看的眼睛，漆黑如墨，眸心有神，就这样直直地望过来，有如深邃沧海。

"师父。"

她的声音温和，却又不失坚定，明明是一个十九岁的女孩子，却比她这个一百多岁的人更显沉稳。

"我知道您在担心什么，但掌门师尊说得对，我天资不高，即便勤奋修习，这一生怕也没什么希望，不过如凡人一般，碌碌数十载，骨消肉融，遁入轮回。如今天降机缘，赐我造化，一步登天。或许有些我不了解不确定的，但是机会当前，我想试一试。"

小徒弟眼睛发亮，像十万穷山万毒瘴气中白骨透体还在挣扎求活的腐狼。青阳嘴唇动了动，却说不出话来。半晌，她轻轻吸了口气，又短促地吐出来。

"要不，咱们学学《内页经》？"

李青月拱手施礼，笑道："多谢师父。"

自从那日青阳真人离开，师门突然开了一门新课。这门新课名义上是为巩固众弟子根基，实际上只是找了个借口为被师门忽视多年的李青月补补课。

静室内有讲经声传出，絮絮叨叨，弯弯绕绕，满是凡人修士对修行的粗浅理解，云山雾罩，还自觉高明。

李青月认真听着，偶尔发问，大多数时间默默听讲。

屋外，一只白鸟掠过夜空，尖鸣一声，猛振双翅，直冲云霄。疾风刮过，彩霞万丈。九重天之上的浩瀚云海里，丹霞谷，藏雷殿，门禁深深的内殿之中，白鸟化作一缕神光，没入白九思眉心之间。

他睁开双眼，沉默半晌，轻轻一笑。

那笑容浅淡，还没入眼底就已散去，看不出是喜悦还是讥诮。

距离李青月与白九思的婚期还有七天。她就要离开净云宗，嫁给大成玄尊了。李青月本以为她的婚事有几位长老操心，应该会是件轻松又简单的事情。没想到，为了不让李青月上天之后过于丢门派的脸，净云宗上下紧急给李青月补课，彻底将她变成了一个大忙人。每天吃饭时要吃一只丹阳长老养的灵兽鹩鸰，每天用灵池的水沐浴，每天由紫阳师伯亲自传道授课……几位长老似乎立志在剩余的七天内帮助李青月脱胎换骨。

在如此忙碌又规律的生活下，李青月原本干瘦的身材确实长出点儿肉，看起来健康了不少，守山时晒黑的小脸也愣是变得白皙水嫩起来。

终于在李青月身上看到点儿起色的诸位长老，自然决定再接再厉。于是，青阳的课也插了进来，丹阳则派弟子送来整整三大箱子丹药，从美容驻颜到提升内力，应有尽有。

搬送丹药时，蒋辩也被抓去做苦力，他听说李青月每天吃一只鹩鸰后，忍不住哀号："成箱吃丹药也就罢了，可——鹩鸰啊，那玩意儿我甚至都没见过活着的，师叔就这么把它给煮了？！"

李青月被蒋辩号得头疼，干脆出去避难。走了两步，她发现似乎有人跟着，不由得停下脚步，想看清身后那人。

"吕师姐！你也被放出来了？"李青月揉揉眼睛，确认身后那人就是吕素冠。

"师妹，我——"吕素冠急于开口，却又突然止住，嘴唇嚅动，求助地望着李青月。

李青月不解："师姐有事儿？"

吕素冠沉吟片刻，突然下定决心一般，撩起裙摆，上前几步跪在李青月面前。

小径上铺的尽是碎石，吕素冠就这样毫不犹豫地跪下去，像考虑好了，又像根本没考虑过。

"师姐这是做什么？"李青月吓了一跳，连忙上前扶吕素冠起身。

吕素冠哪里肯起来，她垂着头，将姿态摆得极低："我有事想求师妹。"

李青月微微蹙眉，心中一转，大约猜到了吕素冠所求之事。她沉默片刻才问道："师姐想让我去为蒙楚师兄求情？"

吕素冠重重点头："是，蒙楚师兄只是一时看走了眼，并无大错，他侠肝义胆，宅心仁厚，还望师妹搭救。"

"侠肝义胆吗？"李青月不知想到了什么，淡然一笑，上前拉起吕素冠的手，将她扶起来。

吕素冠这一跪原本做好了打算，想着只要李青月不肯答应，她就不会起来。可李青月这次出手去扶她时，她竟迷迷糊糊地跟着站了起来。

"我听过很多有关吕师姐和蒙师兄的传闻。"李青月看向吕素冠，"大家都说你们是我净云宗最出类拔萃的弟子，行走江湖，斩妖除魔，最是心善之辈。"顿了顿，李青月无奈道，"可是，师姐，为什么你们对改过迁善的妖魔鬼怪都能帮扶、理解，却对本门弟子冷淡置之呢？"

吕素冠迷茫地看着眼前的李青月。

李青月轻轻叹了一口气，提示道："那日，蒙楚师兄的心上人，就是那曲星蛮，闯山时，你用我挡了一剑……我受伤之后，曾去找师姐求药。还有师姐带师兄逃跑那天，是当真觉得我是来帮你们的，还是只想拉个人来分担罪责？"

"是你……"吕素冠一怔，下意识地辩解，"那日我急昏了头，你若是记恨，也该记恨我，不要记恨蒙师兄，他——"

"师姐，"李青月轻轻摇头，"我不恨，也不怨。我只是想说，修仙行侠，都是修人品，不是立传说。师姐自己在意的，便百死不悔，而师姐不在意的，便生死随缘，这不是善。"

吕素冠僵住，望着李青月，久久不语。她入门十余年，没想到竟然会被一个小师妹教训，而李青月偏又说得句句在理，她根本无法反驳。

李青月垂眸："蒙师兄一事，自有师门处置。我只是一个小小的弟子，若这时开口，便是拿大成玄尊来压各位师长。门派收养、教导我一场，我不能这样做。"

吕素冠哑口无言，心中又难免黯然。

李青月望向吕素冠，停顿片刻，才说道："修仙便是修道，蒙师兄有自己的道，师姐你的道又是什么呢？"

说完，李青月拱手行了一礼，转身离开。

只留下吕素冠怔怔地看着她的背影，半晌都说不出一句话。

李青月走入房中。门外，张酸从角落里走了出来，默默看着李青月的背影。

"你一直跟着我做什么？"张酸没有回头，只是冷冷地出声。

"自然是怕你做傻事。这天下谁敢跟大成玄尊抢人？"上官日月叹了口气，摸着鼻子现出身形。

张酸没有接话。

李青月原本关上的房门，却又被打开了。李青月微笑，提起裙摆，手里拿着个什么东西，直奔张酸而来。

"师兄，"李青月说话时还带着笑意，"早就想问问你了，你爹娘为何给你取了个这么难听的名字？张酸，真是亲生爹娘取的吗？"

张酸皱眉，声音中听不出喜怒，只是有些闷闷的："你不要以为嫁给大成玄尊，我就不敢揍你了。"

闻言，李青月却笑得更开心了。阳光下，她头上的珠钗有些晃眼，张酸却始终连眼睛都没眨一下。

沉默片刻，李青月止住笑，认真地看着张酸道："这几年承蒙师兄照顾，我心里都记得，只可惜我现在就要走了，还没来得及报答师兄的恩情。"

张酸心中一涩，压在心底的话几乎要脱口而出，又被生生压住，换成一句极其别扭的："你有什么能报答给我的？九重天之上，还是先想着怎么照顾好你自己吧。"

李青月微笑道："师兄放心，我在天上定不会被人轻视、欺负了。"

张酸看着李青月认真的神情，微微一怔，几乎就要信了她的话，仔细一想却不由得撇嘴，刚要反驳，却听李青月道："师兄天资出众，术法双绝，本不是平庸之辈，却因意外伤了根基，就此一蹶不振，与我这样的人同守了三年的山门，心里肯定不服气吧？"

三年前张酸为毕方所伤之事，宗门内知晓的人本就不多，李青月又是从何得知的？张酸皱眉，可他现在根本没有心情细想这个问题的答案。

"没有，同你守门的每一日，于我而言，欣喜至极。"

张酸有些紧张地看着李青月。他担心自己的过往会遭她的嫌弃，毕竟他与现在的李青月已经相距甚远。

李青月却好似并未注意到张酸的紧张与那些无法言喻的情愫，只是将手里拿着的木匣塞进张酸手里，轻声道："这些丹药，是我精心挑选的，虽然无法彻底治愈师兄被损毁的根基，但是也能增强法力。希望再见到师兄时，师兄已经恢复如往昔。"

顿了顿，李青月又缓缓施了一礼："仙道渺渺，江湖路远，师兄，后会有期。"

张酸的手指微动，似乎是想要抓住李青月的手，可终归连她衣角都没有碰到。

玉梵山的风越发寒凉，庭中树枝簌簌作响。

成婚的日子渐渐逼近，转眼只剩下一天。也许是因为忙碌，李青月在净云宗最后这几日过得远比她想象的要快。

白九思掐指一算的吉时，确实是个碧空如洗、霞光满天的好日子，只可惜李青月没心思欣赏。

因为山上的晨雾还未退散，李青月就被人从床上拽了出来，梳洗打扮，穿上几位织绣师傅连夜为她赶工缝制的华服，又戴了一脑袋珠钗，瘦小的身子看起来摇摇欲坠。

"铛——"

洪亮的钟声响起，两位女弟子推开房门，李青月缓步走向升仙台。

门前铺着几里长的红毯，直通升仙台，道旁有弟子列队默立，实属净云宗的最高礼节。

李青月一路张望，似乎是在寻找什么。直到登上升仙台，看见面前白发白须的老者，她微微一怔，随即拱手道："玄微……长老。"

玄微是紫阳的师父，为寻机缘，已经闭关多年，像李青月这样的小弟子不知道该如何称呼他也是在所难免。

玄微看着李青月，微微点头："此等宗门大事，我定是要在场的，除此之外，我此番出关，也是有几句话想要嘱咐你。"

李青月点头，正要跪下，却被玄微拦住："不必多礼。"

李青月一怔，只能重新站定，恭敬道："弟子恭听。"

紫阳取出云阿仙剑，递给玄微。

"青月，这把剑乃我师父当年所赠，由历代净云宗掌门保管，今日便赠予你了。你是我汉地十二州第一个以凡人之身上九重天的，你须谨记，道乃变化之本，不生不灭，无形无相，我辈修行者，参悟天地，追寻缘法，求得便是自己的道。神有神道，人有人道，心正，道正，纵天地崩坠，然邪不胜正。信你自己，你便可成。"

李青月紧握云阿剑："弟子谨记。"

玄微合眸，似乎还有些不放心，但只是轻拂衣袖道："吉时将至，你先去吧。"

李青月点头，冲几位长老一一行礼、告别。她的便宜师父青阳真人今日看起来没喝酒，眼圈还有些发红。李青月回身向升仙台下望去，一众弟子中，她终于看见了张酸。四目相对时，她微微一笑。

张酸直直地望向高台上那个渺远的身影，这是他第一次如此直接地望向她，兴许也是此生最后一次，风过无痕，他想把少女的身影印在脑海之中。

李青月穿着红色的嫁衣，一副仙风道骨的样子，真有几分像小神仙，唇上沾了点胭脂的粉红，终于多了几分女孩儿的娇俏。

升仙台的最高处，一个圆月状平台被台阶一圈圈包围，宛如众星捧月。李青月一步步迈上台阶，大风吹得嫁衣猎猎作响。

站在圆月平台中央俯瞰整个宗门，不必说净云宗，就连玉梵山都渺小起来。李青月的目光扫过山门广场、鸿蒙大殿、小饭堂，她的房间整洁如新，仿佛净云宗从未有过她这个人。

狂风骤起，升仙台上神光乍现，片刻工夫光芒便笼罩了整个升仙台，晃得众人都睁不开眼睛。

李青月却微微仰起头，神光映进她眼中，她的眼里再无半分温暾、软绵，漆黑的瞳孔满是凌厉和不逊。

决绝目下事，驾鸿凌紫烟。

十方世界，众仙之境，万物因果，都在九重天之上。

李青月望向天门，那里有她不得不去的理由。

第三章
九重天

九重天上,仙阁林立,大成玄尊的藏雷殿虽是仙缘宝地,却不在这一众仙阁之中。

一是因为,修建藏雷殿时,天上还没有这么多神仙,后来的小仙都怕打扰玄尊,纷纷自觉地将宫殿修建在远处。

二是因为,藏雷殿曾经历过一场战事,被荒废、空置许久,直到白九思住进去,才算是再次成为仙缘之地。

但空有空的好处,白九思端坐在庭院中央喂鱼,一只巨鸟安然歇于庭前的大树上。这毕方本是妖兽,在白九思面前却比家养的金丝雀还要乖巧,巨鸟依人。

藏雷殿在丹霞境极南之处,而天姥峰赫然耸立在极北处,乃神、魔两界通道所在,无量碑就在这山峰之上。天姥峰高耸入云,恍如万仞之巍峨,山体像一把利剑,顶端的剑锋直插云霄,飞鸟难逾。即便忽视藏雷殿到天姥峰的距离,单是天姥峰的高度就足以让很多神仙望而生畏。

苍涂怎么也没想明白,他好不容易盼到自家玄尊迎娶道侣,本以为日后藏雷殿定会热闹些,不承想,大婚之日,玄尊一不拜堂,二不宴请,还要将李青月安置在天姥峰。藏雷殿那么大的地方,随便找个偏院不行吗?就算不在藏雷殿,仙宫殿宇众多,为何一定要新妇去那又远又高的天姥峰?新婚夫妇一个在天南,一个在地北,大有老死不相往来的架势。玄尊又不出面,反而让他这个管事来迎接新妇,这差事着实叫他头疼。

"我和玄尊,不住一起吗?"

李青月好奇地打量着天姥峰上唯一的建筑——她即将入住的别院,没弄明白这天上的神族究竟是什么风俗，大婚之日难道不需要拜堂、入洞房吗？苍涂也不知道怎么回答新夫人的问题，只好避重就轻，从衣袖里掏出根树枝，插在地上。

"玄尊现下实在抽不开身，还请夫人见谅。"

那小树枝遇土疯长，瞬间长成一棵参天大树。李青月瞪大眼睛，正要说话，魁梧的大树突然消失，变成一个娇俏的小姑娘。看着眼前的巨变，李青月咽了口唾沫，彻底失声。

"这是凝烟，原身是只树妖，也是从凡间修炼上来的，跟夫人或许能聊得来。"苍涂耐心解释着，"我日后还须在藏雷殿服侍玄尊，难免有照顾不周之处，就由她暂代我服侍夫人，还望夫人不要嫌弃。"

李青月还未说话，凝烟已经把脚从土里拔出来，甩了甩脚上的泥土，急于向李青月推销自己："夫人放心，我很会照顾人的。"

白九思坐在树下，身前放着棋盘，自己同自己下棋。见苍涂从天姥峰回来，他目不离棋盘，漫不经心地问道："都安置好了？"

"是。玄尊当真不准备去看一眼吗？"

白九思回身，淡淡看了苍涂一眼。

苍涂一惊，心想，难道自己犯了忌讳？想了想，他又觉得不大可能，毕竟这夫人才嫁过来，还是玄尊自己选的人，他应该是看错了吧？

果不其然，白九思只是捏起一枚棋子，反复斟酌，事不关己道："为何要去？"

自然因为她是你的新婚夫人。心里这样想着，但苍涂还是默默地站着，嘴巴封得极严。

"你觉得像吗？"白九思迟迟没有再下一子，忽然开口问道。

"属下眼拙，除了容貌，没有发现相似之处。"

白九思终于将目光从棋盘上离开，垂下眼睑，嘴角带着一点儿无奈的笑容，又似在自嘲，连他自己都没察觉。

李青月百无聊赖地坐在院中。

丹霞境的日落果然非凡间能比，赤霞如火，落日熔金。

"还真不过来啊……"李青月揉着酸痛的腰背，满眼沮丧。

凝烟很想上前安慰李青月两句，正酝酿怎么开口时，李青月的肚子就响了起来。

"太饿了，不好意思……"李青月一大早就被拉上了升仙台，一整天连一口水都没喝上。

凝烟是建木修炼成形，身无长物，但擅长结果。不愧是飞升的树灵，结出的果子甘甜多汁，而且管饱。凝烟看着李青月狼吞虎咽的样子很是愧疚，这九重天上要么是先天神族，要么是高人飞升，都是不必吃饭的，故而也没人记得这位凡人之躯的新夫人是需要饭食的。

"夫人，您慢点。"凝烟一边给李青月倒水，一边自认为温柔地给吃急了噎住的李青月拍背。

李青月一张脸憋得通红，泪眼汪汪地跳开半步，不敢碰后背。这一掌下去差点儿直接把她拍死。树妖皮厚，疼痛感自然也迟钝很多，凝烟完全没意识到自己那一掌给李青月造成了多大的杀伤力。青了，后背绝对青了。

"夫人，不用不好意思，我来了就是来照顾您的，有什么事情尽管吩咐我就好了！"

"你别说，我还真有事求你。"李青月用袖子擦了擦嘴，"话本里说了，新婚之夜独守空房的话，往后夫妻间的日子会十分坎坷！"

"缚地术？"

天姥峰的凉亭内，李青月一声惊呼，一只刚刚落脚的白鹭因受到惊吓，扑腾了两下，拍着翅膀再次飞走。

凝烟苦恼地点点头："对，缚地术。"

她原地转了一圈，仿佛要飞身而起，却在双脚刚刚离地的同时，脚下生出几根红丝，将她牢牢缠住，那红丝底部像大树的根须牢牢抓进土里，凝烟越是向上，红丝缠得越紧，直至将她拖回地面。

"给一个树妖下缚地术！"李青月义愤填膺，"是谁做的？也太残忍了，简直残无人——神道。"

"就是苍涂仙君。他说，玄尊让我来照看您……就……"

"凝烟啊，"李青月干笑一声，道，"俗话说得好，万法自然，一切随缘。既然已经这样了,你就当返璞归真一回,也没什么不好的,是不是?"

凝烟无奈地抱头,忍不住提醒:"夫人,我返璞归真倒是没什么,反正我留在天姥峰只为照顾您。可您刚刚不是说想去藏雷殿找大成玄尊,我飞不起来,您难道要靠两条腿走过去?且不说咱们离藏雷殿有多远,天姥峰这么陡峭,走下山……很可能会摔死的。"

李青月抱着手里的小包袱,认真地与凝烟对视。

凝烟瞧着心酸,上前安慰道:"夫人,没关系的,您在这儿等个百八十年,总会有一日,玄尊路过天姥峰,或许能来瞧瞧您。"

百八十年,还是"或许"……李青月哽住,那时她好一点儿还能剩下一具尸骨,差一点儿估计已经化成灰了,真有这么安慰人的?

李青月将包袱背在背上,又在胸前打了两个死结:"凝烟啊,我们不用飞的,也不用走,不过可能要劳烦你受些苦了。"

下一刻,凝烟的手臂化成藤条,沿着天姥峰的峭壁一点点荡了下去。

天姥峰周身云雾缭绕,深不见底,只看一眼便会让人腿软。李青月趴在地上,注视着藤条的最底端:"放,再放点。"

"夫人……"凝烟一脸生无可恋,绝望道,"夫人,您这法子,真的靠谱吗?若您有个好歹,玄尊准会把我烧得连灰都不剩的。"

"放心,我不会告诉他们。"李青月起身,瞭着山底,"差不多够了。"

凝烟僵着不敢动弹,只能隐约感觉到夫人抓起一节藤条抻了抻。

"嗯,还挺结实。"李青月站在天姥峰边缘,背对着空旷的云海。

"夫人!"凝烟紧闭着眼睛,颤巍巍地开口,"您可一定要小心啊。"

李青月本来已经爬下去一截,听到喊话,又露出脑袋靠在崖边,看着比她还要紧张的凝烟,忍不住笑道:"凝烟啊,咱俩也算是一根——"

"夫人……您别分心。"凝烟欲哭无泪地打断李青月,大成玄尊好不容易娶了个夫人,若是死在她手上,她感觉自己离成为整个九重天的大罪人也不远了。

"放心吧。"李青月收回玩笑,抓紧手上的藤蔓,纵身一跃,跃入茫茫云海。

山下的草足有膝高,浓密,茂盛,踩在脚下应该绵软又舒服。

李青月脚尖已经能够到草丛,便跳落在地,伸出一只手用力拍了拍手里的藤条——三下。

这是她跟凝烟约好的信号,她安全着地,便拍三下藤条。上面的凝烟隔了片刻才感觉到,欣喜地连最末端的枝条都在不受控制地摇摆。

李青月失笑,松开藤条,揉了揉自己拍红的手心。

放眼望去,高耸的山峰与广阔无比的河流交融,满目亭台楼阁、仙门洞府,有的隐匿于云巅之中,有的拔地而起,与山同高……晚霞的尽头,藏雷殿形单影只地立于翼望峰上。

藏雷殿在极南的翼望峰上,想从此处走到藏雷殿,只需一路向南便可。凝烟说,若是想走到藏雷殿,少说也要走上十天。李青月紧了紧身上的包袱:"十天就十天,只要我一路上都不睡,就不算独守空闺!"

夜色幽邃,天边悬挂着一弯钩月。藏雷殿所在的翼望峰与天姥峰不同,天姥峰陡峭、高耸,翼望峰却有些奇特,奇山多异石。走在翼望峰上,几乎随处可见奇形怪状的石头,千石百态,纵横拱立。背着小包袱赶路的李青月边走边给自己找乐子。

她抬脚踢起路边一块小石子,小石子骨碌碌地滚了好远。李青月跑着追了过去,铆足劲儿又是一脚,本就是下坡路,小石子得到助力,从地上弹起来,不受控制地飞了出去。

"谁?"一块巨石缓缓动了起来,声音低沉,"谁打我?"

"有敌人!"这个声音明显尖锐许多。

"哪儿呢?在哪儿呢?"最后一个声音与前两个都不同,听起来很憨厚,甚至有些呆傻。

李青月抬头望去,三块巨石化作三个人,排成一队,后者的手都搭在前面一人的肩膀上。

深更半夜,路上又没有灯笼,李青月吞了口唾沫,难免有些紧张:"那个……实在抱歉。不是敌人,是我在踢石子,可能不小心打到你们哪个了,是误伤,不小心的。"

为首的石一侧头,耳朵一动,突然转身对着身侧的李青月伸出手:"娘儿们?"

"在哪儿?"中间的石二也探出脑袋,"老三,你睁开眼睛看看。"

最后的石三一动不动,待在原地:"你……你休想骗我睁眼,要看你自己看。"

李青月一怔,壮着胆子走近几步,这才看清三人都紧闭着眼睛,而且三人是有细微差别的——为首的石一更壮些,中间的石二脑袋上顶着块绿苔,最后面的石三脑袋要更圆些。

她伸出手,分别在三人眼前晃了晃:"你们……是看不见吗?"

"你才看不见,我们是在打赌。"石一循着声音一点点摸索着。

差一点儿就要摸到李青月时,李青月突然向前一步,站在石二身侧,疑惑道:"打赌?"

"对。"石二听见声音,将耳朵凑了过去,"三千年前我们三兄弟在这儿遇见一个娘儿们,她和我们打赌,谁先睁眼谁就输了。"

李青月又向前一步,站在最后面那人旁边,问道:"那那个娘儿们呢?"

石三死死闭着眼睛:"娘儿……娘儿们回家了,在家闭着眼睛呢,要是睁眼了,她会来告诉我们的。"

李青月轻笑一声:"你怎知她不是在诓你们呢?"

"不会的,我们都说好了。"石一十分自信,微微转身问身后的人:"下界有句话怎么说的来着?"

"一言既出,四匹麒麟兽都难追。"石二在他们老大耳边轻声提醒。

"不是……"石三扯扯嘴角,大声道,"是马,哥。"

李青月弯起唇角,忍不住扑哧笑出声。

"笑什么!"石一耳朵一动,终于指到李青月的方向,"是麒麟是马都不重要,重要的是你,我们兄弟最讨厌娘儿们,而且专打不会飞的。"

李青月眨眨眼睛,看向指着自己鼻尖的手指,轻轻退后一步:"为什么专打不会飞的?"

"会……会飞的打不过。"石三朗声回答。

"老三,你闭嘴!"石二回头侧耳,若不是他的手还搭在石一的肩膀上,他定要捂住老三的嘴。

"问那么多干吗?"石一并不理会身后聒噪的两兄弟,"你就说你会不会飞吧。"

李青月摇头,默默退后一步,小声道:"好像不会。"

"嘀，那就好办了。"石胎三兄弟一起冷笑一声，摩拳擦掌地走向李青月："兄弟们，动手吧。"

三人合力，凝聚出一道红光。

"我是大成玄尊夫人！"

三人立刻停下了动作。李青月刚想松一口气，却不料那红光化作巨大的红色手掌向她压来。

"那我们可是怨上加怨了！"石胎三兄弟反而打得更卖力了。

"早知道还有白九思唬不住的仇人，就不报他名号了！"李青月抱头躲避，却还是被三兄弟的掌风扫了个正着，一个踉跄跌坐在地。还没等她站起来接着逃跑，三兄弟听声辨位，再度合力出掌，李青月如同断线风筝般飞出了石林，吐出一口血，昏死过去了。

"那娘儿们死了吗？"石一仔细分辨，寻找李青月的位置。

"大概是晕过去了，好像还有气。"石二扶着石一，打算转身离开。石三却留在原地没动，反而伸长了脖子一直猛嗅。

"我怎么闻到了白九思的臭味啊？好像咱们动手前就这么臭了！"

"别说晦气话！"石一、石二吼得分外整齐，石三只好缩了缩脖子，同两人离开了。

石林之中，一道白光笼罩着李青月周身……

藏雷殿面积极大，偏殿众多，但常常用到的也就那么几个，比如议事的正殿崇吾殿，和白九思的寝殿临渊阁。

崇吾殿庄严肃穆，白九思坐在上位，众仙君分列下位。

离陌出列，对白九思躬身行礼："师尊，龙渊师兄今日启程前往玄天述职，弟子想告假几日，随师兄一同前去。"

樊交交闻言一喜，也拱手出列："师尊，弟子因婚事在即，无法同去，所以想告假片刻，前去相送。"

阳光透过崇吾殿的窗子洒进来，白九思坐在绵软的垫子上，撑着下巴，他半眯起眼睛，像在冥想。

半晌，白九思微微点头。

离陌和樊交交立刻拱手退下:"多谢师尊!"随即离开了大殿。

普元环视周围,见无人上前,立刻抱拳:"师尊,弟子有要事禀报。"

白九思依旧点头不语。

普元瞟一眼永寿,道:"不知师尊可还记得萧靖山?他本是修为极高的炼器师,但因试图破坏无量碑而被您捉拿,而后被玄天使者关在天罚台。直到三日前,他刑期已到,弟子担心此人贼心不死,再去破坏无量碑。"

"普元师兄,你多虑了,无量碑上早已设下结界,便是一丝风吹草动,师尊都能察觉到,你是在小题大做。"永寿立刻上前,顺手从怀里掏出个本子,"更何况,近日来已经有人去镇守天姥峰了。"

"是哪位仙君?"

"凝烟、李青月。"永寿抱着册子,一行行用手指过去,细细察看。

"凝烟……是谁?这李青月又是谁啊?"普元瞬间觉得自己有些头疼。藏雷殿虽大,但是叫得出名号的仙君毕竟有数,镇守天姥峰这么要紧的差事,怎么能交给两个谁都不认识的杂鱼?

"凝烟好像是师尊收的仙侍,李青月……"众人纷纷望向白九思,能将人安置在天姥峰的,也唯有殿中这位玄尊大人了。

白九思半点儿想要解释的样子都没有,只是抬头向殿门望去。

李青月睁开眼时,身边一个人都没有,也不知晓自己在哪儿,她吞了些随身带着的丹药便离开屋子开始四处探索。摸到崇吾殿时正赶上自己被点名,于是她小心翼翼地探出头来。

白九思的目光落在李青月身上,众人顺着他的目光回头,才发现这殿里多出一个人来。永寿、普元两位仙君正欲开口将这不速之客打发出去,却不料白九思将手一抬,被神力牵引的李青月就掠过众人,落到了白九思身侧。

整个晨会一言不发,只是点头的玄尊终于开了口:"忘了介绍,这是你们师母——李青月。"虽是介绍新婚妻子,但白九思脸上全无笑容。

崇吾殿众人面面相觑,一时间也不知该不该恭贺。何况新婚之时并未设礼,没人摸得准这位高高在上的玄尊究竟是何心思,于是只好装傻,沉默。

李青月绷直了身子,挤出个温婉大方的微笑,应付众人暗自打量的目光。

"天姥峰的事,我自有安排。"白九思说罢不再开口。

沉默是今晨的崇吾,这新迎娶的师母不是个凡人吗,凡人守天姥峰?!

"原来这就是你的住处啊,早知道我就不乱跑了。"李青月被白九思带回了临渊阁,正捧着热茶,笑得一脸呆傻。

白九思面容平和,眼里却暗藏冷意:"石林并非到藏雷殿的必经之路,你怎么会走到那里?"

李青月浑然不觉白九思话中的疑虑,满脸困惑:"凝烟说一路向南就能到,难不成我又走错路了?"

"为何要来藏雷殿?"

李青月没有回答,而是打开了自己的包袱。不多时,瓶瓶罐罐就摆满了半个桌面。白九思看得直皱眉,怀疑这净云宗将丹房搬来给李青月做了陪嫁,怎么什么乱七八糟的丹药都有。

翻了半天,李青月终于献宝似的掏出个锦囊,塞进白九思手里,又掏出一件皱皱巴巴的衣服,道:"先前在净云宗,你说不穿别人的衣服,我偷摸下山给你买的,可惜刚回去就被掌门抓了,一直没能给你。"

白九思盯着那件衣服沉默不语,嘴角绷出一条直线。

李青月偷偷打量了白九思几眼。这位玄尊一向俊美不凡,想来不肯把这件衣服穿上身,还是洗过再送他为好。于是,她将衣服收回,又邀功一般掏出个木盒子。"这个!你肯定喜欢!"李青月将木盒打开,送到白九思眼前。

脏兮兮的木盒里面躺着几颗熟透的果子,一看便知是耐心洗过、擦净的。阳光下,那几颗小秋果干净又透亮,诱人一口咬上去。

"我记得你说想吃小秋果,我飞升前特意去小秋山摘的,只可惜存放不了太久,你可得赶紧吃……"

白九思的神情却突然变得晦暗,他伸出手,一把捏住了李青月的手腕,木盒被打翻在地,小秋果滚了几圈,沾满灰尘,安静地躺在李青月脚下。

"阿月!拿这些陈年往事来刺激我,很好玩吗?"白九思手上越发用力,死死地盯着李青月。

"不是你说要吃小秋果吗?什么陈年往事啊!"李青月满眼茫然,又有几分无措。

白九思的眼中情绪翻涌，目光仿佛穿透了李青月，也穿透了这藏雷殿数百年间流逝的时光。

"不打了，不打了，今日休战。"花如月收起逐日剑，草草抚平衣摆上的褶皱，却忽略了头发上沾着的草叶。

白九思也收了剑，静静地看着花如月忙活，眼底藏着笑意。

小秋山上的果树正满枝硕果，花如月不肯用法术，偏要手脚并用地爬上去，冲着树下的白九思喊道："这是我最爱吃的果子！接好了，分你些！"

花如月明媚的笑容与李青月脸上的困惑重叠，过了许久，白九思才渐渐冷静下来。松开手后，他才看见李青月手腕上添了圈青紫。

白九思挥袖收手，垂眸敛神，恢复了往日的端正，仿佛刚才未有片刻失神。他手指微动，神光悄然而至，熨帖着李青月的手腕。

"你来找我，只是为了送衣服和小秋果？"

"自然不是！"李青月抿唇，深深吸了一口气，"是玄尊您要娶我的，您请的媒人，您立的婚书，即便我们没有婚礼，但我师门上下都有见证，我们……怎么也算是正式的夫妻吧？"

白九思淡淡地应了一声，抬眼望向李青月。这一眼不是居高临下的俯视，也不是充满探究的审视，只是很寻常的注视，算不上多认真，但莫名会让人感觉自己是被聆听的。

"新婚之夜不能一个人睡，不然以后都会夫妻离心的！"

白九思听闻此言，却又像想起什么往事一般，连呼吸都停滞了一瞬。

"我……我昏过去不算睡着！今天还算新婚之夜！"李青月咬牙，一副豁出去的模样，大声喊道，"我要和你洞房！"

卧房内，几颗夜明珠泛着淡蓝色的光。

隔着一道屏风，白九思懒散地坐在榻上，李青月正忙着满屋翻找。两人间隔着一道屏风，白九思的目光一直追随着屏风后的剪影。

"不是要洞房？"

听到这句话，李青月呆住。

"怕了？"白九思勾起嘴角，露出一丝讥诮。

"没……"李青月干笑，努力鼓起勇气，"没怕。但你这屋里怎么没酒呢？"

半晌，从屏风后探出一个脑袋，却只是远远地看着白九思，说什么也不肯再动。

"要酒做什么？"

"新婚之夜，怎么也得有个合卺酒吧？"嘴上说着"不怕"，李青月却抱着胳膊将自己缩成一团，恨不得能立刻在白九思面前消失。

白九思的目光扫过战战兢兢的李青月，眼神突然放柔："过来。"

这两个字白九思说得极轻，像在李青月耳边呢喃，隐约还带着一丝蛊惑的意味。

李青月身体僵硬，两只脚如同被下了缚地术，死死地抓着地面，说什么也不上前一步。

气氛尴尬，连空气都开始凝结。

白九思忍不住微拢衣袖中的手指，捏诀，施了一个法术。李青月顿时好似被无形之手握住，飞掠而来，摔在榻上。

"嘶……"李青月低声呼痛，挣扎着想要赶紧爬起，可白九思已欺身贴近，丝毫不给她反应过来的机会。

发丝交缠，一股淡淡的清香充斥鼻腔，那味道不似檀香般刺鼻，也没有花香的刻意，只是干净、清冽，像清晨的水雾，若有似无地萦绕在鼻间。

这是白九思身上的味道。

李青月怔住，一时忘了反抗，只安静地看着白九思。

"是你要求的，那就主动些。"白九思的声音低沉，温热的气息喷洒在李青月耳边。

三百年未见，他们确实该亲热一番。

耳根瞬间被烧红，李青月猛地瞪大眼睛，紧张地盯着白九思，懵懂的模样如同一个情窦初开的少女。

白九思微顿，眼中复杂的情绪一一闪过，但不过片刻，就只剩下探究："直接开始不好吗？"

李青月抿唇，无措地咽了下口水。她再抬眸时，白九思已俯身压了下来，冰凉的鼻尖碰到她的脸颊，浅红的双唇带着凉意，眼看就要落下一吻。李青月突然伸手推着白九思。

"等……等等！"李青月呼吸急促，用力推着白九思，白九思却纹丝不动。

"我……我有话要说！"李青月垂眸，不敢看白九思近在咫尺的面容。

"这个时候？"白九思终于停了下来，双手撑在李青月身侧，神色清明，仿佛刚刚的一切不曾发生过。

可李青月还不知道白九思已经抽离，依旧紧闭双眼，声音很小，却又异常坚定："是。"

白九思起身坐在一旁，勾起唇角看着李青月。

"玄尊，"意识到白九思离开，李青月才肯睁开眼睛，慢吞吞地爬起来，跪坐在白九思面前，"我想知道，您娶我，是因为喜欢我吗？"

"这个问题很重要？"

"我们都是夫妻了，我也不用瞒您。"李青月努力鼓起勇气，"我幼时家人离世，拜入净云宗只是为了活命。我资质普通，出身平庸，在净云宗也是混吃等死。我的人生里，从来都是自己靠自己活着，没有人会重视我，所以受伤了也只能自己给自己找药。乐无人享，悲无人诉，我以为自己这辈子就这样了，但没想到会遇到玄尊。"

白九思只是静静听着，李青月却越说越兴奋，眼中一片明亮。

"我跌落山崖时有人救我，被冤枉时有人护我，哪怕是被打伤昏迷，也会有人将我带回家。我平生第一次觉得，我好像不是一个人了。玄尊，我看清了，我喜欢您。"

"可我也是有自知之明的。"李青月继续道，"以我的资质、身份，不论从哪里看，都不是玄尊的良配。所以我也想知道，玄尊您为何选我，是因为……您也喜欢我吗？"

她真的算不上漂亮，身材干瘪，五官平凡，现在身上还穿着脏兮兮的衣服，全身上下没有半点儿玄尊夫人的样子。

若论资质和出身,她和白九思更是天上地下,白九思是四海八荒皆知的上神,可李青月只是众多修仙门派中一个毫不起眼的守山弟子……

白九思微微扬眉,看向李青月。

"是又如何?不是又如何?"白九思冷笑,语气中有些嘲讽,这个问题,唯独李青月没有资格问他。

李青月抬头看着白九思,像并未听出话中的讽刺,认真思考片刻,道:"如果是,说明玄尊真心待我,想要与我结为道侣,一生相守,那我定然以真心待玄尊,放在心上,记在心里,呵护爱重,绝无贰念。"

一生相守。听到这四个字,白九思终于忍不住眯起眼睛,戏谑地看着李青月。

"如果不是呢?"白九思低声问她,漂亮的眉眼让人分不清他是真心在乎,还是有意为难。

"如果不是……"李青月沉默片刻,几乎是一字一顿道,"那说明玄尊对我有别的安排,我身为一个凡人,能得玄尊另眼相看,有用于您,也算是造化一场。我会尽我本分,做好这个玄尊夫人,不给玄尊丢脸,至于别的,我就不多奢求了。"

李青月深吸一口气,直视白九思的眼睛:"所以,我想知道,玄尊选我,是因为喜欢我,还是另有所图?"

她目光灼灼地盯着白九思,胆怯中又藏着希冀,一双眼睛犹如星子,亮得怕人。

在这样的注视下,白九思竟感到一种犹如实质的压力。三百年已过,她……

"玄尊……"李青月突然凑近白九思,"我脸皮厚,我已经把想说的话说完了。我知道玄尊不善言辞,所以也不执着于您的回答了。"

"洞房吧!"李青月直接向白九思扑来。

白九思呼吸一窒,轻挥衣袖,李青月立刻晕厥过去,倒在白九思怀里。她紧皱的眉头慢慢松开,呼吸逐渐均匀,咂咂嘴巴,已然进入梦乡。

夜明珠的莹莹蓝光照在李青月脸上,这一刻她倒是安静、恬淡,甚至……有几分惹人怜爱。

白九思垂眸,安静地看着怀中的李青月,久久不语。

阿月,这一次,你究竟又想做些什么呢?

窗外星子稀疏，东边天色已经泛白，似乎到了破晓时分。

卧房内，白九思不知何时已经离去，只剩下李青月张着嘴巴呈大字形仰躺在床上睡得香甜。

一缕光华自李青月体内涌出，在她的眉心悄然凝聚，又缓缓飘向窗外。

那光华夹杂在和煦的微风中，注入门前一棵丹霞树的树梢，青翠的枝丫突然抽枝，花苞整齐绽放，四散出更多光芒，向着周围快速蔓延。

以临渊阁为中心，整个藏雷殿的树木渐次抽芽、绽放，花开满殿，流光溢彩。

清晨未至，鸟鸣不止。

李青月似乎终于感觉到了什么，猛地翻一下身，用被子蒙住耳朵，继续酣睡不醒。

日上三竿，夜明珠的光泽已褪，一缕阳光落在李青月的眼睑上。李青月皱着眉毛，眼睑微微抖动，终于醒来。屋内空无一人，李青月转了一圈也没找到白九思。她正好奇自己怎么没干正事就睡了过去，苍涂就拿着个托盘走了进来。

"老朽奉玄尊之命，来给夫人送些吃的。"苍涂看着一脸欣喜接过托盘的李青月，竟然有些不大好意思开口，"玄尊说了，夫人已经偿得所愿，那便起程回天姥峰吧。"

李青月手里的果子瞬间不可爱起来，她还以为白九思终于开窍，知道给自己这个凡人送些吃食，却没想到他竟然是催自己离开。李青月不满地抱怨道："哪有让新婚夫妇分居两地的规矩啊！"

苍涂心想，他也没见过这规矩，谁知道玄尊他老人家是怎么回事。但他嘴上依旧恭敬、严肃："玄尊说了，日后夫人莫乱跑，他自会去寻夫人。"

李青月不情不愿地将果子装进包袱里，想了想，又将之前给白九思买的衣服并着那一盒自己重新洗净的小秋果留在屋里，才随苍涂离开。

"玄尊……"

苍涂为白九思挂上鱼饵。

后院池边的柳树有些歪斜，正好可以遮住阳光。白九思慢悠悠地甩出鱼竿，静坐，等候鱼儿上钩。

"樊交交送帖子来了，今夜又是他的婚宴。"苍涂从袖子里掏出一张请帖。

白九思垂眸，不发一言。

苍涂又将请帖塞回袖中，带着嫌弃开口："也是，他年年都要娶新人，玄尊您不必理会。只是他的息元殿着实热闹，不像咱们这儿，偌大个藏雷殿，只剩下我们两个人……"

白九思偏头，瞥一眼苍涂。

"青月夫人可是走了啊……"苍涂硬着头皮往下说，"您要是真的怀疑她，不应该将她留在身边监看吗？还是说……您已经发现自己认错人了？"那就好好过日子啊！苍涂默默吞下了后面一句。

水面波纹荡起，白九思忽而拎起鱼竿，一尾红鲤随之跃出水面。

"池中游鱼万千，为何本尊钓上来的是这条？"

苍涂一时不知道白九思打的是什么哑谜，便没有开口。

"三界因果，循环不失。该是她，就是她。"

荒草萋萋，雾沉如霜，李青月神情怏然，背着自己的小包袱又一次匆匆赶路。听着旁边雾气中异兽嚎叫不绝于耳，李青月的心里涌出一股怒火。

"玄尊说，夫人既然能自己走来藏雷殿，那走回去应该也不成问题。"

白九思这个阴阳怪气的家伙，果然没憋好……想法。苍涂将自己送下山就离开了，原来那些果子竟然是给自己准备的"粮草"！

"灼恶燃邪恶，掌其生熄……"李青月默默掐起个法术，可惜连念几次都没有成功，很符合她一贯的修为。

好在坚持不懈是李青月的优点之一。默念二十七遍之后，她的掌心终于燃起了一小簇火苗。李青月正打算借着这微弱的火光好好辨别一下自己的方位，四周却突然传来了脚步声。

"什么人？"李青月召出云阿剑，警惕地看着四周。

在她身前的蒿草丛中，一个人影渐渐从雾气中显露出来。李青月借着火光仔细分辨，像个身穿嫁衣的女子，只是披头散发，脸色青白，在火光下更是让人心头发颤。

李青月有些恍惚，这九重天上，大概……约莫……应该不会有恶鬼吧？李青月见对方一动不动，也不曾开口说话，正打算上前试探，这嫁衣女子却好像受了惊吓一般，转身便跑。

李青月原本是不打算追上去的，谁料那女子刚跑两步就一个飞扑，摔在地上。李青月只好上前，只见那女子满脸是泪，惊恐地看向身后……

"他们……他们来了……"那女子死死攥住李青月扶她的手，断断续续地说着，"妖怪……吃人的妖怪……"

妖兽的嚎叫时而似婴儿哭泣，时而似风铃作响，可这会儿，荒野之中再无一丝兽鸣，倒是从白雾中传来一阵若有若无的唢呐声，那声音凄苦异常，干涩又尖锐……

刚才还跌倒在地的嫁衣女子起身就跑，消失在黑暗之中。

李青月凝神看去。

白雾中，一支红衣队伍敲敲打打地缓步而来，几息之间就到了李青月身前。李青月这才看清，来人竟是一支结亲的队伍，红衣红袍、红帽红鞋，轿夫媒婆、婢女乐人样样俱全。每人胸口处都有一个大大的"囍"字，只是个个瘦骨嶙峋，面黄肌瘦，与这大红色架起来的喜庆场面格格不入，倒显出了森森鬼气。

一个满脸褶皱的老者挥了挥手，乐声停止，众人分列两侧，骑着高头大马的新郎官走上前来，停在李青月面前。

"是她吗？"男子在马上微微俯身，仔细打量着李青月。

老者点了点头，肯定道："就是她！"

李青月刚想解释"不是我，我只是路过"，却发现自己被那新郎官用法术封住了嘴，半个字都吐不出来。

几个抬轿子的直奔李青月而来。风声一起，李青月就被吸进轿子中，再难挣脱。鼓乐声穿透夜色，也掩盖了李青月含含糊糊的挣扎声："真不是我！你们认错人了！"

扭阳山息元殿是大成玄尊座下三大法王之一——炼器宗师樊交交的仙府。今夜，是樊宗师的大婚之夜。

息元殿中点起了一盏盏红灯笼，四处挂满红绸，门窗上贴的尽是"囍"

字。院中仆从妇人来往如川流，一派热闹景象。只是细细看来，红绸褪色，"囍"字陈旧，就连院中燃着的红烛都是层层蜡泪堆叠。

李青月被轿子带进了息元殿的新房，四个喜娘熟练地扒了她的衣服，换上一身婚服，又拿着胭脂水粉往她脸上招呼，生生将她打扮成了个含苞待采的小新娘。李青月看着四个喜娘纸扎一般的妆容、稍微一动就扑簌簌掉落的白粉，不敢想象自己此时到底是怎样的尊容。

李青月费了半天力气才从自己贴身的口袋里摸出来瞌睡虫，迷晕了喜娘，逃出了新房。

"听说新娘跑了！"两个仆人举着灯笼四下搜寻，"可不能让她跑掉，我都好些日子没吃饱饭了……"

李青月藏在院中假山石的阴影里，听着二人的对话，惊出一身的冷汗。眼看两人走远，李青月慌不择路地离开庭院。误打误撞，躲避之中，她摸进了一个房间……

昏黄烛光之下，厨房的案板上堆满了妖兽的血肉，猪头獠牙横生，羊首怒睁竖瞳，一阵阵血腥之气弥散开来……厨房的东南角支着一口大锅，锅中汤汁咕噜作响，红褐色的油亮汤汁随着厨子的搅动越发浓稠……

李青月藏进厨房，死死捂住自己的嘴巴，几欲呕吐。

"时辰还没到！"状若骷髅的厨师突然开口，用手中的大勺隔开正向锅内探头的小厮，"看也没用，时辰没到，吃下去也不能果腹。"

小厮讪讪地缩回脑袋，突然又抽动鼻子，细细嗅闻："好像……有人味！"

厨师与小厮寻着气味细细搜索，找到了角落中正举着猪头遮挡自己的李青月……

樊交交看着面前被五花大绑押送来的李青月，很是无奈地叹了口气。

"你家收了钱的，更何况我也说了不会让你有危险的，你跑什么啊？"

李青月撇嘴看着他，自己现下这个待遇，真的很难相信樊交交的鬼话。只是李青月被施了禁言之术，实在不能破口大骂。

"宗师，时辰到了。"喜娘上前，将一条红绸塞进李青月两手之间，又将盖头递给了樊交交。

樊交交亲自为李青月盖上了盖头，拉起红绸的另一端，牵着李青月向外走去。

大殿之中摆着几十桌宴席，红灯红烛，红桌红椅，围坐在桌旁的众人也是人人穿红，可这般景象无半点儿喜气。众宾客同那接亲的队伍一样，面黄肌瘦，身若干柴，一个个死死盯着主桌上的沙漏。全场鸦雀无声，甚至听不见呼吸声。

夜风轻轻晃动烛火，烛焰跳动间，沙漏中的最后一颗沙粒轻轻落下。铮的一声，磬音响彻四野。

"吉时到——"

樊交交牵着李青月从大门走入大殿，一瞬间，无形的喜气化作淡淡红光从李青月手中塞着的绸缎上倾泻而下，如流水般漫开，沾染着一桌桌的肉食。

"新人到！开——席——"

李青月吃惊地看着一众宾客如狼似虎地扑向宴席之上的肉菜。不论男女老少，纷纷伸出干瘪的手臂，疯狂地往嘴里塞着食物，脸上只有饥饿已久的疯狂，对着手里的鸡鸭猪羊不住地啃噬。

无人在意正在大婚的新人，一时间，大殿之中只有吞咽、咀嚼、撕扯皮肉的声音。不过片刻，宴席之上已是狼藉一片，汤汁横流。

李青月被樊交交拽到了礼堂上，按在香案之前。李青月拼命挣扎，不肯与樊交交拜堂。

"按住她！"樊交交低声冲身后的喜娘吩咐道。

李青月用尽灵力挣开了身上的绳索，正打算唤出云阿剑与这满堂宾客拼个你死我活——命可以丢，这堂是绝不能拜的。

"嘭——"息元殿的大门突然被撞得四分五裂，一阵极寒凉的神力笼罩了整个大殿，香案上的龙凤红烛连火焰都被丝丝霜华凝固住，不再跳动。

桌边正在风卷残云埋头苦吃的众人向大门外看去，嘴里还塞满鱼肉。

李青月一把掀开盖头，向外望去，眼泪登时从脸颊滑落。息元殿破碎的大门外，白九思一袭白衣，眉头紧蹙，掌中神光未散……

第四章
个中人

高耸的山巅之上，藏雷殿巍然屹立，白九思所在的崇吾殿更是几近没入云层。

樊交交喜服还未换，正一脸郁闷之色同白九思汇报。

"近来大妖异动，白骨钉皆有松动的迹象。"樊交交抬眼，小心地打量白九思的神色，"丹霞境实在没啥喜事，只能我自己结亲……谁能想到，那是我师母啊……"

樊交交是炼器宗师，他所制的白骨钉取天之气、水之魂，最是纯透、明澈，可以用来压制恶念，因此负责统辖打钉人，镇压狱法墟中关押的妖兽。妖兽大都生而暴虐，性情毒辣，野性难改，加之被镇压在此，更是积攒了不少怨气恶念。时间一久，用来辖制妖兽的白骨钉便会松动，要由打钉人前去加固。恶念可被喜气消解，打钉人更是以喜气为食，只有补充喜气，才能获得源源不断的能量。故而这樊宗师几乎年年娶亲，前道侣拉出来够塞满他的息元殿。这样的德行本应该臭名远扬，偏偏樊交交不同，每一位与他结亲又和离的人家，最后都对他甚为满意。

"我……我给了聘礼的，六十四抬呢！"樊交交说着还有些委屈，"也不知道她为啥想不开，临拜堂时逃跑了。"

白九思垂眸听了半天，忽而抬眼看向樊交交："这么说，你把你师母抓回去，是巧合咯？"

樊交交说跪就跪，一脸惶恐地说道："师尊，弟子真的是无心之失啊！"

"都是无心吗？"白九思喃喃道，目光望向窗外幽邃的夜色。

圆月皎洁，苍涂提着灯走在李青月身前。因着拜堂这一遭，整个丹霞境真正认识到了这位玄尊夫人低微的法力，白九思也不好再让李青月回天姥峰去，故而吩咐苍涂将李青月安置在藏雷殿里的蘅芜院。

藏雷殿依山傍水而建，几条回廊贯通南北东西，将藏雷殿的所有仙阁、院落全部联通。回廊下方有涓涓溪水，清澈见底，两侧偶有凉亭，飞檐翘角。

李青月已换了身干净的衣服，正跟着苍涂在回廊里穿行。

"夫人，您看，"苍涂微微抬手，"那边就是崇吾殿。"

李青月放缓脚步望去，崇吾殿高耸的金顶没入云端，庄严肃穆。

"玄尊每天早上就是在崇吾殿面见众位仙君，听他们汇报九天事务的。"苍涂的手指向右微移，"您再往右看，那边是藏兵阁，丹霞境的仙家法宝都在这藏兵阁之中。"

两人走累了，便坐在凉亭内休息。凉亭檐角下四角挂着风铃，微风吹动，发出清脆的响声。

"那边，"苍涂指着远处的一片丹霞树花海，"那边是玄尊的寝殿，玄尊喜欢清静，因此现下只有我会过去侍候。"

微风吹动李青月的发丝，丹霞树的枝丫也随风轻动，一片烂漫。李青月垂眸，淡淡岔开话题："我听闻玄尊素爱灵兽，那你可知道那些灵兽都豢养在哪里？"

苍涂点头，回身指向身后："大多在后山，有仙侍照料，少许名贵的便养在玄尊自己殿中。"

"夫人，您的寝殿位置稍偏，离狱法墟较近，晚上尽量不要单独出去，不然……可能会遇上些意想不到的事情。"苍涂将李青月引入蘅芜院，不忘仔细地叮嘱两句。

"你是说会遇上妖兽吗？"李青月就着月光打量着眼前的院落。

蘅芜院还算宽敞，建筑没有崇吾殿巍峨、庄重，但算得上清幽、雅致。院落正中立着一架秋千，秋千上缠绕着紫藤萝。寝殿窗下栽种了一片蘅芜花，开得正盛，夜风拂过，满院馨香。

苍涂将手中的灯盏递给李青月，想了想，还是开口道："妖兽兴许不会遇上，但容易撞见樊宗师娶亲。"

李青月将卧房中的蜡烛燃起，放下了自己的小包袱，打算好好整理下未来在这九重天的栖身之所。毕竟自从来了这九重天，她不是受伤昏迷，就是在受伤的路上，如今，既然住进了藏雷殿，那便好好将日子过起来。只是收来收去，她发现自己实在没什么家当，只好随身补齐了丹药，又重新将那几件衣服叠了一遍，就算是迁居仪式吧。

李青月拉开衣柜，打算将包袱收进去，却不料这柜里竟蹲着个孩童。这孩子倒也可爱，缩成小小一团，一双黑白分明的圆眼配上浮元子般的脸颊，让人忍不住想戳两下，就是这孩子脸色白得过了头。

李青月被吓了一跳，这小童倒似毫无察觉，只是仰着头直勾勾地盯着李青月，道："你会讲故事吗？"

"我不会讲故事。"李青月伸手将这孩子从柜中扯了出来，"这么晚了，你是谁家的孩子，我送你回家睡觉去。"

李青月拉着小童想往外走，却感觉手里拉着的不是个总角孩童，而是块擎天巨石。

"那我给你讲个故事吧……"小童不动如山，李青月用上了全身力气，愣是撼动不了他分毫。

"讲完就回家？"李青月无奈地盘膝坐下。

小童点点头，清了清嗓，开口讲道："从前，凡间有个不入流的宗门，宗门里有个不入流的姑娘……

"姑娘一嫁人，就被夫君扔在山上……姑娘自己下山……九死一生……她的夫君还是把她撵走了……"

李青月只觉得这故事越听越耳熟，不由得皱起眉头，有些恼怒。

"她的丈夫连她被人娶走也不在乎……"小童子摇头晃脑地自顾自往下讲，"可她还是很爱自己的丈夫……她打开柜门，发现了一个小童子，小童子要给她讲故事……"

小童子左手抓住李青月的肩膀，直勾勾地盯着李青月说道："小童子要讲数人头的故事。一、二、三，数一数，屋里有几个脑袋？等数完了，小童子就一口把她吃掉！"

"一——"小童子伸手指了指自己。

"二——"小童子伸手指向李青月,而后缓缓地扯开嘴角,露出了个甜甜的笑容,只是这笑越扯越大,嘴角几乎要扯到耳根,从两唇之间隐约可见尖锐的利齿。

李青月从这小童搭上自己肩膀时就觉得不对劲,只是她用尽力气,也没能挣开小童子的禁锢。这会儿看着小团子变成吃人的怪物,李青月惊得冷汗直流,手上掐诀,正打算拼上一拼,一截树枝忽地破窗入室,封住小童子正张大的嘴巴,然后将他拖出了屋子。

李青月看着破碎的窗户,急急奔出门去。只见那小童被树蔓捆住了四肢,在地面上砸来砸去,嘴又被封住,出不了声音,结果灰头土脸的,变作煤球。若不是刚被他狠狠吓过,李青月这会儿只怕是要心软的。

"夫人,夫人,我来了!我来照顾您了!"凝烟将小童缠成球丢了出去,而后兴冲冲地扑向李青月,给了她个熊抱。

"别怕别怕,那就是个小妖,叫隐童子,没什么本事!"

"隐童子?"李青月被抱得有些窒息,连忙挣脱开来。

"他啊,专爱吃人脑袋,是个恶妖,但是没啥法术,只会讲故事。别人捂上耳朵不听,他就没办法了。之前偷着溜了,热乎脑袋还没啃上一口,就让玄尊捉来了。再见到,一拳打飞就是。"凝烟一脸的骄傲,很是满意自己刚才的表现。

李青月却很是无奈,一个小妖也不是自己能对付的啊!

"我以后就在这儿守着您了!"凝烟环顾了一圈院子,挑了个合眼缘的地方站住,化作一株巨大的建木。

隐童子虽然被凝烟丢了出去,可他讲的故事实实在在地给李青月留下了一些阴影。李青月倒不在乎自己是不是个不入流的凡人,但想到自己被樊交交误娶时白九思那铁青的脸色,她还是觉得自己该做些什么。

第二日清晨,日光和煦,凝烟端着果子进门时,差点儿被李青月吓出原形。李青月换了身衣裙,衬得她身量纤纤,只是一张脸被涂抹得色彩分明,眉似黑炭,脸若白纸,两团红晕仿佛贴在脸颊上,嘴唇更似被蜂子蜇过一般。

"夫人……您这嘴……可是流血了？"凝烟小心翼翼地查看李青月的"伤势"。

"这是口脂！"李青月边对镜描妆，边同凝烟解释，"唇色若是暗淡，用这个涂上便红润了。"

"您知道的……我是棵树，树自然是没见过这些的。"凝烟这才弄明白，自己这位夫人仿佛……应该……是在女为悦己者容。她不由得很是欣慰，夫人和玄尊还是要好好过日子才是。

"你也来试试。我和你说，你涂上肯定也好看。"李青月兴致勃勃地拉来凝烟，拿起胭脂就要往凝烟脸上涂。

"夫人可是要去见玄尊吗？此时晨会应要结束了，夫人快去吧，免得错过了。"凝烟看着李青月伸过来的胭脂，忙不迭地开口。

"对哦！那我现在就去！"李青月立刻放下胭脂，提着裙子出了门。

"呼——"李青月匆匆忙忙赶到临渊阁门前，长舒一口气，"总算到了。"

她理了理衣裙，向门内走去。脚尖还没落地，门前的结界乍现，泛起一层浅浅的涟漪，将李青月弹了回去。

那结界的力量看似不大，却逼得李青月连连退后好几步，最终摔倒在地。

"哎呀。"李青月揉着屁股，手脚并用地爬起来，完全没意识到门口是有结界的，还一脸困惑地四下看了一圈，又要往门里走。

"站住！"

李青月怔住，因为门前的麒麟石像动了，化作两道金光，落地又变成了两名身穿铠甲的守卫。

守门大将军打量着一脸浓妆的李青月，半晌，转头看向守门大元帅："你可认得她？"

守门大元帅冥思苦想，提着一口气，仿佛名字已到嘴边，最终他还是摇头："不认识。"

守门大将军冷冷地哼了一声。

二人同时看向李青月："来者何人？"

李青月想了想，拱手行礼："嗯……净云宗李青月。"

"净云宗？"守门大将军疑惑。

"李青月？"守门大元帅同样摸不着头脑。

二人对视一眼，同时问道："你来自何处？担任什么职位？"

"我来自下界。"李青月并未有丝毫不好意思，"我的职位……勉强算是二位的同行，也是守山门的。"

"嚯！"守门大将军面露喜色，满意地点点头，"原来你也是个厉害角色，竟与我二人职位相当。"

守门大元帅也满意地点点头，却不像守门大将军那样将喜悦写在脸上，反而板起脸道："玄尊说过，无论谁来拜访藏雷殿，第一眼看见的都是门卫。所以啊，像我们这些做门卫的，就是藏雷殿的脸面，就是玄尊的脸面。"

李青月含糊地应了一声，想要敷衍过去。

"脸面！"守门大元帅见李青月心不在焉，狠狠地拍拍自己的脸，严肃道，"懂不懂？"

李青月尴尬地扯扯嘴角，努力挤出一个笑容："懂。懂。"

"就你？"守门大将军不屑地用余光瞟了瞟守门大元帅，"你还是脸面？也不看看自己老成什么模样了，一笑起来脸上八十个褶，就这样还能代表藏雷殿、代表玄尊？"

"嫌我老？"守门大元帅冷哼一声，"我还嫌你矮呢，别人不低头，都看不见你这张藏雷殿的脸面。"

"你！"守门大将军跳起来，挥舞着拳头，似乎要动手。

守门大元帅丝毫不嫌事儿大，微微仰起头，俯视守门大将军："怎么，又要跳起来打我膝盖吗？"

"等——等一下。"眼见二人就要打起来，李青月连忙拦在两人中间，"我是来找玄尊的，劳烦二位先帮我通传一声，再……打也不迟。"

守门大将军冷哼一声，转头看向李青月："你叫什么来着？"

"李青月，我叫李青月，"想了想，李青月又补充道，"是大成玄尊的道侣。"

"哦，大成玄尊的道侣啊。"守门大元帅接过话题，突然愣住，"那不就是——"

"玄、尊、夫、人？"守门大元帅和守门大将军异口同声，说完，面面相觑。

李青月讪笑道："……对！就是我。"

守门大将军上前一步，正色道："夫人稍候，我去通报玄尊。"他猛地丢下长枪，就往里面跑。

不过，他没跑两步远，就被守门大元帅扯着衣领拉了回来。

"喂喂喂，"身高差距在这时分外明显，守门大将军的两条腿几乎要腾空，守门大元帅依旧揪着他的后脖领不放，试图讲道理，"你年纪小，不够稳重，还是我去见玄尊吧！"

守门大将军在半空中扑腾："你倒是不小！你那一脸褶子，别吓着玄尊了！"

"嫌我老？！我还嫌你矮呢！玄尊都看不见你！"守门大元帅将长矛往地上一拄。

"那……"守门大将军无理可讲，只能强词夺理，"长幼有序，我是你哥哥，该我送！"

"啊？！"李青月捂住嘴巴，震惊地看着眼前两位门神。

她还以为……两位是爷孙关系，没想到他们竟是兄弟，而且那位看着不过十岁左右的竟然年长，是哥哥。

守门大将军趁机从守门大元帅手里挣开，得意地扬起下巴："你不知道吧，本仙天资聪颖，八岁便结成金丹，年华不逝，容颜永驻。"

八岁？！李青月瞪大眼睛，忍不住看了眼守门大元帅。

"而他，"守门大将军指着守门大元帅，"八十岁哦！"

"那又怎样？"守门大元帅显然已经动怒，却还压抑着，"我后期修习飞速，法术比你高了整整三个段位。"

"哦。"守门大将军并不放在心上，抱着胳膊，不屑道，"是吗？那又怎样呢？老——头——"

砰的一声，李青月身后的山石碎开，守门大元帅挥着长矛刺向守门大将军，怒道："不要叫我'老头'！"

守门大将军也不服输提起长枪，跟自家弟弟扭打在一起。很快，周围草木被整整齐齐割断，山石碎了一块又一块。

突然，两人停了下来，似乎顾忌还在临渊阁前，干脆丢下武器，赤手空拳地重新扭打成一团。

"那个……"李青月慢慢伸出一只手，可惜无人理她。她吞了口唾沫，看着只片刻便已鼻青脸肿的二位门神，忍不住跟着龇牙咧嘴，仿佛感同身受。

这……就是传说中的神仙打架吗？

李青月无奈，找了个背阴的地方，用袖子扫干净一块地的灰尘，然后坐下，望向天空，祈祷太阳落山前他们二人能分出胜负。

临渊阁的卧房里，白九思临窗而坐，指尖摩挲着几颗小秋果。

窗外日头西落，金光遍洒层云。

苍涂愁眉苦脸地进来汇报："玄尊，夫人已经回去了，但那两个守门的还在打。"想了想门口被掀飞的花草和崩碎的山石，苍涂接着说道，"要不还是把他们调回去继续守藏雷殿的殿门吧。"

"不必，留着热闹。"白九思无所谓的态度让苍涂有些火大。

"有他们在，夫人怕是进不来。"苍涂看着白九思面前那一盒眼熟的小秋果，很是直白地说道。

"正好让我看看，她……究竟多么想见我。"白九思捏起一颗小秋果送入口中，眼中却一片凄然，明知是假的，自己竟然也想感受她片刻的用心。

白九思望向窗外，神色间尽是厌倦。

第八次被守门两兄弟逼回蘅芜院的李青月正无精打采地坐在秋千上，神情怏怏。连日练习的妆容总算少了几分惊悚，但也掩不住李青月的落寞。

"夫人，您又没见到玄尊啊？"凝烟化作人形，变出几个果子，塞进李青月手里。

"我觉得，白九思他好像在生我的气。"李青月拧着眉毛说道。再迟钝的人也能感觉出不对劲了。临渊阁可是白九思的寝殿，怎么说也不至于找那么两个一言不合就开打的护卫守门。

"夫人，您多虑了。"凝烟很是中肯地评价道，"不是好像，那就是生您的气。守门那两个家伙，原本是守藏雷殿山门的，我感觉玄尊是故意把他俩调来的。"

李青月听完更是丧气，捏着果子食不知味地咬了一口："我就知道，正常的男人哪能接受妻子和别人拜堂啊……"

"你说，我该怎么让他消气呢？"李青月期待地望着凝烟，想听听看能不能有什么好主意。

凝烟连连摆手："夫人，您又忘了，我是棵树，不通男女之情，不敢给您乱出主意啊。"

李青月惆怅地望向逐渐升起的明月。她也是第一次成亲，自然谈不上有什么经验，身边只有凝烟和时不时出现在衣柜里的隐童子，总不能找那个啃人脑袋的小童子问情爱之事吧。去哪儿找个有经验的人呢？

等等……经验……李青月想起自己包袱最底下那一摞四四方方、包裹严密的话本子，脸上渐渐露出笑容。

这一夜的蘅芜院，灯火彻夜未熄。

旭日初升，鸟鸣清幽，崇吾殿门口却失去了往日的肃穆。

汇报结束的普元刚走出殿门，就看见往日早该各自离去的众人竟然围在一起窃窃私语，听音量也觉得众人很是八卦。

普元好不容易拨开聚在一起的众人，挤进了人群的中心："借过……借过……这是看什么呢？"

被他问到的永寿难得地一言不发，没有接他的话，只是一只手捂着额头，一只手示意普元看看地上。

只见崇吾殿的门口不知被谁人写上了两排诗句："青青子衿，悠悠我心，纵我不往，子宁不嗣音？"字迹实在算不上高明，但胜在够大、显眼。这几百年间，可从没在大成玄尊的藏雷殿出过这样的新鲜事。

众仙君开完晨会出来，就看见了地上这两排情诗。大家围在一起倒不是因为这诗句有什么值得一品再品的价值，而是总要找些借口晚点离开，才能看上即将新鲜出炉的八卦。

樊交交自从误娶了李青月,一向表现得十分老实。此刻,他面色很是复杂,想了想,还是化身报信小厮,默默向殿内走去。

"师尊……"樊交交看着座上持重端庄的白九思,悄无声息地调了调呼吸才接着说下去,"门外……还需您亲自决断。"

白九思推门而出,院中瞬间鸦雀无声,众人默默退到两旁,明晃晃地将地面上的情诗露了出来。白九思脸色一僵,化掌为刃,生生刮下了一层地皮。掌风过处,几个离得近的仙君都忍不住掐诀抵挡。

众人大气都不敢出,唯有樊交交顶着自己刀枪不入的脸皮,凑到白九思身边:"玄尊……师母甚是有情趣啊。"

朝曦越过崇吾殿高耸的房檐,白九思缓缓转过身,脸色冷若冰霜,目光却仿佛能在樊交交身上烧出两个洞。众人一看,连忙告退,生怕自己一个没憋住,翘起嘴角,便要惹恼大成玄尊。

稍晚些,白九思看见临渊阁院门前也围着一圈仙侍、弟子时,心里就生起了不好的预感。

木兰花还沾着清晨的露珠,虽然早已离开枝头,但余香未散,芍药艳丽夺目,花瓣铺陈在地面之上,红豆点睛,鸢尾作翅,就连建木那黑色花瓣都被取来做成了尾羽。两只双宿双飞的大雁,就这样被摆在临渊阁的院门之外。旁边略显歪扭的两行大字很是眼熟。

"有一美人兮,见之不忘。一日不见兮,思之如狂。"

白九思黑着脸,照旧刮了层地皮下来,一把火烤了那两只花瓣大雁,而后大步往临渊阁内走去。

白九思忍无可忍,赶到蘅芜院时,李青月正在给隐童子讲故事。有凝烟坐镇,隐童子不敢给李青月讲故事了,没有脑袋可以觊觎,小团子就改吃果子,吃得直打嗝。

"李家郎痴恋魏家美娇娘……"李青月拿着话本子摇头晃脑地读着,声音抑扬顿挫,颇有些说书的味道,"写了情诗,托人送给魏家姑娘……"

隐童子双手撑着小脑袋,一双眼睛瞪得溜圆,听得聚精会神,时不时还要敏而好学地问上两个问题。

"何为情诗?"隐童子奶声奶气地问道。

"情诗嘛……那自然是剖白情感的诗!"李青月放下话本子,正色道,"就像我写在玄尊门口那种,一读动人肠,定能让玄尊感受到我的爱意——"

李青月扬扬自得,但话还未说完,隐童子突然猛地嗅了嗅,一溜烟钻回衣柜里,还将柜门死死关住。

"玄尊……"李青月这才看见白九思的身影。

白九思看着李青月铺满桌子的话本子,冷哼一声,抬抬手将它们烧了个干净。

"少看些乱七八糟的东西。"连烧剩下的灰,白九思都驱了阵风从窗口扬了出去。

李青月还没来得及说上一句话,白九思已经走出门去,不见了踪影。李青月望着自己空荡荡的桌面想了又想,露出一副顿悟的神情。

临渊阁内并未燃灯,只有少许月光透过窗棂,散落在案几之上。夜深人静,一个黑色身影鬼鬼祟祟、手忙脚乱地翻过窗子,然后脚下一滑,连人带案几摔在地上,棋盘上摆了一整天的残局立刻变作一地散乱的黑白石子。

白九思起身时,看见的正是撅着屁股趴在地上捡棋子的李青月,一身夜行衣穿出了月黑风高夜的凶险。

"你怎么进来的?"白九思忽然开口,吓得李青月立时顿住,伸向桌下摸棋子的手还没来得及收回来,便僵硬地回头望向白九思。

"玄尊……那个……"李青月讪讪地站起来,将手里捏着的棋子默默挪回棋盘之上。

"翻墙,然后翻窗……"李青月见白九思只是盯着自己却不接话,只好硬着头皮往下说,"我见你白天从窗子扬了那些灰,想来是在测试我的悟性,点拨我可以翻窗来见你。"

"来做什么?"白九思不紧不慢地点亮了殿中的烛火,等着李青月回答。

"夜、会、情、郎!"

殿中烛火猛地一跳,随即恢复正常。

白九思不易觉察地挑了下眉,看着李青月浓妆艳抹的脸,语气里多了些调笑的味道:"我还以为,你是打算用这副尊容来吓死我。"

"玄尊不喜欢,我就不化了。"李青月一边用袖子擦脸,一边观察白九思的神色,"您最近不愿见我,可是因为还在生我的气?"

"生气?"白九思这会儿倒是有些疑惑了,不知道李青月这结论是从何而来。

"设身处地想想,若是玄尊同别的女子成亲,我也是要气上许久的。"李青月笃定地说道,"我连日哄您,也不见您消气,故此今晚必须来见您。"

说罢,李青月忽然上前,结结实实地抱住了白九思,一头扎进他怀中,因此没见到白九思蓦然僵住的脸色。

"哎呀,玄尊就不要生我的气了嘛。"李青月好歹也是修仙宗门的弟子,再怎么修为不济,也要讲究清净正念,故而此时这矫揉造作地撒娇,她是尽了全力的。虽然心里有些抽搐,但是有求于人,她便顾不得了。

临渊阁里的烛火摇曳,映出一地暧昧的阴影。

李青月身上有好闻的花香气,白九思心口一紧,眼底情愫涌动,压了又压才恢复清明。可他还是顿住了,任由李青月在他怀里蹭了又蹭,才伸出手捏着李青月的后颈,将她从自己怀中扯了出去。

"这又是你从那乱七八糟的书中学来的?"

"这不是给玄尊您赔罪嘛。"李青月察言观色道,"玄尊可否受用?书上说了——"

"你再提一句你那些破书试试!"白九思眉头一皱,直直瞪向李青月。

李青月吓得一缩头,连忙满脸堆笑道:"不提了,不提了⋯⋯"

"你若是来赔罪,便回去吧,以后也不必再来,我没有因梵交交的事迁怒于你。"白九思语气冰冷,但若是细听,竟能品出丝丝失望。

"其实⋯⋯我还有一事相求⋯⋯"李青月犹犹豫豫,却还是探头向白九思说道,"我想求玄尊教我法术。"

"为何忽然要学法术?"白九思心知李青月此时是凡人之躯,修为低微,待在净云宗十一年都不废寝忘食,却不知她怎的忽然想要修行了。

"因为我不想再给您添麻烦了!"李青月目光真诚,一字一句地说道,

"我不想以后遇险都要靠您救我,夫妻应当齐心协力,不能总是一方拖累另一方。"

"只是这样吗?"白九思探究的目光仿佛要穿透李青月的脸。

"我听说玄尊与日月同寿,而我法术不精,日后怕是很难长寿。我想,要是我修炼得好一点儿,就能陪伴您久一点儿了。"李青月的眼中似有万千繁星,灿灿生辉。

白九思沉默了许久,定定地看着李青月那副欢欣期待的面孔,眼底晦暗如深渊。

"好,我应下了。"

李青月再来临渊阁时,守门的大将军与大元帅已经回归本职了。

院中原本的桌椅都被清空,留出一片空地,白九思坐在树荫里,边品茶,边看李青月练功。

李青月一身劲装,一招一式很是认真,态度端正得不得了,一脸的刻苦求学,只是这法术嘛……

"灼恶燃邪,掌其生熄,起!"李青月目光炯炯,屏气凝神,奋力挥出一掌,却毫无反应。

微风拂过,临渊阁中的垂柳才微微摇曳,一片静谧中只有几声啁啾的鸟鸣。

白九思端着茶,眯起眼看着李青月再度拉开架势。

"灼恶燃邪,掌其生熄,起!"

依旧丝毫不见效果。

"知道你法术低微,却是没想到如此低微。"白九思实在看不下去,就连跟在他身后奉茶的苍涂也低下头去,生怕自己没忍住,笑容太过冒犯玄尊夫人。

"灼恶燃邪,掌其生熄,起!起!起!"李青月脸憋得通红,恨不得整个人化作打火石,迸出几个火星。

呼的一声,李青月的掌心终于燃起了火焰,只是这火苗小得可怜,不比蜡烛的火苗大。若天下法术皆是如此,那修行之人倒不如老实种地。

白九思与苍涂看了看李青月掌心的火苗，对视一眼，都从彼此眼中看出了疑惑。

"玄尊！玄尊！有火了！"李青月一脸兴奋地朝白九思跑来，只是刚开口，掌心的火苗就被她自己吹熄了，于是她只好尴尬地站在原地，收回招式。

"没了？"白九思问道。

白九思见李青月站在原地不动，脸色讪讪，也不答他的话，想来是有些恼了。于是，他走上前去，握住了李青月的手。李青月一愣，刚想发问，却见白九思并不看她，只是将她的手掌摊开，手心朝上。白九思站在李青月身后，右手拢着李青月的手，这么比来，他的手掌能将李青月的完全裹住。

"凝神！"白九思低声提醒。

霎时间，李青月的手心蹿出一道冲天的火焰。

"离火南明，幻化万千。"

白九思仔细观察着李青月，只见她眼中只有震惊与赞叹。他手指一动，李青月掌心的火焰化作火凤的虚影，直冲天际。空中，火凤浴火乘风，已化为实体。

李青月愕然抬头，眼中火凤的倒影慢慢放大，红色逐渐占据了李青月的双瞳。火凤嘶鸣一声，俯冲下来，化作万千花火。

"玄尊！您好厉害啊！这法术能教我吗？"白九思看着李青月兴奋的模样，眼中却闪过一丝黯然。

暮色四合，夜色渐渐笼罩临渊阁的每一个角落，唯有丹霞树还是一片烂漫，不因日落而褪色。

白九思掌心凝着一团火焰，金、红两色交织，微微跳动的火焰上方神力流转。

"属下今日看清楚了，夫人所习的御火术是四灵仙尊最擅长的离火之术。"苍涂看着白九思枯坐不语，只是一味盯着掌中火焰，不由得有些感慨。

白九思却似没听到一般，缓缓开口道："我昔日夺了她的离火术，今日再见，她竟还能如此心平气和。"

苍涂看着白九思，不好再开口，只好在心中长叹一声。

此时的蘅芜院里，李青月正仗着自己掌心的一簇小火苗，追得凝烟满院子乱跑。

"夫人！我是树！木头！我最怕火了啊！！！"

连日苦修的李青月在法术上没见长进，胃口倒是长了，尤其是御火术成功率高了以后，她更觉得这九重天缺个厨房。毕竟自从上天，李青月一直靠丹药和果子活着，那味道实在寡淡得让人没力气。

于是，这一日，李青月修炼过后，贱兮兮地凑近正在拿着棋谱摆棋的白九思。

"我们赌一局吧！"李青月突然冒出来，一嗓子打断了白九思刚想好的棋路。

"就你？"白九思眉梢一挑，不屑道。

"就我！下赢了，您得答应我个要求。"李青月战意满满，胸有成竹。

白九思慢条斯理地清空了棋盘上的残局，将黑子递给了李青月："你执黑，免得说我欺负你。"

李青月手里摩挲着黑子，望向密密麻麻的棋盘格，自信地将第一枚棋子摆在棋盘的正中央。

白九思深吸一口气，心底涌起一种熟悉的不祥的预感。

藏雷殿中流水汩汩，庭院中锦鲤游泳，毕方在枝头小憩，一派宁静、祥和。临渊阁中却突然传来大成玄尊的怒吼："你究竟会不会下棋？！"

短短半炷香的时间，李青月乱七八糟地摆满了小半个棋盘，全然不顾下围棋有什么规则，逮到一个顺眼的空位就往下放。白九思一时间竟然不知道，自己究竟是下围棋，还是陪着李青月用棋子摆花样。刚开始白九思只是脸色臭了些，尚且可以忍住骂人的话，后来干脆被气到脱口怒吼。

"我……我真会！"李青月捏着黑子还在棋盘上不停寻摸，"你看……我下这儿，这回对了吧？"

白九思看着被塞进白子包围圈里的黑棋，面沉似水，一言不发。

"又不对啊？"李青月察言观色，得出了结论，"我在净云宗跟张酸师兄就是这么玩的啊，我还总赢呢。谁知道和您下棋，怎么这么难！"

"你拿个凡人跟本尊相比！"大成玄尊面色不虞，本就黑了的脸显得更是不忿。

"不比，不比，玄尊您最厉害了。"李青月从善如流地放下棋子，开始拍马屁，"主要是我蠢笨了些，想来需要补补脑。"

白九思黑着脸清空了棋盘，重新拿起自己的棋谱，不想搭理李青月这个臭棋篓子。

"凡间说啊，吃什么补什么。我觉得我下棋蠢笨，定是缺少荤腥进补的缘故。"李青月拢了拢袖子，觑着白九思的脸色，"要是能吃点山核桃啊、鱼肉啊、烤脑花什么的，肯定就聪明了。"

白九思放下重新举起棋谱的手，深深地看了李青月一眼，道："说吧，你到底想干吗。"

李青月有些被拆穿的尴尬，于是摸了摸鼻子，小声喃喃："我……我想盖个厨房，总吃果子实在太恶心了，隐童子都给吃吐了。"说着说着，李青月忽然有了底气，"盖了厨房，再买些米面粮油，我就能做饭吃了，还能给玄尊您送些好吃的。"

白九思怔住，九重天上都是神仙，要么是得道飞升的高人，要么是土生土长的神族，可无论是哪样，他们都是神仙，是不需要吃饭的。时间久了，他们难免忘了凡人要吃饭这件事。又或许，是他们忘了，九重天上还有李青月这样一个半路撞大运的凡人。

白九思还没应下李青月，苍涂已走了进来："玄尊，凌儿姑娘回来了。"

"今日先到这儿，你先回去吧。"白九思站起身来，和苍涂一并离开。

李青月还没来得及张口，临渊阁内就只剩下她一个人。

崇吾殿内，樊凌儿单膝跪地向白九思述职。她奉命修补四灵仙尊所用的逐日剑，终于有所成就，刚刚才回到九重天复命。

"我将逐日剑镇在阳煞之地，只要再等九九八十一日，即可修复如初，重现宝剑神威。"樊凌儿轻声细语，但是听起来分外坚定。

樊交交则是欣慰地看着自己的女儿，一脸骄傲。

白九思微微点头，赞许道："干得不错。"

"凌儿姑娘到人间历练一番，行事越发沉稳了。"苍涂站在白九思身侧，看着樊凌儿起身，连忙夸赞。

白九思不欲多言，正打算挥手让樊凌儿等人退下，就见门外人影晃动，李青月正端着茶壶在门外跐着脚朝里面张望。

"你们去吧，这次在藏雷殿多留些日子，不必出去了。"

苍涂与樊交交出门时，和李青月撞了个正着。樊交交一边和李青月拱手行礼，一边偷偷地瞥了一眼自己女儿。

"这位是玄尊刚娶的夫人。"苍涂慌忙介绍，"这位是樊宗师，夫人您是认识的，凌儿姑娘是他的女儿，她跟着玄尊也快两百年了。"

李青月故作一副贤良淑德的样子，对着三人微微颔首道："我担心玄尊议事口渴，特地前来送茶。若你们还有事商议，我就不打扰了，麻烦苍管事帮我送进去。"

樊凌儿自李青月出现，虽然面色不改，但是两只眼睛一直死死盯着李青月。李青月只当她是审视自己，于是越发昂首挺胸。

"你自己进来。"白九思的声音穿过几人间逐渐凝固的氛围传了过来。

李青月一改之前的狗腿本色，很是优雅地端着茶壶迈进门去。樊凌儿虽还保持着得体的微笑，但是手掌已暗中攥紧。

"你拿的，是我临渊阁的茶壶吧？"白九思看着一脸心虚的李青月，又伸手摸了摸茶壶，语气有些揶揄，"还是凉的。"

李青月盯着自己的脚尖，恨不得把头扎进地缝里："嗯……我送的这是……凉茶！对，凉茶！"

白九思沉默不语，即使李青月没有抬头，也能感受到白九思如同实质的目光正停留在自己身上。于是，李青月声如蚊蚋一般："我……我就是想看看，您亲自迎接的姑娘是什么样的。"

白九思心下一松，轻轻叹了口气，道："我没有迎接，她只是来向我汇报公事。"

李青月闻言立刻又来了精神，满脸堆笑地抬起头来："这么点儿小事，玄尊不用向我解释。"说着一把拿起茶壶就往外走，"等我片刻，我给您热壶茶过来……"

　　白九思看着李青月雀跃的背影,眼中有了些自己都不曾察觉的温和。

　　息元殿中,烛火通明,樊凌儿的房间入目之处尽是娇嫩的粉色,衣柜里塞满了各式各样的衣裙,就连抽屉里都是满满当当的黄金首饰。

　　樊凌儿一袭寝衣手拿烛剪,缓步走着,一根根将蜡烛剪灭。

　　"为父不是故意不告诉你玄尊娶亲之事的。"樊交交一边闪躲自己女儿的目光,一边默默擦去额头上的冷汗,"最近狱法墟莫名动荡,太忙了。"

　　见樊凌儿没什么反应,只是微微不耐烦地皱起眉,樊交交连忙接着说道:"姑娘家,不要总是打打杀杀,学着温柔贤淑些。我给你买了许多衣裙、首饰,你看看喜不喜欢。爹的钱你随便花,想做什么都依你。"

　　"只一件,万不可去找夫人的麻烦!"樊交交正色道。

　　想起方才父亲对自己的叮嘱,樊凌儿不以为意地摇了摇头。随着烛火的熄灭,屋内一寸寸地暗了下去,黑暗逐步吞噬了整个空间,甚至连月光都不能刺破这黑暗。

　　浓稠的黑暗中忽而又亮起了一丝火光,樊凌儿盘坐在地,身前悬着一支龙凤喜烛,烛火轻微跳动,橙红色的火光中掺杂着幽暗的黑色。樊凌儿划破手掌,用手握住蜡烛,血液随着花纹渗入蜡烛,烛光一时间化为血红。樊凌儿的影子也在烛光的映照下渐渐清晰,凝结成实质。

　　"去,杀了她。"樊凌儿的眼中只有一片血光。她的影子扭动身体,渐渐脱离,贴着墙壁,自窗口的缝隙中穿行而去。

第五章
遇白蛇

云破月出，满地银白。蘅芜院中，建木参天，树枝间闪烁着绿色萤火，树叶沙沙作响，微风拂过，凉意扑面。

李青月正在寝殿中熟睡，床榻周围纱幔层层叠叠，遮住了屋内一簇幽微的烛火。一道黑影自院中滑过，没有丝毫响动，又顺着门缝流入屋内。樊凌儿的影子从地面沿着纱幔缓缓而上，而后寒光一闪，黑影举起手中的匕首，准备向床榻上的李青月刺去。

"你想听故事吗？"柜门忽然打开，露出隐童子莹白的一张小脸，只是目光沉沉，没有了丝毫天真。

黑影回身向隐童子冲去，柜门上霎时间多了一个黑气缭绕的大洞。隐童子闪身钻回柜中，并未被黑影击中。

李青月正是被柜门碎裂的声音惊醒的，还未看清来人是谁，就只觉眼前一道寒光袭来。李青月连滚带爬地滚下床榻，堪堪避开这一击。刀锋落下之处，纱幔化为碎片。

黑影一击不中，立刻收臂再刺，提着匕首向李青月的脖颈攻来。眼前金光乍现，却没有传来兵刃刺入身体的闷响，反而听到叮的一声，像兵刃相接的清脆之音。

一柄长剑横在两人中间，剑刃泛着清亮的金光。李青月手持云阿剑抵住了黑影的匕首，目光直直刺向黑影。她先前低垂着眉眼，不算惹人注目，可一旦抬起头，露出眼睛，便有股傲气透出来。

李青月默念法诀，将法术注入，云阿剑瞬间光芒大盛，甩出一道金光，生生将黑影逼退一步。李青月望见屋内燃着的烛火，趁机将那蜡烛一分为二，烛火瞬间熄灭。屋内顿时陷入一片黑暗，黑影也随之消失。

李青月握紧云阿剑,半分不敢松懈,就着窗外的月光警惕地扫视着四周。

忽然,分成两半的蜡烛无火自燃,屋内重新出现两道黑影,一左一右向李青月杀来。李青月横剑在手,震开两把匕首,迅速回身捡起手旁的被子,向着蜡烛盖去。屋内又一次陷入黑暗,已贴近李青月的两道黑影瞬间消散。李青月刚想松口气,却见桌几处有火苗蹿出,接着整个被子都燃烧起来。一时间屋内光芒大盛,黑影凝实,再度提着匕首向李青月袭来。

李青月御起云阿剑,挡住黑影的攻击,趁机逃到院中。她本想着叫醒凝烟帮忙抵挡,却不料黑影已从房间追了出来,如同一尾灵活的游鱼,穿梭在月光下。云阿剑远不如黑影行动迅速,李青月只好召回云阿剑,向院外逃窜。

庭院积水空明,竹柏之影犹如水中藻荇。

樊交交发觉女儿屋内烛火尽数熄灭,有些担忧地凑上前去,又不好直接推门而入,只好撅着屁股透过门缝向内窥探。

"父亲有事?"房门突然打开,樊凌儿一脸冷淡地站在门内。

樊交交差点儿跌进门里,踉跄了两步,尴尬地稳住身形道:"今天风大……风大,我来看看要不要给你添床被子。"

"你是怕我去找玄尊夫人麻烦吧?"樊凌儿并不吃自己父亲这一套,直接戳穿了樊交交的来意。

"你这心性,我实在放心不下。"樊交交索性也就不再掩饰,正色道,"当初在人间学炼器之术时,你能在炙如烤炉的炼器坊坚持十一个时辰闭门不出,满院子的男儿郎没一个能熬得过你。我知道你心善、识大体、懂进退。但你也是个不达目的不罢休的人,我怕你过分执拗,害了自己。"

樊凌儿面上没有丝毫波动,只是听着父亲的絮叨。

樊交交说了半天,也没见女儿回应,只好尴尬地自说自话下去:"如今见你还在屋里,我就安心了,你早些睡。关好窗子,千万别着凉。"

樊交交转身欲走,月光洒在樊凌儿身上,给她镀上一层清冷的银光。樊交交当下定住,猛然转身,仔细地打量樊凌儿。

"你的影子呢?你动用了影杀术,是不是?!"

幽静的密林里杂木丛生，小径错综复杂，虽然不易离开，但同样不利于追捕，更何况……前面的李青月纯粹是一通乱跑，哪里没路往哪里跑。

一路劈开密林横七竖八的枝丫，樊凌儿的影子在李青月身后紧追不舍。

李青月脚下的土地已经由松软的沃土变成砾石，眼前越发开阔，几块巨石歪歪斜斜地横在前面，造型奇异。

再往前走，似乎就能到后山石林。通藏雷殿的回廊就在眼前，可李青月像慌不择路，继续向后山跑去。

黑影向着李青月迅速逼近，匕首划破空气发出阵阵声响，几次都是贴着李青月的身体掠过。反观李青月手中的云阿剑，因为主人的法力不足，金光微闪，只发出无力的嗡嗡声。

后山前的石林如同迷宫，后山上地势更加险峻、崎岖，中心环抱着一泓深潭，深潭的水像死水，平静无波，又如同一面巨大的镜子，照映着苍穹。

"你究竟是谁？为何要杀我？"仓皇之中，李青月竟然逃到了后山断崖前。退无可退，李青月站定，质问还在逼近的黑影。

黑影手中匕首的刀锋折射出刺眼的寒芒，看着被逼到边缘的李青月，黑影飞出匕首直取李青月的咽喉。

"啊——！"

李青月快速向下坠落，心中盘算着，若是摔到石头上，便是粉身碎骨，若是掉进寒潭中……李青月死死闭紧双眼，身影穿过半空中的一道金色法阵，亮光一闪即灭。

与此同时，临渊阁内风铃作响，沉睡的白九思蓦然惊醒，化作一道流光消失在屋内。

深潭云雾缭绕，寒气四溢，厚厚的白雾笼罩在水面上，仿佛有生命一般缓缓流动。只见寒潭溅起一朵水花，冰冷的潭水遇热，在李青月掉落的地方慢慢冒出一丝白烟。

半晌，李青月从湖中央探出脑袋，她冻得嘴唇发紫，吐出一口水，整个人都在发抖。

身后的潭水突然疯狂涌动，李青月回头，只见寒潭中心正升起一个白色的小岛，小岛向上拱起，露出一双墨绿色的瞳仁。

那是一条蛇的脑袋。

白蛇突然动起来，在湖面中心形成一个旋涡，要将李青月卷进去。她无力挣扎，只能待湖水平静。

等李青月的脑袋再次露出水面时，那条白蛇正望着她，露出尖锐的獠牙缓缓凑近。

一人一蛇紧密对视，李青月惊恐的样子映在白蛇墨绿色的瞳孔中。还不等李青月反应，那白蛇的瞳孔突然收缩，血腥味涌入李青月鼻腔。

潭水上空白光大盛，白九思衣袖随风翻飞，他的目光落在李青月身上。两人目光交会的瞬间，他翻手成印，猛地落下。

潭底深处，一根巨大的金针刺在白蛇的七寸，牢牢地将它锁死，似乎白蛇再动一下，那金针就能将它活活刺穿。

白九思一掌拍下，金针自潭水中发出耀眼的金光，又向白蛇的七寸没入几分。白蛇像疼疯了，即便被刺中了七寸，依旧晃动着身体，发出嘶哑的低鸣，寒潭掀起大浪，竟将李青月卷到了岸边。

后背撞在岩石上，李青月闷哼一声，抖着嘴唇，看向白蛇。

浓雾之中，白蛇不断翻腾，七寸处浸出的血水渐渐在水面上弥漫开来，染上李青月的衣裙。白九思目光冷厉，掌心光芒更盛。白蛇痛苦地嘶吼，似乎不甘，但还是逐渐被压制在水面之下。

寒潭上的白雾又一次聚拢起来，流动着恢复了平静。白九思落在湖面上，脚踏涟漪，缓步向李青月走去。他连衣袖都没有沾湿，只鞋尖上有淡淡的血迹，还是走来时不可避免沾到的血水。

李青月掩去嘴角的鲜血，似乎不想让自己那么狼狈，龇牙咧嘴地勉强坐直，抬头与白九思对视。

"你为何会在这儿？"白九思在李青月面前站定，目光冰冷。

"我是被一个影子追杀到这里的。"李青月艰难地坐着，背后的伤口太痛，她实在没办法集中精力，"他拿着一把匕首，将我逼到了悬崖，又将我逼了下来。"

李青月垂下了脑袋。她衣服上滴下来的水，已在地面集成一个小水洼，浅浅映着狼狈的她。

一双锦靴将她的影子踏碎，白九思目光愈冷，一步步逼近李青月。"阿月，见到故人的感觉怎么样？"白九思轻声问她，如同耳语。

李青月一怔，不明所以地抬头，看向白九思："什么故人？"

"还在装。"耳边传来一声嗤笑，白九思目光淡然地扫过李青月，冰凉的指尖轻轻掠过李青月的脖颈。

图穷匕见。白九思懒得再去掩饰眼中的杀意，他已经陪她演得够久了。

李青月白皙的皮肤被激得轻微战栗起来，她僵硬地退后半步，神色也清醒不少："真的。真的有人要杀我，我也不知道到底为何会被追杀。"

"多年不见，你还是喜欢装模作样。"白九思上前一步，直接钳住李青月的脖颈，将她按在巨石之上。李青月忍不住倒吸一口凉气，发出一声痛哼。

"阿月，"白九思望着惊慌失措的李青月，"你不惜自伤，处心积虑，引我下凡，是想做什么？"

李青月呆呆地看着白九思，张着嘴巴，愣是说不出一句话。

"想杀我？还是想再次封印我？"白九思冷笑，"你都落得这般下场了，竟还不死心吗？"

白九思眯起眼睛，眼底猩红一片，似悲似怒，收拢扣在李青月脖颈上的手指："说！"

"我……"李青月脸色苍白，合上眼睑的瞬间，眼泪便成串流下来，"玄尊，您是不是……从来没有信过……我对您的情意……"

终于意识到不对劲，白九思仓皇收手，李青月的身子却软了下去，他顺势将她捞起来，抱在怀里。

白九思的目光骤然凝滞。

李青月背靠的巨石上满是血迹，她的身体是白九思从未感知过的冷。

月华如洗，一朵剑花映着清冷的月光。净云宗内，一道人影正全神贯注地练习剑法。

"看来你的伤势已然痊愈。"紫阳从远处走来，缓步上前。

张酸剑势一收，将长剑别回腰间，冲紫阳抱拳行礼："师父。"

紫阳对着张酸点点头："怎么这个时辰还在练剑？"

张酸垂眸，突然不知如何开口。

紫阳继续道："你三年前为毕方所伤，丹田之气流失，是劳宫受了损伤，而劳宫一穴最需要温养。"

张酸颔首应是。

紫阳拈着胡须，也不管张酸是否听了进去，便继续道："你荒废法术多年，骤然练气御术，定会对自身有所损害，因此莫要急功近利。"

"还要记住，欲速则不达。放缓心境，循序渐进，方能稳固根基，凝丹飞升。"紫阳说罢，看向张酸。

张酸拱手道："弟子受教，多谢师父。"

紫阳眉目间有少许欣慰之意，微微点头："好，炽阳果即将出世，它可以重塑筋骨、起死回生，这便是你的机缘。"

张酸眼中生起狂喜。

"仙果问世，难免会引起多方争夺。如今蒙楚不肯悔改，尚在地牢，素冠为情所困，心性不坚。我打算让上官日月带弟子前去，你若想去，也可随他们一起。"

张酸连声应下："弟子愿往。"

紫阳欣慰地拍了拍张酸的肩膀，准备转身离开。

张酸抬头看着漫天星辰，眼中再次一暗。

"师父，"张酸沉吟片刻，开口道，"弟子一直不解，这大成玄尊究竟是何来历，竟能让天下修仙者皆敬畏？"

紫阳不由得扬眉，因为这样的问题实在很少从张酸口中听到，所以他的回答也格外耐心："汉地十二州，无论仙魔修士还是山精野怪，只要得了机缘，就可飞升九重天。九重天上仙家众多，由大大小小的仙境组成。大成玄尊所镇守的丹霞境是其中最要紧的一处，其上可通玄天。"

紫阳看张酸眼中依然是一片疑惑，于是继续讲道："玄天之境的神族，大多是度过三灾六难的古神。除此之外，丹霞境内的无量碑还封印着魔族的入口。人、神、魔三界的通道都在丹霞境内。大成玄尊法术高深，无人知晓他来自何处又生于何时。只知他当年在神魔大战中崭露头角，以一己之力镇压群魔，乃这天地间战力最高的真神。现下玄尊镇守丹霞境，那便是三界的守界人,护佑三界平安,自然担得起这众生的敬畏。"

"那这六界之中就没有修为比大成玄尊更强的吗?"张酸定定望着紫阳,希望师父能给他一个想要的答案。

紫阳仰头望天,回忆许久才道:"早些年,曾有位上古真神,尊号四灵,可与大成玄尊分庭抗礼,功法、修为与其不相上下,那藏雷殿最初便是四灵仙尊的居所。"

张酸眼前一亮,立刻追问道:"那位仙尊现在何处?"

"已经陨灭了。"紫阳皱着眉头,似乎还在努力回忆,"三百年前,大成玄尊带领诸位弟子部下攻上了藏雷殿,斩其坐骑白蛇,后将四灵仙尊彻底灭杀。从那以后,藏雷殿便荒废许久,直到大成玄尊重新入驻,才成了众家仙源之地。"

"四灵仙尊……"张酸默念着这个名号,突然道,"倒像个女子。"

紫阳仰头望天。

天色似已泛白,远方升起袅袅炊烟,融在空蒙的山色之中。

"无人看到夫人被追杀着实有些奇怪,这下手之人怎么知道昨夜凝烟修炼功法五识全封,不能相助夫人,又是如何避开这么多弟子的呢?"

崇吾殿内,白九思心神不宁地坐在上首,樊凌儿、苍涂、樊交交则站在殿中,汇报着各自的调查结果。

"会不会根本就没有追杀这回事?"樊凌儿目光一闪,故作迟疑地接着说道,"只是夫人不想住在蘅芜院,才编排了这一出?"

樊交交紧张地看了白九思一眼,见他依旧在神游,才稍稍安下心来,伸手拉扯樊凌儿,示意她不要再接着说了。

樊凌儿恍若未觉:"抑或是夫人对寒潭禁地比较好奇,便以此当作借口?"

白九思忽而抬眼,看向樊凌儿。

樊凌儿则是一脸的困惑不解。

"玄尊,夫人所说像是影杀术。这并非一般法术,所会之人不多,我还在一一排查。"

听了苍涂的汇报,白九思微微颔首,示意他们继续追查,但自己心中依然难以平静。

卧房内,香炉内一缕青烟升腾,暖帘被掀开了一角。

李青月慢吞吞地从床上爬起来,不小心碰到了伤口,疼得龇牙咧嘴。

凝烟端着汤药轻手轻脚地走进来,看到自家夫人正披头散发地和一身的白布条纠缠。

"夫人!"凝烟喜道,"您醒了。"

身上用来包扎伤口的白布条越理越乱,李青月匆匆抬头,只敷衍一下,又低头继续给它们打结。

"夫人,先喝药吧。"凝烟将药碗递给李青月,瞥到桌上的一小瓶药罐,不由得一怔。

李青月望去:"怎么了?"

凝烟拿起桌上的药罐,放在鼻下嗅了嗅,疑惑道:"夫人,这是您的金创药?"

李青月瞥了一眼,立刻嫌弃地摇头。这药罐她没见过也就罢了,里面的药竟然还是用过的。

"那……"凝烟皱着眉毛苦苦思索片刻,看向李青月,"这是谁的药呢?"

李青月刚浅浅抿了一口药汤,五官瞬间皱在一起,刚刚生起的念头被苦味冲得烟消云散。

"这药可真苦。"

"都伤成这样了,还什么苦不苦的。"凝烟看着小口抿药的李青月,恨不得直接拿过碗给她灌进去。

"玄尊可有来过?"李青月将这句话在嘴边咀嚼过几遍,还是小心翼翼地问出了口。

"没有,他忙着追查刺杀您的背后黑手。"凝烟脱口而出,又后知后觉地察觉到了李青月的落寞,于是整棵树都手足无措起来。

"你说,他是不是从未喜欢过我啊?"李青月不知何时竟红了眼眶。

"不会的!如果不喜欢,玄尊干吗要娶你呢?"凝烟连忙解释,生怕李青月落下泪来。

"是啊……他为什么娶我呢？"李青月拿起药碗一饮而尽。

凝烟发觉自己又说错了话，索性闭嘴，再不敢安慰人了。

"我掉落寒潭时，里面镇压着一条白蛇。你可知那白蛇是什么来历？"李青月花了半晌才将口中的苦味压下去，随即开口问道。

"寒潭是藏雷殿的禁地，玄尊平时是不允许人靠近的，我实在不知道里面有什么。"凝烟一五一十地回答道。

"禁地吗……"李青月似有所悟。

血云笼罩整片焦土，云层之间雷声接续。大地苍茫，黄土化墟，风沙中隐约可见森森白骨。

地面沙土翻涌，仿佛有什么庞然大物在土层深处不断耸动，即将破土而出。

白九思化作一道白光砸向地面，掐诀念咒，掌心燃起离火，向地面烧去。火焰在沙土上蔓延开来，霎时间燃成熊熊火海。

沙土之下传来鬼哭之声，血雾从沙土中涌出，沉沉压向火焰。白九思面色有些发白，但是眼眸依旧平静，掌心火焰暴涨，化作一只火凤，直冲云霄，火凤搅动云气，挟着狂风俯冲而下，将血雾冲散殆尽。天空被白九思的离火映得通红，火焰将熄，地下的哭嚎声也渐渐沉寂。

跟在白九思身后的苍涂眉头一皱，目露担忧。

"白九思，好久不见啊。"一道妖媚的声音自地下传来。

白九思本欲离开的身影被这声音一拦，顿时有些凝滞。

"这么多年，你还安稳地活着，难不成你已经杀了四灵？"女子的话中颇有几分讥讽，"果然，还是你们男人心更狠啊，哈哈哈哈——"

白九思抿紧嘴唇，快步离开。

红莲的笑声回荡在整个狱法墟。

李青月被凝烟扶着坐在院中的秋千上，抬头看着天边绮丽的云霞。

院门口金光一闪，两个熟悉的身影随之出现。

"我等奉玄尊之命，在此看守院门。"守门大元帅朗声说道。

"夫人闯入禁地一事未查清前，不许踏出蘅芜院一步。"守门大将军连忙接上。

凝烟气急，丢下李青月，撸起袖子就开始理论："夫人是被人刺杀，凭什么把夫人关起来？！"

李青月却凄苦一笑，拦下凝烟，道："看来他还是不信我。算了，回屋去吧。"

进了屋，凝烟还是气呼呼的，语气很是凶狠："明明是被人欺负了，反倒还要被软禁。"转而又开始自责起来，"都怪我，要是我醒着就好了，您这次受伤最主要的原因就是没有法力高强的我保护您。"

"所以……"李青月犹豫地开口，"你决定以后都跟在我身边？寸步不离？"

"不，"凝烟认真地看着李青月，"我是决定要教您法术，让您变得和我一样厉害，这样您就不用怕被刺杀了！"

"你……"李青月指了指凝烟，又指向自己，"教我？"

凝烟重重地点头："对，就是这样。"

前有青阳将她收作弟子，不闻不问十数年，现如今又有一个初出茅庐的小树妖非要教她功法心诀，她还怎么也推托不掉。李青月觉得，自己在拜师修行方面，气运真是一如既往地稳定。

"夫人！夫人！"凝烟一脸认真，"您又走神儿！连这最基础的心诀您都学不会，以后如何保护自己？如何对付那凶恶的坏人？"

李青月擦了擦额角的汗珠，干笑道："凝烟啊，不是我不想练，只是你练功为什么非要选在这种地方？去后山的阴凉处不好吗？"

头顶烈日似火，方圆十里，虫不鸣，鸟不叫，只有凝烟和李青月两个人暴晒在阳光下。

"不行，必须在这里，太阳越大越好呢，我要教的可是我树族最为厉害的法术。"凝烟说得头头是道，"此法术名唤吸光纳气术，最重要的就是吸收日光，化为己用。"

李青月被凝烟说动几分，抬头看着太阳，感觉自己的内力好像真的随之增长。莫非……她该信凝烟一回？李青月打量正闭眼吐纳的凝烟，不由得跟着扎稳马步,认真起来。

"夫人,您看好了,这第一式就是静心沉气。"凝烟招式变动,脚底隐隐冒出绿光。

李青月依样学样,努力摆出别扭的姿势,双脚交错盘叠在一起。

"静心沉气!"

"静心沉气!"

"屏息凝神!"

"屏息凝神!"

凝烟豁然睁开双眼,看向李青月:"夫人,屏息是不需要说话的。"

李青月乖巧地点头,慢慢呼出一口气:"哦。"

凝烟再次起势:"脚下生根!"

"脚下——脚下生根?"李青月震惊地看向凝烟,只见凝烟脚下化出条条树根扎入土地。这算什么心诀法术?分明是凝烟她身为树妖的天赋本能。

"不练了。"李青月泄气道。她又不是树苗,怎么生根?而且仔细回想一下,那晒太阳也理应是凝烟这树妖才需要的!

凝烟见李青月要走,急忙拦住:"夫人别放弃啊,生根是为了吸收大地的力量,这可是法术的关键。"

重点难道不是她李青月根本就没有根吗?李青月沉默地看看凝烟,又看向自己又白又瘦、堪比竹竿的两条腿。

凝烟这才终于明白李青月的苦恼,她摸着下巴想了一会儿,灵机一动:"这样吧,我给您挖个坑,您站里面,肯定也是一样的道理。"

说罢,凝烟真的立刻亲手挖起坑来。李青月只好一人呆立原地,静看漫天尘土飞扬。

"她俩又折腾什么呢?"守门大将军被院子里的动静吵到,睁开眼睛,只见蘅芜院中飞沙走石。

早已看了多时的守门大元帅不忍再看,干脆闭上眼睛:"练功呢,都练了大半日了。"

"哦?"守门大将军闻言,兴致盎然地看过去,"这位夫人倒是勤勉,身体才刚刚好转，就开始刻苦习武。"

守门大元帅眼角一抽，小声嘟囔道："一个敢教，一个敢学，别走火入魔就是好的了。"

入了夜，藏雷殿寂静一片，被白九思抓来临渊阁的隐童子畏畏缩缩地站在屋内，但是嘴一如既往地硬。

"我就喜欢蘅芜院，怎么啦！"隐童子一边缩着身子，一边又不服气地梗着脖子冲白九思发狠，"你把我抓来关在藏雷殿，我四处逛逛怎么啦！"

白九思目光平静地看着隐童子，看得他目光闪躲，连身子都微微发抖。

"前日，你在蘅芜院看到了什么？"

隐童子眼珠滴溜乱转，随后像有了底气般挺直了身子："你想知道，就得答应我一个条件。"

"可以。"

"你得放我走！"隐童子参着胆子，仰着头要求道。

白九思没有片刻迟疑，直接点了点头。

反倒是隐童子，见他答应得痛快，不由得面露怀疑："当真？"

"我说话自然算数。"白九思语气笃定。

隐童子顿时喜笑颜开，也不隐瞒，也不用什么讲故事的老套路了，直接将那晚的情形和盘托出。

"我看见一个拿着匕首的黑影，从门缝进了李青月的屋子……"

白九思平静地听着，握成拳的手指却不断收紧，指节处微微泛白。

隐童子站在藏雷殿的山门前，试探着往外走了两步，又回头观察身后白九思和苍涂的神情。

白九思嘴角含笑，微微抬手，示意隐童子可以向外走。

于是，隐童子蹦蹦跳跳地出了山门，马不停蹄地向外跑去。

风中传来隐童子的声音："白九思，后会无期了——"

月色之中，隐童子一边哼着自编的小调，一边在山路上晃晃悠悠，打算找个地方下凡去，狠狠地啃几个凡人的脑袋瓜子。

忽然，隐童子发现自己不管怎么蹬腿还是停在原地，想要前进半分也不能。低头一看，他腰间正缠着一道有些熟悉的神光。

"白九思！你不要脸——"隐童子被拦腰一扯，飞速地退回到藏雷殿的山门之内。

白九思还是那副笑眯眯的样子，指尖神光未散。隐童子坐在地上，头发散了满脸，风吹得衣服有些凌乱。

"本尊说过会放了你，本尊说话算话，但没说不再抓你，所以，你还是回去待着吧。"白九思也不再废话，抬手一挥，将隐童子团成了球，打回了藏雷殿。

白九思悠哉地理了理衣袖，回身往山门内走去，嘴角还残留着一些得逞的笑意。

"玄尊的灵力……"苍涂看着显露出顽童神色的白九思，有些担忧地开口，"是否有所损伤？旧伤又复发了吗？那日在狱法墟就见玄尊的法术仿佛不及往日。"

"不必担心我。"白九思神色又恢复了往日的端肃，"去帮我办件事吧。"

天色未明，天地间一片朦胧，如同笼罩着银灰色的轻纱。东方天际浮起一片鱼肚白，晨曦即将刺透天幕。

哐的一声，凝烟风风火火地闯进了李青月的屋子。

"夫人，夫人，您快出去看看！"凝烟直接掀开纱幔来拉李青月。随她一起涌进房间的还有丁零当啷的敲砸声。

李青月刚穿上外衣就被凝烟拉到了院里，脚上的鞋还有一只没穿好。只见蘅芜院里聚着些陌生的老熟人——打钉人。一个个拎着锤子、榔头正在蘅芜院热火朝天地建造什么。

前来监工的苍涂一脸恭敬地朝李青月拱手行礼："夫人，奉玄尊之命给您建造厨房。日后夫人所需的柴米油盐，我也会着人送来。"

李青月面上却没有一丝喜色，只是望向院门处，找寻守门二人组的身影。

"守门大将军和守门大元帅已经回藏雷殿外看守了。"苍涂迅速补充道。

李青月看着院内忙碌的打钉人，眼中却渐渐染上委屈与怨怼之色，然后毫不犹豫地转身回屋。

"这会儿才知道冤枉了我,以为送个厨房我就原谅他了?谁稀罕!"

苍涂看着李青月的背影,又想起那个死要面子不肯来探望李青月的玄尊,想要说些什么,张了张嘴却发现无从说起,最终只好长叹一声。

夜色如墨,月光从云层的缝隙中洒下,将蘼芜院照得斑驳陆离。李青月从屋内出来,脸上带着一丝纠结。她站在院中,目光落在刚刚建造好的厨房里,不知道在想些什么。

李青月不知不觉地踱到秋千旁,刚想坐下,突然听到一声稚嫩的警告:"别坐!"

她一惊,只见秋千上显出一个小小的身影,正是隐童子。他从秋千上现身,瞪着圆圆的眼睛,一脸警惕地看着李青月。

"这是我的位置。"

李青月微微一笑,声音柔和:"抱歉,我没看到你。"

隐童子没有说话,只是继续晃着秋千,仿佛在守护自己的领地。李青月坐在地上,仰头看着满天星斗,声音里带着一丝疲惫:"你每天就坐在这里荡秋千,不会觉得很无聊吗?"

隐童子停下动作,皱着眉头,想了想,说道:"这是我的!"

李青月没有理会他的抗议,自顾自地换了话题:"我就是心里有点儿乱,想找人说说话。哎,你家住哪里啊?你有爹娘吗?你全家都会讲故事吗?要不你再给我讲个故事吧。"

隐童子被问得一愣,他舔了舔嘴唇,目光落在李青月的脑袋上,声音里带着一丝狡黠:"你确定?"

李青月点了点头:"讲吧。"

隐童子坐直身体,缓缓开口:"从前,有个姑娘嫁进了藏雷殿,可是她的丈夫把她丢到偏僻山峰上面不管不顾。姑娘千辛万苦地去寻自己的丈夫,却再次被他扔在一间偏僻的院落里。不管姑娘如何想接近自己的丈夫,她的丈夫都对她十分疏远和冷漠。后来这个姑娘被人追杀,险些丧命,可是她的丈夫不仅没有关心她,还觉得她是在撒谎。"

李青月听着这个故事，神情越发黯然，她的声音里带着一丝无奈："原来如此……"

隐童子的声音突然变得低沉："这个姑娘开始怀疑丈夫对自己的情意，认为丈夫根本就不爱自己，可是她并不知道，她的丈夫经常偷偷来看她……"

夜风拂动，珠帘晃动。

李青月背上裹着厚厚的绷带，靠近肩胛骨的地方，鲜血又一次染红纱布。她睡得很不安稳，伤口发炎刺得她生疼，只迷迷糊糊地闭着眼睛。

似乎有人坐在床边，静静地凝视她，随后……药匙碰到肌肤，身上的白布条被拆解得有些凌乱，但李青月慢慢松开了紧皱着的眉头。

白九思放下药罐，抬手似是想碰一下她的脸颊。风铃轻响，晚风入窗，李青月突然缩了下脖子，白九思化作虚影消失了。

李青月猛地站起身来，眼里全是惊喜："原来是这样，所以他还是爱他妻子的，对吗？"

隐童子点了点头，声音里带着一丝肯定："嗯，很爱。"

李青月的脸上露出一丝欣慰的笑容，她轻声说道："谢谢你，小童子。"

隐童子却突然话锋一转，声音里带着一丝戏谑："但小童子现在要开始讲新故事了，讲的是数人头的故事。一、二——"

李青月突然捂住耳朵转身走进房间。隐童子呆愣片刻才反应过来，他大声喊道："李青月，你跟白九思一样不要脸，连小孩都骗！"

火焰燎起，烟雾扑面而来。凝烟和李青月被呛得咳嗽，连连后退。凝烟的声音里带着一丝惊讶："喀……喀！这就是夫人说的烟火气吗？"

李青月被呛得眼泪直流："不……喀喀喀，我太久不做饭，有些生疏了。"

她指着水缸里的水瓢，急切道："快，先把火灭了！"

凝烟会意，却一把扛起水缸，径直泼了过来。大水落下，不光炉灶里的火熄灭了，就连切好的菜肴调料也全被冲散了。凝烟尴尬地一笑，轻轻把水缸放回地面："对不起啊，劲儿有点儿大。"

李青月无奈地看着满地的水："看来咱们的烟火气还得再等等。"

第一次没有成，李青月再接再厉，一点儿也不退缩。不仅如此，李青月还给凝烟和隐童子安排了些很合适他们俩体质的工作。

案板上，凝烟卖力地挥舞着双刀剁肉，当当当当，效果极佳。隐童子则在一旁洗菜，一块肉从桌案上掉落，隐童子歪身，张开嘴巴刚要去接。

"嗖！"一把菜刀横在隐童子嘴前，接住了那块肉。凝烟气势汹汹地看着隐童子，声音里带着一丝警告："别抢！"

隐童子缓慢合上嘴巴，继续去洗菜，气鼓鼓地嘟囔着："小气！"

李青月则在一旁仔细地看着菜谱："这个菜谱上说，火候很重要。"

炉灶生火，凝烟添柴，手一拿出来，指尖上燃起火苗。凝烟呆愣片刻，张嘴大喊："啊——"

喊到一半，隐童子张嘴一口咬住凝烟的手指，火苗被吞灭了。隐童子的声音里带着一丝得意："这下好了。"

李青月依旧闲适地看着菜谱："好了，我知道做什么菜了！凝烟，过来帮忙！"

凝烟立刻放下手中的活儿，拖着一条羊腿大步走向厨房，后面吊着死不松口的隐童子。三人一前一后进了厨房。

凝烟和隐童子排排坐好，隐童子嘴里还咬着那条羊腿。锅里炖着排骨汤，李青月用大勺舀了一口递到凝烟嘴边，声音里带着一丝期待："尝尝看，味道怎么样？"

奶白的汤汁散着香气，凝烟试探性地喝了一口，随即露出惊叹的表情："哇，夫人，这汤太好喝了！"

隐童子松开了嘴里的羊腿，看着汤汁，流下了口水。

桌上四菜一汤，李青月将最后一道菜摆好，然后轻声说道："开动！"

凝烟和隐童子狼吞虎咽，李青月根本无从下筷。不过片刻，盘子就被扫荡一空。凝烟将碗中最后一粒米吃掉，意犹未尽地舔了舔嘴唇："这烟火气也太香了，难怪夫人念念不忘。"她看向李青月碗中的米饭，"夫人，您怎么不吃啊?没胃口吗?那给我吧,我不嫌弃您。"说罢立刻动手,犹豫一秒都是对人间烟火气的不尊重。

李青月看着凝烟伸手拿过自己还没动过的米饭,就着盘子里最后一点菜汤吃了个精光,只好无力地仰天叹息。

"究竟是谁说九重天上没人吃饭的啊!"

大地上一片焦土,血云笼罩着整个狱法墟,空气中弥漫着一股压抑的气息。白九思半跪在地,指尖划过大地,挖起一小撮泥土。泥土中有许多凝结而成的硬块,细细看来,里面满是细小的冰碴儿。

苍涂站在一旁,两条眉毛拧在一起,声音里带着一丝焦虑:"红莲的法术越发强横,当年玄尊和四灵设下的封印已经快要压不住她了。玄尊本源为阴水,与她同宗同源,实难相克。倒是四灵本源为阳火,正巧是她的天敌。"

樊交交在一旁插话:"何须四灵?我们打钉人的喜气克制天下所有妖兽,就是如今结亲的人越来越少了,我们吸收不到。"

他想了想,突然眼睛一亮,声音里带着一丝期待:"师尊,要不你和师母来我的杻阳山再补办一场婚礼吧。"

白九思一记眼刀扫来,樊交交立刻闭嘴:"我只是提个建议嘛……"

这时侍从走了过来,声音里带着一丝恭敬:"玄尊,夫人去临渊阁找您了。"

樊交交和苍涂只觉得眼前掠过一阵风,下一刻白九思就不见了。樊交交叹了口气,道:"明明对夫人就是很上心嘛。"

一桌子的美味佳肴摆放在临渊阁的桌上,香气四溢。白九思缓缓走来,落座。他的眼神微微扫过桌上的菜肴,却并未立刻动筷。

"玄尊给了我小厨房,所以我就做了些家常小菜,想给玄尊送来尝尝。"

李青月很有眼力见儿地将筷子递了过去,认真介绍桌上的菜品:"这道菜叫四喜丸子,这个是排骨汤,还有羊腿肉。羊腿,我已经用放米醋的水焯过了,没有腥味的。还有这个……"

李青月将一盘大闸蟹推了过来,螃蟹个大肚满,看着就好吃:"我都没舍得给凝烟他们吃。蟹黄很香的,玄尊快尝尝。都是些凡间的小菜,也不知合不合您口味。"

白九思依次尝了其他几道菜。到了螃蟹,他却不知该如何下筷。李青月立刻出手,拿出钳子等工具,开始剥蟹,将肉一点点剔出,放在碗里,然后很是狗腿地说道:"我帮玄尊剥蟹。"

白九思仔细看着李青月的动作,不知是在好奇还是审视。

李青月将盘子推了过去,还不忘补充道:"我洗过手了。"

白九思点了点头,夹起蟹肉送入嘴中。看着李青月脸上溢于言表的期待,白九思肯定道:"不错。"

李青月一脸欣喜,却没想到如此温情的一幕却被她的肚子打断了。

白九思看着一脸窘迫企图掩盖肚子咕噜声的李青月问道:"你没吃饭?"

李青月尴尬一笑:"我之前做的都被凝烟和隐童子吃光了,我等会儿回去再做一些吃。只是要麻烦苍管事多送些食材了。"

白九思微微皱眉:"苍涂管着藏雷殿大小事务,哪有工夫时时顾着你?别麻烦他了,一起吃吧。"

李青月的脸上露出一丝惊喜:"多谢玄尊。"只是她环视一圈,却迟迟没有动作。

白九思的声音里带着一丝疑惑:"又怎么了?"

"我就带了一双筷子来,要不……要不我用勺子。"她拿起勺子舀了勺菜,对着白九思憨憨一笑,"都是一样的。"

白九思垂眸,也不管她,自顾自地吃了起来。他的吃相极其斯文,与笨拙的李青月全然不同。

李青月想舀颗丸子,却怎么都弄不起来,汤汁溅到了白九思的衣衫上,酱红色的汤汁在白九思的胸前分外显眼。李青月立刻抬头,甚至偷偷缩回了拿着勺子的手,满脸心虚。这位玄尊一向白衣飘飘,怎么看都是个有洁癖的主。

白九思却并未动怒,反而伸了筷子过来,夹起丸子递到李青月嘴边:"张嘴!"

李青月微微一愣,随即张嘴,一口咬下:"这丸子真甜,真好吃。"

"四喜丸子怎么会甜,不是咸的吗?"

李青月才不管这不解风情的玄尊,只是美滋滋地说道:"是啊,怎么会是甜的呢?"

白九思斜眼睨了她一眼，命令道："专心吃饭！"

一顿饭后，李青月收拾空盘子："虽说神仙不用吃饭，但若是玄尊喜欢，日后我可以每日都给玄尊送来一些。"

白九思微微沉默，片刻后，他点了点头："好。"

李青月拎好自己的食盒，正打算离开，白九思却忽然开口："寒潭深处的白蛇，你认得吗？"

"白蛇？"

上次那一位险些将她拍死在岸边，白九思却仍在怀疑她与白蛇是旧识？李青月不解地看向白九思："我不明白玄尊的意思。"

白九思冷冷地看着李青月，并未说话。他眼中有许多复杂的情绪逐一闪过，唯独没有信任。

刚刚一同吃饭的温馨荡然无存。

在这近乎审讯的目光下，李青月再次解释道："我不认识白蛇。至于玄尊那日所说的，处心积虑引你下凡，想要谋害你，更是无从说起。玄尊若是对我有疑虑，还请言明。"

白九思的双眸如墨，一瞬不瞬地盯着李青月，似乎要将她彻底洞穿。

两人对视，好似一场无声的较量。

极强的压迫感让李青月不由得僵住，连呼吸也渐渐短促起来，可先错开目光的是玄尊。

"你走吧。"白九思翻开书卷，看也不再看李青月一眼。他轻轻揉了下眉心，似乎有些倦了。

李青月只得躬身行礼，道了声"是"便转身离去了。走到门口，她又听到了玄尊的声音。

"你不认识那白蛇也好，它被压在潭底十二年，以金针镇魂，已然油尽灯枯。这是最后一天，过了明日午时，那金针便会彻底将其炼化，届时它神消骨散，踏遍黄泉，找尽碧落，也不得见了。"

金针镇魂，神消骨散……

李青月的面容微微一僵，脚步却不停，径直开门离去。

她身后，白九思不知何时从书卷中抬起头，凝视李青月远去的背影，目光深邃,声音里带着一丝低沉:"阿月,你到底在隐瞒什么?"

"夫人还说见过玄尊后就好好练功,以现在这个练法,您怕是再修炼一万年也没能力自保。"

凝烟看着李青月心不在焉的样子,终究不忍重说,叹了口气,决定给李青月放半日假,让她好好休息。

夜半子时,凝烟却发现李青月房间内的夜明珠依旧亮着。想到夫人可能又被玄尊欺负了,凝烟也难以入眠,穿上靴子,匆匆去敲门。

房内一片寂静。

凝烟心越发不安起来,她咬咬牙,索性推开了房门:"夫人!玄尊是不是又对您不好了?您可别想不开——"

李青月正端坐在榻上闭眼打坐,周围淡淡光华将她包裹住,似乎她已经渐入佳境。

凝烟见状呆住,干笑两声,轻手轻脚地关门离去。

关门的同时,一道白光自李青月房间飞出,以极快的速度穿过藏雷殿,冲出殿门,连守门大将军和守门大元帅都未曾发觉。

藏雷殿万籁俱寂,白九思倏然睁开双眼,望向蘅芜院。随着他目光望去的方向,一缕神识飞出,落在李青月面前。白九思一挥长袖,原本正在打坐的李青月便化作折枝,掉落在地。

他抛出饵,她便会上钩。

白九思嘲弄地笑笑,他有些好奇,这次她会给他什么理由呢?

冷光清冽,照入寒潭。

李青月面上丝毫不见懵懂之色,她伸手,云阿剑破水而出,悬于她面前,金光熠熠。

"天地玄宗,万炁本根。"

云阿剑光芒大胜,照亮寒潭,潭底慢慢冒起水泡,整潭水好似都在沸腾。

"九霄之力!聚于云阿!"李青月动作不停,潭水也随之暴涨,冲出滔天巨浪。

水面下,白蛇发出一声嘶吼,显出巨大的原身。

李青月目光落在它头顶的金针上,那金针同样发出耀眼的光芒,似要与云阿一较高下。

"太上有令,乾坤无极。"

金针被抽出浅浅一截,白蛇掀起的巨浪却几乎将李青月拍翻。

李青月吐出一口血,却满不在乎地又要发令,法诀已念出一半,她突然顿住,望向身后,紧紧皱起眉头。

白蛇在她脚下不停嘶吼、翻滚,李青月勉强稳定心神,重新起势。这回她将云阿剑锋对准天空。

"天雷无极,百妖伏藏!"

潭水上方,天雷阵阵,电闪雷鸣,千丝万缕的雷电之气向云阿涌来。

李青月这是要杀了白蛇!

"住手!"

未等云阿落下,白九思自虚空踏步而来,挥手生生拦下那雷电之气。

他留这白蛇十二年,将它半死不活地吊在潭中,是为了逼李青月来救,而不是为了让她来杀。

"云阿,"另一边,李青月再次催动宝剑,剑尖直指白蛇七寸,"诛邪!"

白九思一掌推开李青月,却拦不住垂直落下的云阿。

"扑哧——"

云阿插入白蛇七寸,潭面被砸出千尺巨浪,破空的嘶鸣和惨叫声中,白蛇被雷电击中,身体缓缓沉入潭底。湖面的白雾渐渐平静下来,失去了流动的形态,血水混浊,在湖面上漫延开来。

李青月如飘零的树叶,再也撑不住,重重落入潭中。

透过潭水向上望去,世界满是鲜艳的红,唯有白九思依旧身着白衣,那雪亮的白似乎永远都不会被玷污。他目光清明地向她看来,像神明在看一只蝼蚁,悲悯又不屑一顾。

然而那抹白越来越近,渐渐沾染了红,浸上了血……神明竟然会救一只蝼蚁!李青月想笑,可她太累了,累得只剩合上眼睑的力气。

第六章
旧事现

九重天，丹霞境，藏雷殿。

夜色如墨，寝殿内烛火幽暗，空气中弥漫着一种压抑的寂静。李青月一身血迹昏睡在榻上，她的呼吸微弱，仿佛随时都会停止。

白九思已换去那染血的白衫，安静凝视昏迷不醒的李青月。她坠落前那副神情，是想在他面前求死吗？之前在后山时留下的疤痕还新如昨日，如今又增添几道血淋淋的口子，看来她不但不怕死，还不知道疼。

白九思站在床边，手心灵力涌动，柔和的光芒笼罩着李青月全身。

苍涂站在一旁，欲言又止。

白九思突然收回所有灵力，悬在空中的手微微颤抖，他的声音中带着一丝急促："你来看看她伤势如何。"

苍涂面露诧异，但还是领命上前，伸手在李青月额头上方查探。不过片刻，他猛地收手，面上露出惊慌失措的神情："夫人经脉尽断，怕是撑不了太久……"

白九思的脸色瞬间变得苍白，他之前打李青月一掌的手逐渐攥紧，声音中带着一丝颤抖："离陌善医理，传讯让他回来。"

苍涂点了点头，不敢耽搁，飞快离开。

日头初升，苍涂守在殿门口，焦急地等待着。他的眼神不时向远方望去，似乎在期盼什么。突然，一道神光闪过，一袭青衫的离陌出现在门口。

"什么大事逼得你用血咒召我？龙渊差点儿丢下主职陪我一起回来。"

苍涂上前，拉起离陌就往门里走，步履匆匆，全然不像平日里他稳重的作风："来不及细说，你快随我来救个人。"

离陌微微皱眉:"什么人?"

苍涂沉默片刻,最终还是嘱咐道:"等会儿你见了就知道。切记,不要多问。"

离陌看到榻上的李青月,不由得面露震惊。他的眼神中带着一丝疑惑,似乎不敢相信眼前的一切。苍涂拼命使眼色,才让离陌将即将出口的话咽回肚子里。

白九思静静地坐在一旁,眼神冷峻,声音中带着一丝急切:"你看看她是否伤重。"

离陌上前,将李青月从头到尾探查了一遍,他的眉头越皱越深。

"没救了。"随着离陌的回答,白九思的手指猛地一颤,眼睛死死地盯着昏睡的李青月。

"根基尽毁?"

离陌点了点头,声音中带着一丝惋惜:"正是。她应当服用过强行提升内力的丹药,重伤后就遭到了反噬。"

屋内陷入死一般的寂静。白九思沉默半晌,猛地起身,看向离陌:"你能将她救醒吗?"

离陌微微沉默,片刻后说道:"治好,我做不到,但是让她短暂地清醒片刻,我还是有些把握的。"

白九思立刻转身向外走去:"让她醒来,我有话要问。"

雨水淅淅沥沥,顺着屋檐缓缓落下。紫阳与张酸对坐桌前,两人沉默许久,还是紫阳先开了口。

"恢复得好些了吗?"

"是。"张酸垂眸,"青月师妹留下的那些丹药效果很好。"

紫阳看着张酸,叹了口气,继续道:"我今日来找你其实是为宗门之事。"

张酸点头:"炽阳果出世,弟子已经做好准备了。"

自蒙楚和吕素冠一事后,师门对张酸重新重视起来。紫阳如今打算将夺取炽阳果这一重任交给张酸。张酸在师门养伤多年,即便他如今已经看淡功名,也断没有拒绝师尊掌门的道理。

想到这里,张酸起身拱手:"师尊放心,弟子必不负师门所托。"

紫阳满意地点头："灵果现世，必有妖兽守护其旁，且炽阳果是可以重塑筋骨、起死回生的灵果，对修仙之人的作用非比寻常，各大宗门早已牢牢盯住，尤其是阴莲宗。此次行动有多艰险就不必我多说了，你须多加小心，谨慎行事。"

张酸颔首："弟子谨记。"

"这枚丹药，你收好。"紫阳一挥手，桌上现出一个装着丹药的小盒子，盒子半敞，现出一枚金光灿灿的丹药。

张酸一怔，看着丹药，不明所以。

紫阳道："这混元丹是我净云宗秘宝，服此丹药，两个时辰内功法大增。我净云宗只有三颗，青月飞升之时带走了两颗，剩下的一颗，你便拿去吧。"他将盒子郑重推到张酸面前。

昏睡的李青月眉头拧到一起，想来是伤口痛得厉害。

白九思手心一颤，心生不忍，正要上前抚上她的额头时，李青月睁开眼睛，悠悠转醒。看到白九思后，她想坐起来，却又疼得跌回床榻。

白九思将手收回袖袍之中，他冷冷地看她，又恢复了之前那般疏离的神情，淡声道："醒了？"

李青月微微点头，声音中带着一丝苦涩："玄尊……"

白九思把玩着那枚从李青月包袱里找到的混元丹，语气听不出情绪："凡人的玩意儿，借着丹药之力强行提升功力，却不顾释力之后对根基的损伤。你连金丹都未修成，试想此生止步于筑基，再无晋升的可能？"

李青月沉默不语，眼神中闪过一丝黯然。

白九思手上白光一闪，混元丹化为齑粉，消失无踪。他的声音中带着一丝冷意："为何要斩白蛇？"

李青月沉默片刻才道："因为我与它有大仇。"

见白九思不语，她慢慢抬起头来，直视白九思。

"当日在净云宗小秋山山谷，并不是我与玄尊第一次见面，对吧？"

白九思骤然戒备起来。

李青月看着白九思，声音很轻："十二年前，玉梵山脚，南禹村，白蛇现世，洪水滔天，我母亲就死在那一场大水中。我也是在那一天，第一次见到仙人。"顿了顿，李青月继续道，"看到那白蛇我才想起，玄尊应是我的恩人。"她目光灼灼地看着白九思，"我记得有人说，大水之中，看到有仙人降世，收服妖兽白蛇。我猜想，那就是玄尊您吧。"

十二年前确有其事，但这并非白九思想听到的答案。

李青月微微一笑，牵动伤口，脸色又白了一分："不只是我，我们整个村子的人都承了玄尊您的恩情，我那时便想着，若有朝一日，我有机会再见玄尊一面，一定竭尽所能，报这救命之恩。"

"你的报恩，就是欺瞒本尊？"

李青月摇头："我是误入寒潭，见了那白蛇，才想起来。可那时我还以为他是您豢养的灵宠，因此您才没有杀它，而是将它镇在深潭之下以示惩戒。"

"可是本尊也说了，过了今日它就会死。"白九思与李青月对视，"你还有何可言？"

闻言，李青月目光陡然凌厉起来："即便是死，它也须得死在我的手上。"

"你一个凡世宗门守山门的小弟子，杀心倒是重。"白九思语气模棱两可。

李青月听不出他是信还是不信，沉默片刻，定定地看着白九思："净云宗在玄尊眼中或许不过是沧海一粟，可在凡间，也是高高在上的修行宗门。世人皆求长生，却大多不得门径而入，我一农家子弟，虽机缘巧合得了仙缘，但能经过一路试炼选拔，成为外门弟子，靠的也不只是运气。"

强词夺理的功夫倒是见长。白九思冷笑一声，问道："那靠什么？"

"济世度人的仁心，求仙问道的信心，斩妖除魔的杀心。"李青月一派坦然。

仁心、信心、杀心，这三个她倒是没有说错。白九思笑着看向李青月："那你对本尊呢？"

李青月想了想，语气前所未有地真诚，"玄尊是青月的恩人，也是我的夫君，青月对玄尊，只有爱……"

两人的目光紧紧交织。李青月身子一软，再度昏死过去。白九思扶着李青月，如同石化了一般，半天都未曾动一下。

日光从山涧的缝隙射入，照在平静的水面之上。潭水清澈，一眼望下去，依稀可见潭底。白九思站在潭边，目光复杂。他的声音中带着一丝阴沉："你觉得，她像吗？"

离陌微微沉默，片刻后说道："很像。"

三百年前那事儿，离陌是这藏雷殿最后的知情者。他亲眼看见主人被那女人背叛后生不如死的模样。

离陌的声音中带着一丝无奈："不过，我更相信自己的医术。她只是个凡人，更何况若真是她，绝不会杀白蛇。"

白九思想笑，却只勾了勾唇角，不见笑意。他心知离陌对李青月的偏见，却还是问他是否愿意相信。这话一开口，白九思自己的心思亦变得昭然若揭——他终于信她了，信她已失去了之前的记忆，或是信她并非那个对自己满是憎恨的阿月。

"白蛇呢？"当时他见李青月沉入潭底，心便乱了，根本无暇去检查那妖孽是否死透了。

"死了。净云宗那把仙剑有些门道，剑气入百会，直捣灵台，生机断绝，气息全无。"离陌丢出一截枯萎的灵根，"灵根都已枯萎，断没有复活的可能了。"

若真是她……白九思沉默。阿月素来自傲，又重义气，怎会只为了博取他的信任就斩杀白蛇？

白九思不愿相信，阿月会愿意在凡界十二年，遭天灾人祸，受生离死别，只为等待一个时机，然后重新出现在他面前，装作懵懂无知的模样，好重新背叛他吗？

"玄尊，是否还有一种可能……"离陌见主人迟疑不定，不由得开口，"三百年前，四灵仙尊自毁肉身，元神遁逃。可是已经过了三百年，斗转星移，沧海桑田，她真正的元神早就已经消失了。"

"消失了？"

离陌点头："是，都说寰宇浩渺，唯光阴不可逆转，上清神尊那般传奇的神仙也不过多活了几个千年，最终也是元神寂灭，再无声息。"

的确，千百年来，两张相似的面孔并不难寻。白九思仰头望向正在流动的银河，生生阻断了自己想下去的念头。他合上双眸，一时不知是喜是悲。

这些时日，他如此肯定，李青月就是他的阿月，处心积虑地想要再骗他一次，尚且不知道该怎样去面对曾经的死生相搏，甚至不敢问她要个答案——为何背叛自己的答案。可若她不是阿月，这天地间，也不必再有白九思了。

白九思沉默片刻，声音中带着一丝低沉："那她……当真没救了？"

离陌微微摇头，声音中带着一丝惋惜："我今日正要同师尊说此事。我刚探查到凡间有灵果现世，名唤炽阳，可生死人、肉白骨，重塑经脉，起死回生。师尊若想救她，只此一个方法。"

白九思的声音有些飘忽不定："她真的会死吗？"

离陌微微沉默，片刻后说道："若是四灵仙尊，便不会死，可若是凡人，必死无疑。"

白九思低下头去，许久不曾言语。

天边云层逐渐又染上血色。白九思和离陌同时抬头看去。

"大抵是感应到你回来了，她又闹起来了。"白九思没头没尾地说了一句。

离陌面色僵住，立刻懂了白九思的意思："师尊既然清楚我在刻意躲避，何必还要劝我？"

"你的修为已经停滞了几百年，想来这也是你的劫，不破不立，你不妨去一试。"白九思淡淡地劝说道。

离陌依旧抗拒地摇头："师尊，我心中有数。"

密林幽深、静谧，阳光透过树叶的缝隙洒下斑驳的光影。张酸抬手，做了个停的动作。净云宗弟子纷纷停住，顺着张酸的目光望去。前方不远处趴着两具尸体，穿着相同的门派衣服。

张酸与上官日月对视一眼，蒋辩小跑过去翻看尸体。蒋辩的声音中带着一丝惊恐："是纯阳宗的人，胸口中刀，骨蚀肉烂。看样子，应是阴莲宗的手段。"

上官日月的声音中带着一丝急切："阴莲宗的人已经到了。我们还是晚了一步！"

魔道也来争夺炽阳果了。

张酸看向前方的密林，此番任务比想象中艰难更甚。身后的弟子在上官日月的指挥下将那两具尸体埋了。众人继续向前，气氛却比先前凝重许多。

第四日，张酸终于带宗门弟子穿过密林，抵达炽阳果生长的溶洞。从洞穴外向内望去，洞内漆黑一片，不见去路。

"火折。"张酸伸手。

蒋辩递来一支大火把："师兄，这个更大些，照得应该也更亮。"

火把被丢进洞窟，一道光亮乍然照出洞窟内的景象，很快便消失不见。

"洞内地势复杂、凶险，"张酸皱眉，"刚入门的弟子留在外面照应。上官，你也留在这里，剩下的人随我进洞。"

众人分为两队。张酸擦亮夜光烛，在前带路："大家小心，莫要走散。"

"啊——"

幽深的洞窟突然飞出一只蝙蝠，掠过众人头顶。几名胆小的师弟吓得大叫，遂意识到失态，急忙捂住嘴。

张酸暂停脚步，用夜光烛照去："这蝙蝠受了仙果的灵气，怕是已经开了灵智，生出妖性，大家小心，莫要被它抓伤。"

众人继续跟着张酸前行。

"吕师姐。"蒋辩不知何时来到吕素冠身旁，将吕素冠拉到身后，语气中有几分讨好的意味，"吕师姐，你躲在我后面，我保护你。"

吕素冠看都不看蒋辩一眼，便冷声回绝："多谢，只是蒋师弟连筑气七层都未攻破，还是保存灵力护好自己吧。"

周围弟子忍不住轻笑，紧张的气氛总算有所缓解，只剩蒋辩一人满脸尴尬。

"笑什么？有什么好笑的？"蒋辩念叨两句，也不真放在心上。

就在这时，洞窟深处响起长刀破空声，一柄弯刀从洞中飞出，直奔吕素冠而来。

张酸闻声先动，将吕素冠和蒋辩拉到一旁，一剑震飞了那弯刀。那弯刀骤然改变方向，擦过一名弟子的手臂，打着旋儿飞了回去。

一声轻笑传来。众人回头，却只闻一娇蛮女声道："净云宗的弟子也来送死吗？"

接着便是沉默，只剩水滴滴落在地的声音。

众人慌乱寻找声音来源之时，曲星蛮手持弯刀从黑暗中一步步走出来。

她刀尖还在滴血,显然刚经过一场恶战。

"妖女!"吕素冠先认出曲星蛮,当即变了脸色。

曲星蛮也不气,反而笑问:"我是妖女,那你算什么?修习正道那么多年,到头来却是个连妖女也打不过的蠢材!"

"打不打得过,试试才知道!"吕素冠掌心凝结灵光。

那边也分毫不让,冷声道:"那你可要小心了,免得被我划花了脸,以后都不敢去见蒙大哥了。"

曲星蛮一刀挥去,被吕素冠召唤出的佩剑挡住。转瞬间,洞窟内气氛降至冰点,上官日月等人皆出佩剑,准备一战。

"这便是所谓的名门正派吗?"曲星蛮冷嗤一声,正要迎战,突然感应到什么,向洞窟深处看去。

洞窟极深处,别有天地。

一棵参天巨树矗立其中,树上原本结满赤红花朵,此时却花朵凋零,不过片刻,只剩下一朵。这花上慢慢结出一个又小又青的果子。

曲星蛮飞身过去,伸手去取,被张酸飞来的一剑击退数步。同时,炽阳果守护神梼杌从树中跃出,拦在众人面前。

那小果子轻轻晃动,在众人争斗间险些落下。张酸、吕素冠、曲星蛮只得暂时分神,合力对付梼杌。

吕素冠愤恨地盯着曲星蛮:"卑鄙!"

"怎么张口就骂人?你们来这儿不也是要找炽阳果吗?我为你们带路,你非但不感激,反而辱骂我,难道净云宗教出来的弟子个个都像你这般不识好歹?"曲星蛮一边躲避梼杌的攻击,一边悠然还击。

"满嘴谎话!你引我们前来,分明就是让我们帮你对抗妖兽,好趁机夺取炽阳果。"吕素冠一道剑气看似劈向梼杌,实则挥向曲星蛮。

曲星蛮笑道:"你们这么多人,要是还能被我抢到,也算是够废物了!"

张酸被吕素冠和曲星蛮吵得头疼,趁机腾身而起,身姿如同鸟雀般在空中急转,一剑刺入梼杌后背。

整个山洞顿时天摇地动,梼杌发出一声怒吼,将张酸甩开。上官日月已带着原本守在洞外的净云宗弟子赶来，见此情景，驻足厉喝："祭玉梵剑阵，助张师兄！"

"是！"净云宗弟子齐声应道，列好法阵，化出数百柄剑飞向梼杌。

梼杌为飞剑所伤，惨叫一声，却依旧不甘，向着炽阳果飞奔而去。彼时，位于洞窟中央的巨树突然发出金光，炽阳果从青色转为金色，已然成熟。

金色的光芒照亮四壁，众人纷纷望向那果子。

"天地无极，乾坤借力！"曲星蛮掌中紫光闪过，一面古朴的圆形小铜镜出现在她掌中，"九烝列正，开辟玄通！"

话音刚落，铜镜中爆出万千花藤，在地上蔓延开来。

"不好！"上官日月皱眉，"中计了！"

已经受伤的梼杌被花藤束缚住，动弹不得。花藤继续蔓延，缠向净云宗众位弟子，由脚下向上，牢牢地将众人束缚住。

曲星蛮欣喜，飞身奔向炽阳果。在她即将触碰到果子的瞬间，一柄利剑破空而来，曲星蛮闪身躲避，险些被划伤脸颊。

"让开！"张酸站在原地保持着出剑的姿势，周身灵气四溢，脚边尽是断裂的花藤。

梼杌怒吼一声，挣脱花藤的束缚，却没有奔向炽阳树，而是跳向半空中。

随着梼杌的动作，洞内又摇动起来，炽阳树上方天光大盛，空中撕开一道裂痕，白九思踏空而来，灵气下沉，降下无尽的威压。

凶恶的梼杌此时似小猫乖顺，轻轻嗷呜一声，伏在地上，舔舐自己的伤口。

"是谁？"曲星蛮有些惊恐地向后退了一步，盯着白九思，不敢再动。

白九思淡淡扫视众人一眼，伸出手，炽阳果飞入掌中。

众人呆呆伫立，无一人敢上前与之争夺。

"你，站住……"张酸勉强上前一步，目露不忿。

白九思转过身来，却不看张酸，只抬手挥出一道剑气，划破虚空。张酸被击飞，撞在墙壁之上，重重呕出一口鲜血，晕了过去。

"师兄！"

众人如梦初醒般一拥而上，白九思的身影却早已没入虚空，虚空缝隙渐渐合上，仿佛一切从未发生过。

炽阳果化作一道浅浅的赤光，没入李青月眉心。

李青月苍白的唇终于有了一丝细弱的颤动，呼吸也慢慢恢复。她睁开眼睛，蒙眬中看到白九思正要离去的背影。

"玄尊？"

声音很小，还带着一丝轻颤，像刚刚的李青月一般，随时会消散。

白九思脚步微跄，停了下来，却并未转身。

"我自作主张杀了白蛇，玄尊可还生气？"李青月拖着身体从床上爬起来，跪到白九思身后。

顿了顿，白九思微微侧眸，看向李青月："左右都是死，死在你手中又有何妨？"

身后的影子像松了口气，整个人都松软下来，安静地对着他叩首："青月自知做得不对，有愧于玄尊，多谢玄尊不与青月计较，允我报杀母之仇，也多谢玄尊当年救我全村。"

白九思沉默着抬脚欲向外走去。

"玄尊！"李青月高呼一声，叫住白九思，"我以后会听话的。"她冲着他笑，仿佛小小的火苗随时会消失，却又那么明亮。

白九思回头看到的就是这幅画面，天上皎月洒下满地清辉，李青月脸色虽然苍白，却并不是病态。她好像永远这么生机勃勃。

也许……她真的不是阿月。若她只是个普通的人族少女……

再看一眼李青月，白九思逃也似的转身就走。

李青月的声音中带着一丝急切："玄尊！"

白九思停下脚步，回过头来。

"我的命以后是您的了。"李青月收敛笑意，正色道。

白九思沉默半响，正欲推门，忽然腿一晃，面色苍白，半跪在地。

李青月紧张地从床边飞奔过来。她的声音中带着一丝担忧："玄尊，您怎么了？"

白九思运气调息，额头已渗出汗水。他缓缓站直，挣开了李青月扶他的手："我无事，这是你的房间，我该回去了。"

李青月依旧放心不下。她的声音中带着一丝担忧："玄尊，您要是哪里不舒服，一定要告诉我啊！"

白九思强撑着回到了临渊阁，缓缓抬手捂住了自己的心口。

苍涂从门外走进来，看到白九思的目光，不由得目露担忧。他的声音中带着一丝低沉："玄尊，又到日子了吗？"

白九思沉默点头，心口传来阵阵绞痛。

"听说那新夫人被玄尊打了一掌？"

樊凌儿悠然饮茶，一杯尽，竹沥立刻添上新的。

"是。"竹沥将茶杯递过去，轻声道，"听说伤势很重，气血逆流，筋脉尽断呢。"

樊凌儿心下一惊，脸上却佯装无事："死了吗？"

"听说，我只是听说……"竹沥小心翼翼地打量着樊凌儿的脸色，"玄尊亲自下凡为她取来了炽阳果。"

樊凌儿动作微顿，沉默片刻，冷笑一声，道："如今怕是又活蹦乱跳了吧？"

竹沥点点头："已经好转了。那炽阳果是什么神物，小姐也是知道的。"

"她倒是命大。"樊凌儿轻哼，不再提李青月，只是淡淡饮茶。

良久，外面传来一声轻佻的男声："凌儿！"

樊凌儿看到那男子，微微皱眉，不等她开口，那男子已经坐到她身边，端起茶盏，自顾自地喝起来。

"别再痴心妄想了。这下你也知道师尊对这位夫人有多看重了。"男子轻啧两声，转头去看樊凌儿，"为父在说话，你瞎想什么呢？"

见樊凌儿眉头紧锁，他忍不住在女儿面前挥了挥手，终于得到女儿的正眼相待。

樊凌儿深吸一口气，叹道："我只是在想，生了那样一张面孔，可真是她的造化。"

大约知道自己惹恼了女儿，樊交交凑上前，温声哄劝："好了，别想这些烦心事了，等为父大婚之后带你出去散散心。"

闻言,樊凌儿的脸上终于有了一丝异样。她皱眉看向樊交交,不知道是生气还是无奈:"你又要大婚?"

"是啊。"樊交交点头,又摇起那把扇子,"日子虽然还没定下,但是对方可对为父十分满意,一直在催呢。我今天来,主要是告诉你这件事的。"

樊凌儿哑然。

"对了,还有一事。"

樊凌儿心烦地抬起头,扫一眼樊交交,敷衍道:"何事?"

樊交交煞有其事地凑过来,郑重道:"你是酿酒的行家,正好帮为父选选这次婚宴该用什么酒。"

一语未毕,樊凌儿已经起身离去,只留给樊交交一个决然的背影。

"哎!这个孩子。"

竹沥左右为难,再三犹豫后,正要追樊凌儿而去,结果被樊交交一把拉住:"竹沥,你说,用什么酒呢?"

看着自家小姐离去的背影,再看看眼前这位年已上百岁的仙君,竹沥只能谨慎道:"回仙君,您上次用的是桃花笑,上上次用的是荷露,上上上次用的是桂花酿……"

樊交交认真地听着,连连点头。

一缕安神香升起,渐渐没入房间内蒸腾的药雾中。

吕素冠持银针缓缓刺入张酸的丝竹穴、上关穴、地仓穴。两人的额头上都冒出汗珠,一旁的蒋辩神色焦急。

自取炽阳果之行已经过去三日有余,张酸却依旧昏迷不醒。

"吕师姐,时间快到了。"蒋辩看着香炉只剩一点儿火星,忍不住出声提醒。

"再等等。"吕素冠盯着香炉。

在火光熄灭的瞬间,三枚银针同时被震出体外。躺在床上的张酸幽幽转醒,环视四周,急忙想要起身。

"师兄不可。"蒋辩和吕素冠同时扶住张酸,将他按压在床上。

蒋辩拾起地上的三枚银针,交给吕素冠。吕素冠将银针放在火上烧灼,一缕白气刺的一声散去。

吕素冠稍微松了口气:"是内伤,日后还须静养。"

"无事。"张酸执意坐起,但被蒋辩拦下了。

"张师兄,你的伤还没恢复,还是先躺着吧。"蒋辩担忧地看着张酸,却拗不过他,只能和吕素冠一起扶着张酸靠着床头坐起来。

经受不住两道关切的目光,张酸强作无恙,哑声问道:"我昏睡了多久?"

"三日。"

"整整三日。"蒋辩为张酸倒了一杯水,端过来,"张师兄真厉害,挨了大成玄尊一掌,就只是昏睡了三日,若是换了旁人,怕是早就身死道消了。"

喝下一口水,感觉精神稍振,可听到蒋辩的话,张酸却又皱起了眉头。

"张师兄的气海早在三年前便大受损伤,服了众多灵药调养才堪堪恢复,如今受了大成玄尊一掌,好不容易稳定的气海再次翻腾,体内真气流窜。我刚才用银针封住你气海、劳宫两穴,接下来一段时间你要静养,不可再妄动真气了。若是……"吕素冠喋喋不休地在旁嘱咐。

张酸却突然下床,摇晃一下,向着门外走过去。

"欸,张师兄,你身体还没恢复,要去哪里?"

张酸不答,抿唇大步离去。

两人见状大惊,连忙放下手中的银针和茶杯,跟了上去。

"我没事,你们不用跟着我。"张酸虽是初愈,脚步却极快,不一会儿就将两人甩在后面。

看着张酸匆忙离去的背影,蒋辩和吕素冠面面相觑。张师兄向来最为爱惜自己的身体,如今这是怎么了?

胸口还在隐隐作痛,张酸却像根本感觉不到,他走上巍峨的台阶,直到鸿蒙大殿外才停了下来。

他心中有个非常不好的猜测。张酸叩响大门,朗声道:"弟子张酸,求见掌门。"

鸿蒙大殿内,紫阳和丹阳刚聊到张酸的伤势,便见他过来,皆是惊讶,连忙道:"进来。"

大门推开,张酸拱手浅行一礼:"掌门,丹阳长老。"

紫阳点头:"你有伤在身,不静卧养伤,来此何事?"

张酸颔首,正要说话就被丹阳打断。

"你不必内疚,大成玄尊要与我们这些凡人夺炽阳果,谁也抢不过的,不必放在心上,安心养伤去吧。"

张酸摇头,沉默片刻,道:"弟子记得掌门曾经说过,那炽阳果有重塑筋骨、起死回生之效。"

"是,炽阳果乃极品灵药,确实可以生死人、肉白骨。"紫阳和丹阳有些不解地看着张酸。

"若是仙人服用呢?"张酸像在确认什么,语气急促起来。

"仙人凝丹飞升,已然脱去肉体凡胎,这炽阳果对仙人而言,自是无效的。"紫阳皱眉。

这是病糊涂了,连这种基础的道理都忘得一干二净?也许是吕素冠的医术不够,过两日还是要请散香专门为张酸炼几服丹药。

"掌门,"张酸急切地一拜,"既然那炽阳果对仙人无效,那大成玄尊下凡夺取炽阳果又是为何?"

紫阳和丹阳对视一眼,愣住了。

炽阳果稀少,每逢结果他们各大宗门都要为此一战,似乎已经习惯了所有人都争夺炽阳果这一事实。可大成玄尊是九天上的尊神,他无事下凡,与他们争什么?

"换句话说,玄尊身边会有谁,伤到需要用炽阳果续命?"张酸双眸漆黑,定定地望着二位真人。

来蘅芜院不足两月,李青月重伤两次,这一次还险些丢了性命,是玄尊亲自下凡取来炽阳果,救回了她的阳元。

关于这位玄尊夫人的传言,除先前的"不受待见""麻雀变凤凰",如今似乎又多了一点儿神秘感。

温玉榻上,正在打坐的李青月收起灵力,缓缓睁开眼睛。她轻轻吐出一口浊气,身体似乎已经完全恢复如初。

"夫人真是厉害,短短几日功法竟然长进这么多。"凝烟递上帕子,帮李青月打开窗子,新鲜空气和满园花香涌了进来。

闻到沁人的香气,李青月用帕子胡乱擦了擦汗水,向门外走去。

并非自己功法进步飞快,而是多亏白九思及时送来了炽阳果。李青月现在不但旧伤新伤齐愈,气海处还觉灵力充沛,每次调息运功时备感经脉通畅,这次也算是因祸得福了。

"是因为炽阳果。"想到这里,李青月轻声对凝烟解释。

凝烟闻言一喜:"想不到凡间竟有这么厉害的灵食,若是我当年就能寻到,定可少修炼个几百年。"

炽阳果花期百年,而且不是每次都能成熟、结果,树下还有妖兽梼杌守护,寻常人哪能这么轻易地得到呢?

李青月苦笑:"这炽阳果是不可多得的至宝,恐怕只有玄尊这般人物才能寻来。"

"是呀是呀,这种万中无一的宝贝只有玄尊夫人才配享用,我可不配!"凝烟笑着附和。

从玄尊这次的态度看,她觉得夫人的苦日子要到头了。

可李青月依旧苦着一张脸,喃喃道:"玄尊允我报仇,又取炽阳果救下我性命,我真不知该如何报答他了。"

凝烟一怔,也跟着皱起眉头道:"夫人想要报答玄尊可太难了,这六界之内,玄尊法力最高,九天之下所有宝物任他取用,您想报答他,真要好好花心思了。"

六界之内法力最高。李青月的思绪渐渐飘远。都说高处不胜寒,白九思身在高处,想必也有高处的烦忧吧。想到那日白九思半跪在地的模样,李青月开口问道:"他可曾受过伤?"

凝烟扶着额头,沉思一会儿,道:"印象中……好像是有一次。"

李青月神情沉郁,忽然再次精神起来:"上次我给玄尊做的饭菜,我看他还挺喜欢的,要不我再做一些?"

凝烟也兴奋起来,险些要流口水:"好哇!好哇!我也想吃夫人做的饭了。"

柜门吱呀一声打开，隐童子再次露面，觍着自己苍白的小脸："我也要吃。"

崇吾殿里，苍涂与离陌坐在首座之下，一个捏着点心慢悠悠地吃，一个安心打坐。

"苍涂仙君，离陌仙君。"樊交交大步而来，满面喜气，一挥手，散出无数糖果和请柬，分发到两人手中。

盯着这份喜帖，苍涂嘴角抽了抽："你又要成亲了？"

樊交交扯出个笑容："是啊，还带了喜糖、喜果给大家沾沾喜气。"

"你这喜气我沾得够多了，上次误娶夫人后补上来的新娘子还不足一个月吧？"苍涂展开喜帖，扫一眼，不由得有些敬佩眼前这位仙君。

"不多，算上这次方是第一百四十七次。况且这不是狱法墟动荡嘛，我多攒点儿喜气，好去压制妖兽的恶念。"樊交交谦虚道。

苍涂哑然片刻，请樊交交坐下，又忍不住问他："你这次又是何时和离的啊？"

"今日一早。"樊交交说着，有些伤感地望向窗外。

崇吾殿坐山观海，气势恢宏。樊交交望了一会儿没酝酿出情绪，只好干巴巴道："今早，我见窗外日光和煦，微风习习，正是个腾云驾雾的好日子。于是我与夫人签下了和离书，送她离开了丹霞境。"

苍涂不知该说些什么，索性沉默，无聊地将请帖展开翻看。

"夫人走时，我眼含热泪，十分不舍。但我转念一想，我与她既然已经没了感情，那便不能再耽误她，还是让她早些离去的好。早些离开我，便能早些再找一个称心的夫君……"

"再说了，为了镇压妖兽，我这也是迫不得已。"樊交交摇着扇子，"我们好聚好散，都是你情我愿的事。缘分这种事情，又不是自己能掌握的。就好比我与那新夫人一见钟情。这是什么？这是天赐的良缘！是老天给我的造化！我又怎能为世俗礼教所困，不尊天道、逆天而行呢？"

一旁隐身失败的苍涂将喜帖从脸上移开，干笑两声道："好好好，我知道了，到时一定去给你捧场。"

闻言，樊交交心满意足地点头："既然人要来，那就多带些灵丹法宝给我当作贺礼吧。"

"哎,你这人……"苍涂气极反笑,摇摇头,无言以对。

樊交交趁势看向离陌,懒洋洋道:"仙君,可否赏脸参加婚宴啊?"

离陌脸上一僵,推辞道:"师母伤势已好,我已经向师尊辞别,今日就要动身去外地游历。"

樊交交不由得嘀咕道:"这些年见你比见师尊都难,日日往外跑,难不成这藏雷殿中有什么你害怕的东西吗?"

苍涂知晓内情,于是赶紧转移话题:"师尊去你的婚宴吗?"

"这些年也没去过啊,只除了上一次去救师母。"樊交交心有余悸,"再说了,今晨师尊刚说过要闭关。他不去也好,他一去我就心惊肉跳的。"

安神香袅袅升起,白九思向来挺直的身子,如今微微打了弯,蜷缩在床上,脆弱得不成样子。心口处的旧伤令他骤然缩紧身子,似要将他整个人捣碎。

苍涂担忧地立在门外,听着里面的一举一动。

一炷香的时间已过,愣是没有传出一丝声响。

"日子已经到了,玄尊不去闭关,在这里硬撑什么?"苍涂终究担忧,语气中带着焦急和不解。

又等了片刻,苍涂沉不住气,叩响门,轻声唤道:"玄尊?"

"去准备吧。"白九思紧抿着的唇线扯开一道裂缝,"我要闭关。"

门外的苍涂松了口气,立刻动身离开。

李青月提着食盒站在门前,正欲敲门。

苍涂忽然出现,他的声音中带着一丝抱歉:"夫人有事?"

李青月的声音中带着一丝期待:"我那日见玄尊身体有些不适,所以就带些吃食过来看看。"

苍涂的声音中带着一丝无奈:"玄尊已闭关,这几日不见人。"

屋内一片安静。李青月有些失落地转身,一步三回头。她的声音中带着一丝不舍:"那玄尊出关时,你可一定要来告诉我哦。"

苍涂看着李青月离开,而后目光落在紧闭的门上,长叹了一口气。

门内,白九思顶着苍白的面色,吐出一口血。这次,似乎比往常来得都要早,也要迅猛,是因为李青月吗?

白九思合眸,强迫自己入定。

"鸿蒙神主在上。"

声音遥远,好似在天际。

又是这个梦,像一张网,要将他魇住,永远挣脱不开……

山谷中,巨大的榕树下,一根根红绳迎风飘荡。树下,少女穿着一袭简单的红色长裙,一旁的男子亦是相似的打扮。

两人虔诚地执手叩拜天地。

"我白九思今日与阿月结为夫妻,从此以后,我夫妇一体,荣辱与共。"

"赤绳系定,姻缘既成。"

女子亲手为他系上红绳,红线缠绕三匝,仿佛真就缘定三世般白首永偕,死生不弃。

"以后我再不会与你分开了。"

白九思听到自己的声音,并不冰冷,还带着少年的真挚。他将真心、深情、温柔、自己的全部岁月都给了眼前这人,幸好……

噗的一声,鲜血浸透了红衫。

他的阿月面无表情地注视着他,将寒麟匕首又推进一分。连退后都来不及,因为他也不曾想过要后退半步。

白九思惶然地看着她,全然像个懵懂的孩童。

注视着她冷若冰霜的眼神、居高临下的身姿,白九思自嘲地勾了勾唇角:"为什么?你究竟为什么要这么对我?!"

花如月毫无波动,手指捏诀,冷冷地说道:"因为你该死!"

金光大盛,翻天印自空中落下,降落在白九思身上,将他压入深渊。白九思与花如月对视,目光中满是仇恨。

忽而天地翻转,白九思看着自己手持长剑,一步一步地走上天姥峰的长阶。

高台之上,花如月两眼流出血泪,一字一顿道:"白、九、思……"

"白九思……"

"白九思！"

"白九思——"

白九思闭关第一日，李青月随凝烟逛了藏雷殿，发现了一种可以吃的果子。

白九思闭关第二日，李青月发现了两种可以吃的果子。

白九思闭关第三日，李青月发现了三种可以吃的果子。

…………

白九思闭关不出十日，李青月将藏雷殿所有可以吃的东西都列出了一份清单，最近又开始仔细研究哪些东西是可以做成点心的、哪些东西是可以入汤做菜的。

石桌上摆满了各色糕点小吃、汤菜甜水。凝烟望着各色佳肴，眼冒绿光："夫人，我可以吃了吗？"

李青月点点头，拿起一块糕点递给凝烟："今天先从不甜的开始吃，免得吃到最后没了味道。"

凝烟吞一下口水，边吃边说好吃。

"真好吃？"做了数十天饭菜，凝烟口中就没有不好吃的东西，李青月听夸都听得木了。如今她倒有些怀念嘴巴挑剔之人，比如张酸师兄，再比如……算了。

李青月闷闷地拿起一块糕点，慢吞吞地咬着。

"嗯……"凝烟那边突然传来一声极其诡异的鼻音。

李青月闻声望去，终于发现桌上已如风卷残云，所剩无几。她震惊地抬头，见凝烟嘴角挂着残渣，正要伸手去拿最后一块。

"凝烟！"

突然被点名，凝烟收回手，含混地回应李青月许久前问出的问题："夫人，你又忘了，仙人是不会饿的。"

"那你怎么天天吃呢？"

"我是馋。"凝烟有理有据，伸出舌头一舔嘴角，见李青月无语凝噎，便小心翼翼地伸手，拿起最后一块糕点，递到李青月面前，"夫人还吃吗？"

"不吃。"

凝烟一喜:"那我就吃光了。"

吞下最后一块点心,凝烟给自己倒了杯茶顺气。她终于想起要安慰李青月:"夫人放心吧,玄尊又不是第一次闭关,再说苍涂仙君会照顾好他的。"

这话凝烟已说过千遍,可李青月依旧一副不放心的样子。凝烟不由得暗暗感慨,这位新夫人对玄尊是真心好,装可是装不出来的。

凝烟将点心盘子一一收拾好,看向李青月:"夫人,今日饭后消食要去哪里呀?采些什么新鲜果子呢?"

"藏雷殿还有哪里我们没去过吗?"李青月站起来,活动筋骨,背上小篮子,准备去采摘。

"倒真还有一处……"凝烟想了片刻,似想到了什么,立刻摇头,"不过,那里还是别去了。"

话音刚落,外面便传来樊凌儿的声音:"青月夫人!"

闻声,凝烟立刻起身,护在李青月身前:"你来做什么?"

樊凌儿嗤笑一声,看都不看凝烟,直接绕过她,坐到李青月身旁:"夫人,后日便是家父的大婚之日,还望赏脸。"

凝烟挪着碎步,正要帮李青月挡了请帖,却见她家夫人摇头。

"成亲这种场合,我还是不要去了。"李青月挡了请帖,将凝烟拉到身后,"我与你父亲并无深交,不合适。"

樊凌儿也不恼,将请帖收回,放到桌上。

"夫人说笑了,我父亲是玄尊的徒儿,您是玄尊夫人,按辈分来说,我父亲还得唤您一声'师母',这种交情,怎么能说是浅呢?"

凝烟咬紧牙根,头上生出几根绿芽,心中默默道:"还'师母'?之前就把我们夫人掳走,逼着拜堂。那个什么鬼黑影,你一回藏雷殿就出现了,说不定就是你弄出来的,现在反倒论上辈分了。"

看凝烟气恼得头上发芽,李青月笑笑:"不必了,之前误会一场,我怕我过去大家尴尬。"

此话一出,樊凌儿也不便再说,只好笑着收起请帖。

"既然这样,那我就不勉强了。"樊凌儿看着李青月,轻描淡写道,"还有一事,玄尊有些东西,之前都是我在看管,如今夫人是这藏雷殿的女主人,我想,还是转交给夫人为好。"

李青月顿时来了兴致,立刻站起身来。她的声音中带着一丝期待:"走吧,我去看看。"

凝烟欲跟去。

樊凌儿婉言道:"玄尊的私物都是些珍贵物品,还是夫人独自前往为好。"

李青月立刻看向凝烟,她的语气中带着一丝歉意:"那你在这里等我回来。"

望着樊凌儿的背影出了蘅芜院,凝烟将手里的筷子狠狠丢了过去,嘟囔着:"呸,亲爹给你娶后娘,你还开心得起来。什么玄尊的东西,跑来炫耀个什么劲!"

樊凌儿引着李青月走在荒凉的院落之中。李青月东张西望,隐隐觉得有些不对劲。她的声音中带着一丝疑惑:"什么东西放得这么偏僻啊?"

"玄尊的珍贵之物,平日无人敢靠近,而我又忙于修剑,这段时日未曾来打扫,所以才会看着有些荒凉。"

李青月依旧觉得奇怪:"怎么一路走过来都没见到什么人呢?"

樊凌儿很是平静地解释道:"今日是家父婚宴,藏雷殿里的人都去喝喜酒了。"

李青月的声音中带着一丝好奇:"那你不过去吗?"

樊凌儿脚下一顿,面上露出哀伤。她的声音中带着一丝苦涩:"这天底下哪里会有女儿开心自己父亲娶后娘呢?"

李青月一时语塞,默默闭上了嘴。

樊凌儿走到一个房间门口便停下,推开房门,引李青月进去:"这里面的旧物,于玄尊而言,都是很珍贵的东西,过去一直是我在保管,如今交托给您,也算是物归原主。"

李青月的声音中带着一丝疑惑:"物归原主?"

樊凌儿浅浅一笑:"夫人进去看看就明白了。"

李青月带着疑惑,上前打开房门。

光线射入屋内，显出地上些许灰尘。屋内摆设随意且整洁，一切仿佛是按照原本主人习惯布置的。书架上都是些功法剑谱，还有人间趣事的话本子。窗纱被褥皆是浅色，似是女子的闺房。

樊凌儿走到梳妆台前，拿出妆匣整理着。她轻描淡写道："这些都是贵重的首饰，每一件都是玄尊画了图纸找人锻造的，用料极其珍贵，共有一百零八件。夫人瞧瞧，可能合得上数？"

李青月上前查看，只见妆匣之中，金玉宝石熠熠生辉。

"夫人不好奇这些首饰是送给谁的吗？"樊凌儿的语气中带着丝丝挑衅。

李青月看出了樊凌儿眼底的不怀好意，警惕道："你请我过来，并非为了清点物品吧？"

"我是想让夫人听一个故事。"

"故事？"

樊凌儿按着李青月的肩膀，让她坐在镜前。她的指尖一点镜面，镜面如水波荡开，被涟漪划分为一个个分裂的碎片画面，画面上显现出一名女子的破碎五官，最终如涟漪般缓缓聚集成为李青月的模样。

李青月呆呆地望着。

镜中的女子与她一模一样，可眉宇间带着她没有的傲气和洒脱。李青月惊讶，镜中女子便惊讶；她笑，镜中的女子也笑；她退，镜中的女子也退；她进，镜中的女子便进。

"你……"李青月好不容易捋直舌头，"你是谁？"

镜中女子没有回答，只静静望着李青月，像透过她看着什么。

李青月惊慌，下意识往后躲，却被樊凌儿按住。

樊凌儿慢条斯理地说："那是四灵仙尊，怎么样，是不是和夫人长得很像？"

镜中的女子举手投足间的贵气浑然天成，根本不是李青月可比的。李青月看着镜中的女子片刻，似想到了什么，动作微僵。

"四灵仙尊……"

听到这个名字，饶是李青月再傻，也明白了。

白九思为何在净云宗为她解围，娶她做夫人；将她带回九重天后，又为何说她装模作样，对她时好时坏；为何会叫她"阿月"；为何对她一介凡人如此包容……一切都明白了。他与四灵仙尊才应是一对，他做这一切都是因为她长相与四灵仙尊相似。

"你可听说过，鸿蒙初辟，天地尚是一片混沌时，大成玄尊与四灵仙尊便是相伴着出生的两缕灵气？"樊凌儿逼迫李青月看向水镜，"他们互相依存，也互相争抢，相依相偎，也相生相克，简而言之，四灵仙尊不在，玄尊也难独活！"

李青月怔住。她先前听说过四灵仙尊的故事，却不知，白九思与四灵仙尊竟有如此紧密的联系，犹如太极中的阴阳鱼，早已浑然一体。

樊凌儿的声音中嘲讽夹杂着悲伤："他们与天地同生，与日月同寿，这方天地存在多久，他们便斗了多久。过往的数万年来，他们旗鼓相当，斗得难分胜负，可惜后来玄尊犯了一个致命的错误。他爱上了她。多可笑啊，他竟然爱上了自己命定的敌人。"

苍涂抱臂守候在临渊阁门外，方圆十里，飞虫不鸣，走兽不行。

闭关须清静，入化境时被打扰是极容易走火入魔的。白九思修行上万年，天地间已是唯他独尊，这功法也是几近封顶，早就不存在入化境一说。他需要清静，是为了对抗自己。

因为旧伤复发时，身体上的疼痛会警醒白九思，他还有一个未解的心结。要想疗伤，势必先解心结。

他这心结与情有关，功法、修为有高低，眼界、见识也可分高下，可唯有情事，因人而异，无天赋、努力之说，更无法请教他人，只能困在其中，自发参悟。

来了。

盘膝打坐的白九思突然眉头紧锁，手中捏诀，让内力在周边运转护身。

满地血泊中，白衣男子身形动了动，似想挽留要离开的女子。

"阿月……"

沙哑的声音、几近哀求的语气、挽留的目光，无论哪一样，都实在不像白九思的做派，可当年那人确是白九思。

打坐中的白九思牵起一抹苦笑，冷汗顺着额头缓缓流下，滴在透白的长衫上。他分明大仇已报，可这段屈辱的记忆常年回来，将他折磨得体无完肤。

阿月……果真还是你的心更狠些。

花如月冷冷地扯开白九思的手，俯视他，像在看一只蝼蚁。

"阿月……"

越是挽留，越是挣扎，痛苦便越甚，可这是记忆，白九思也无力篡改，只能承受。苍白的唇已抿成直线，冷峻的眉峰也紧蹙，白九思呼吸突然越发紊乱。

沉黑、寂静。什么也看不到，什么也听不到，只有血腥气充斥鼻腔。

涿光山山腹，丹霞境内鲜有人知的地方，就算偶有几人知晓，都知道那是玄尊极为忌讳之地，却无人知晓，白九思曾被囚禁在那里。

铁链穿透白九思的四肢，将他牢牢锁在石柱之上。一柄匕首插在他心口，让他寐不能寐、醒不愿醒。

一袭白衣早已变成了血衣，狼狈不堪，脚下那块地更是被干涸的血迹和新染的血色都润成了通红的宝石。

"阿月……"

他依旧在叫她的名字，没有怨怼，只是不解。事到如今，他依旧不恨，也不怪，他只是疑惑，到底发生了什么，让阿月这样对他。

匕首被拔出，又再次刺入白九思体内，如此反复数十遍……

那边的世界终于归于宁静，打坐中的白九思眼睑微颤，捏着法诀的手几乎要握不住。

究竟是为什么？

疼，很疼，他受过那么多次伤，却好像都比不上现在疼。

阿月……

现实与梦境终于模糊了边界，白九思心口处旧伤崩裂，鲜血渗透了白衣。

他再次睁开眼，看到的是她沉静的目光，没有一丝感情。她挥手，捏诀："星宿朗明，混沌气清。"

白九思怔住，不知为什么，突然有些想笑，笑阿月愿献祭自己的神魂之力，只为彻底压制、封印他，笑自己最后关头还对她抱有幻想。

"道达重玄，忑冠神霄。一印既落，十方俱灭！"

金光化印自空中落下，压在白九思身上，将他直推入深渊。

他落得极快，两边岩壁在他眼中都模糊了，可他偏能看见花如月那冰冷的目光，看他好似在看仇敌。

也罢，白九思阖上双眼，眼中亦温存全无。

阿月，我们来日方长。

白九思结印的手指抖动，周身灵气衰弱，猛地吐出一口血来。他捂着心口剧烈喘息着，良久，才平复气息，重新打坐。

"多狠心的女人啊，拜堂之时将淬了毒火的寒麟匕首插进了玄尊的心脏。"樊凌儿的话一字一句地挤进李青月的耳朵里，"她害得玄尊心脉俱断，又趁机将玄尊封印，夺走了玄尊全部的力量，成了这九重天上法力最高的神。"

李青月的身子微微发抖。樊凌儿从妆匣深处取出一把匕首，细细把玩。

"你看，玄尊从心口将这寒麟拔出来，竟然还不舍毁掉呢……

"自此，四灵仙尊开始四处攻伐，夺取各仙门的法器，引得天怒人怨。幸好，玄尊吉人天相，冲破封印，重回丹霞境。三百年前，是玄尊亲手杀死了四灵仙尊，将她的尸骨压在山下。这藏雷殿原本是四灵仙尊的寝殿，玄尊攻占这里后，便一直住着，目的就是要四灵仙尊的魂魄无处可去、无家可归。

"这些……你可都知晓？"

樊凌儿的话如同箭羽，刺穿了李青月。她的脸色逐渐苍白，黑眸中不知名的情绪翻涌。

"够了！"李青月捂住耳朵，不想再听。

樊凌儿却凑上前来，贴着她的耳朵，笑道："他们是仇人，血海深仇用来形容他们……也不足为过。"

樊凌儿心满意足地松开了李青月，在屋内燃起了烛火："夫人听完故事，有什么想问的吗？"

"你告诉我这些有什么目的?"李青月哑声开口。

樊凌儿嗤笑一声,道:"目的?我只为让你好好看清楚,在丹霞境的好日子究竟是受了谁的恩惠!"

李青月垂着头沉默半晌,轻声道:"我知道了。你在挑拨我和玄尊的关系。"

闻言,樊凌儿一怔,目光如冰,刺向李青月。

"玄尊娶我回来,定有他的道理,即便真因为我与四灵仙尊相貌相似,那也没关系。"李青月终于稳住了自己的身体,不再发抖,"他与四灵仙尊的恩怨都是过去的事情,与我无关,我不会因为这些故事耽误了现在和未来。"

樊凌儿讽刺一笑,对着李青月行了一礼:"那我就祝夫人得偿所愿,永远清醒、理智,不入迷惘,不生忧妒。我还有事要办,这里的东西就交给夫人了。"

樊凌儿转身欲走,烛火照在她身上,投下一片阴影。李青月看着樊凌儿,双目蓦然瞪大,惊骇地看着樊凌儿脚下的影子。

"对了,夫人……"樊凌儿蓦然转身,注意到李青月的视线,目光随即变得骇人起来。她的声音中带着一丝调笑:"哎呀,不小心被你发现了……"

李青月拔腿就跑,然而有一道无形的屏障将她挡了回来。樊凌儿手里幻化出长剑:"本来还想多留你几日,现在也真的是没办法了呢。"

云彩飘过,月光浅浅落下。黄沙大地上一片死寂,焦土灼红,弥漫着血腥气。每隔三步便插着一根粗壮的木桩,木桩约有两人高,排列有序,似乎是一个法阵。

樊凌儿落地,一指地面,李青月的身影就从地里飞出,摔落在地。她吃痛地叫了一声:"哎哟!"跟凝烟学得土遁之法也没能帮李青月逃离樊凌儿的追杀。

樊凌儿冷冷地看着李青月。她的声音中带着一丝嘲讽:"还想往哪儿跑?"

李青月来不及多想,挥出长剑抵挡。她的声音中带着一丝坚定:"云阿,斩!"

长剑朝樊凌儿攻去。

樊凌儿眸光一闪，手腕翻转间将云阿剑挑落。趁着这一瞬间，李青月转身逃入焦土之地。樊凌儿躲开攻击，眼看着一人一剑离开，却并不追逐，脸上反而露出一抹诡异的笑。

息元殿中又一次满堂红装，打钉人正忙着在宴席上风卷残云。众仙家推杯换盏，热闹非凡。

李青月踏入焦土之地的瞬间，黄沙的边缘亮起了极暗的微光，一瞬即灭。

樊交交正在与众人敬酒，忽而有所感应，眉头一皱。他的声音中带着一丝急切："不好！"

众人一起看了过来，樊交交的脸色变得极为难看。

雾气越来越浓，冷风刺骨，李青月以手护在脸前，向着前方艰难前行。环视四周，李青月的目光落在不远处的木桩之上。她向后退了几步，随后加速跑起来，一跃爬上木桩。可就在她即将到达木桩顶端之时，忽然亮起一道冲天的红芒。与此同时，所有的木桩都亮起光芒，两两之间射出红线，仿若一个编织的法阵向下压来。

李青月被打倒在地。她仰起头来，目露惊恐。半空之中，红色光线连成一个巨大的"囍"字，将李青月封禁其中。

李青月僵硬地坐在地上，她看向上方的法阵，不敢有任何动作。她正想着继续摸索，便听得雾气之中传来低低的抽泣声。

"谁？！谁在哭？！"

哭声自四面八方传来，忽远忽近，在这幽寂夜里格外可怖。

李青月慢慢起身，拔剑出鞘，夯着胆子向前走去。雾气之中，一个女孩面冲木桩低声哭着。

"你是谁？"李青月握紧长剑，缓缓接近那孩童，"此地如此邪煞，你一个孩子，为何会在这里？"

女孩转过身来，一双眼睛哭得通红。她的声音很是稚嫩："姐姐，你也是迷了路才来到这儿的吗？"

第七章
红莲孽

夜色如墨,狱法墟弥漫着浓重的雾气,仿佛连空气都凝固了。李青月警惕地看着眼前的女孩,她的手中紧握着云阿剑,剑刃在微弱的月光下闪烁着寒光。

"迷路?"李青月试图让自己的语气显得更加温和。

女孩点了点头,眼中满是惊恐:"我同我爹爹砍柴回家,可不知怎的,山里起了大雾。我一眨眼,就跑到这里来了,爹爹也不见了。"

李青月微微皱眉,她轻声安慰道:"别哭了。"她蹲下身子,为女孩擦去泪水,"这里不是什么妖怪洞穴。这儿是丹霞境,有大成玄尊坐镇,是神仙居住的地方,只有灵根通慧的人才能进入。你不是不听话的孩子,是个有仙缘的孩子才对。"

女孩抬起头,眼中闪过一丝好奇:"那姐姐也是神仙吗?你能送我去找爹爹吗?"

李青月点了点头,坚定地说道:"当然可以,只要你不哭,我就带你出去。"

女孩重重点头,随后一把抹去了脸上的泪水。

李青月牵着她的手向前走去:"小朋友,你叫什么名字,家住哪里?"

"我叫凤游,家住青岗山俞沛村,我爹姓洪,是村子里最有名气的猎户。"

李青月微微皱眉,疑惑道:"可俞沛村不是撞了先皇名讳,早在几十年前就改名叫陆沛村了吗?"

"是陆沛没错。只是我们村里穷,留在这里的都是些老人,都叫惯了俞沛村,就不爱改口了。"女孩照旧声音甜甜,语气也是全然不设防的。

李青月的手指微微用力,死死地按住了她的合谷穴。

女孩吃痛,委屈地看向李青月:"姐姐?"

李青月眼神凌厉，声音冷峻："陆沛村这个名字是我编造出来的。你这妖怪，还要装到什么时候！"

　　女孩向后退去，挣扎着想要挣脱，还在佯装惊恐："我不知道你在说什么，姐姐，你弄疼我了。"

　　"我修行虽是马马虎虎，但也不至于在这种时候还辨不明人妖与是非。还不现形，是吧？"她抬手捏诀，云阿剑出鞘，悬于她身后。

　　"云阿！诛邪！"李青月厉声喝道。云阿剑光芒暴涨，向着女孩劈砍而来。女孩闪身躲避，却被云阿剑斩断手臂，鲜血落在地上，仿若滚烫的开水一般，冒起丝丝热气。

　　女孩的眼神瞬间变得狠戾："臭丫头，还真不好糊弄。看来我得认真些了。"

　　只见女孩扭动脖子，骨节发出吱嘎的声响，她的皮肤逐渐苍老，皱纹横生，四肢渐渐变得修长，身形佝偻，就连断掉的手臂也重新长了出来。转瞬间，她从一个六七岁的孩童变成一个八十老妪。

　　"你身上有白九思的味道，你和他是什么关系？主仆？还是情人？"老妪嗓音喑哑，眼神中闪烁着诡异的光芒。

　　按入宗年份，蒙楚须称张酸"师兄"，可事实上，蒙楚比张酸虚长几岁，行事更为老成、持重，平日里又是最乖巧懂事的，难免得几位真人偏爱，就连一贯公正的紫阳也不例外。

　　蒙楚爱慕魔宗妖女之事一出，宗门几位师叔第一个想到的都是瞒，先悄无声息地处理，再让蒙楚认个错，这事儿便能含糊过去。可他们没想到，蒙楚不愿，他为了一个妖女顶撞了几位真人，还不惜舍了净云宗首徒的身份。

　　事态逐渐严重。幸而遇到李青月飞升，最终紫阳以押入罚恶殿候审作为蒙楚的结局。

　　一晃眼数月过去，众人皆以蒙楚为耻，将他遗忘在地牢中，唯有重新接过师门重任的张酸偶尔借身份去地牢里看望他名为师弟、实则胜似兄长的蒙楚。

　　"我要见他。"

张酸拎着酒坛，举起令牌给两位守门弟子过目。

这个"他"虽没有明说是谁，可几人心知肚明。两名弟子不敢迟疑，立刻打开地牢大门，道："师兄，请进。"

地牢内暗淡无光，只有石壁上插着的几支火把发出微弱的光亮。

蒙楚抬眼见到来人是张酸，微微坐直身体："可有带酒来？"

张酸将酒坛从牢外递了过去，一时有些沉默。蒙楚原不是嗜酒之人，只因为一个曲星蛮便成了这样，张酸心中难免有些惋惜。

"好酒。"蒙楚仰头喝下一口，又倒出一碗给张酸，"陪我喝点儿吧。"

张酸无言地接过酒碗，仰头饮尽。

"不错，不错。"蒙楚点点头，"你气海修复后，人也有趣多了。"

他又为张酸斟满一碗，看着张酸一饮而尽，不由得一怔。

"有心事？我……"蒙楚似要说什么，最终半是自嘲，半是无奈道，"我现在这境地也不能帮到你什么。"

张酸摇头："不用帮我什么，我今日是来与你道别的。"

"道别？"蒙楚有些意外。

借着酒意，张酸指了下地牢顶上并不存在的虚空："我要去九重天。"

蒙楚怔住半晌才道："今日这酒你才沾两碗便喝多了吗？"

烛火昏暗，偏能照出张酸坚定的双眸。蒙楚望了一会儿，叹道："九重天是众仙境，你一介凡人还是不要妄想了。"

张酸将碗底的酒也饮尽，苦笑一声，道："是妄想，但也是必要完成之事。"

"你这是为何？若是为了修道，以你的资质再等上几年也不是没有机会飞升。"蒙楚不解。他仔细想想，自己似乎从未很了解张酸。

在他们都还小的时候，张酸想的是道义和抱负；等他们都长大了些，有办法实现抱负时，张酸却身受重伤。眼见着张酸日渐消沉，无欲无求，蒙楚一时也想不出宽慰他的法子。后来，张酸突然跑去守了三年山门，精气神倒是渐渐好了起来。

"是因为青月。"

听到这名字，蒙楚一愣，这位青月师妹现在可是净云宗的骄傲。可听清张酸那贪恋的语气，蒙楚不由得替他苦笑。这三年张酸奇怪的行为，似乎终于有了个合理的解释。

蒙楚能理解张酸的心,此时却无法宽慰他什么,只好调侃道:"真不知说你眼光好,还是运气差。"

竟与大成玄尊看上了同一位女子……剩下的半句,蒙楚没有说出口。他见张酸沉闷,便岔开话题:"我很好奇,你是什么时候喜欢上她的?"

什么时候?这种事情哪有期限。张酸轻叹一声,道:"不记得了。"

蒙楚也是遇上曲星蛮后方理解其中酸楚,他有些气张酸不争:"那你当初为何不与她说?"

"是啊。"张酸苦笑,拿起酒坛又饮下一口,"为何不与她说?这段时间,我每日都在问自己这个问题。"

蒙楚一怔,无奈地摇头,嘴角的笑容也有些发涩。他无权责问张酸,自己与星蛮又何尝不是如此呢?明明见而心动,却因自己的身份,不敢承认,若不是星蛮性格爽直,只怕他到现在也认不清自己的真心。

"我还以为你是在怪师父不肯拿秘药救你,自暴自弃,这才去看守山门。如今看来,你是自愿的。"

守门三年,起初是有些怨气,可后来这份怨气渐渐变成了他的福分。张酸是个凡事都愿埋在心底的人,可唯有这件事,他不想藏了。

"以前因为首座弟子的身份,与她话都没说过句。看守山门之后,我终于成了她的张师兄。"张酸笑笑,"这话我从未对别人说过,因为别人都觉得我从首座弟子沦落到去看守山门,定会满心悲苦、心有不甘,却不知道那三年是我入门以来最快乐的日子。"

蒙楚怔住,不知该说什么安慰他这位师兄,只能沉默。

"她若在九重天上过得好,我自会将这份念想断得一干二净。可前不久,我见到大成玄尊下凡取炽阳果。"张酸涩涩地开口,"这炽阳果是凡间之物,只对凡人有用,而九重天上,除了青月,我想不到还有其他凡人。"

"你是说,师妹她受伤了?"蒙楚有些惊讶,更多的是难以置信,毕竟九重天上有谁敢去动玄尊夫人?他这样想,便也这样说了:"恕我直言,如今她已是大成玄尊的道侣,不管她过得好与不好,都与你无关。就算你上了九重天,见到了她,又能怎么样呢?"

张酸不语。其实，蒙楚这些顾虑，他早已在心中问过自己千百遍，可他心神不安。

见张酸不为所动，蒙楚继续道："哪怕她真的如你所说，陷入危局，重伤垂死，以你的法力，在大成玄尊面前，也没有半点儿胜算。"

"我知道。"

静室内的火把熊熊燃烧，一只飞蛾扑棱着翅膀飞向火把，瞬间被火焰灼伤，掉落在地，不断挣扎着。

张酸看着那只飞蛾，目光沉了沉，哑声道："我只做我想做的，至于结果，并不重要。"

大雾弥天，浓白的雾气带着森森寒意。李青月与化作老妪的红莲对峙，云阿剑气凛然，一劈一砍间，逼得红莲不断后退。红莲不断穿梭于木桩间躲避，她的身影在雾气中若隐若现。

李青月长剑劈砍在木桩上，木桩立刻出现丝丝裂痕。与此同时，那法阵红线再次亮了起来。随着李青月的不断砍劈，木桩外壳破裂，露出里面的白骨钉。

红莲掌心聚力，猛然向着地面砸去，只见地表下涌动，仿佛有骇浪惊涛即将喷涌而出。木桩碎裂，白骨钉摇晃不止。李青月以剑插入土地，这才勉强稳住身形。

"多谢你了，小丫头，为我做了嫁衣。"红莲语含嘲讽，她猛然劈出一道灵光，正中那摇摇欲坠的白骨钉上。霎时间，白骨钉彻底碎裂。

大阵上方的"囍"字暗了下来，彻底熄灭。红莲飞身而起，正要逃离，便听得一声怒喝："哪里逃！"

李青月抬头望去，只见二十几名打钉人踏空而来，其中两名打钉人一马当先，肩上扛着一根巨大的白骨钉。

樊交交飞身而来，冲着打钉人吩咐道："钉来！"

两名打钉人将白骨钉抛出，稳稳地落在那根碎裂的白骨钉上方。樊交交从未如此威严："锤来！"

一柄巨大的长柄单锤破空而来，带起凛冽的煞气。樊交交举起巨锤，只见天际风云变色，紫色雷电穿透云层，纷纷汇聚在巨锤之上。

"天雷伏妖，白骨镇魂，落！"

巨锤落下，砸在白骨钉上，将其钉入地内。

红莲嘶吼道："樊交交，你敢坏我的好事！"

红莲挣扎着向上方扑去，周身环绕着无数花瓣，边缘利如刀，似要将那法阵撕开一道口子。

"落钉，布囍阵！"

霎时间，二十几个打钉人飞身而出，纷纷落在木桩之上。众人手中皆拿着锤子，口中念念有词。

"大喜大悲、大彻大悟、大起大落、大杂大空……"众人的锤子之上有红光逸出，相互汇聚，漫起红雾，遮蔽整片焦土。

红莲逐渐被镇压，她愤怒地咆哮，放手一搏，无数花瓣迎风暴涨，狠狠刺穿红雾，眼看着那结界就要被撕裂。

李青月握紧云阿剑，眼眸锐利。她几步上前，飞身跃到红莲背后，挥剑而下："云阿，靠你了！"

长剑猛地落下，划破红莲后背，她发出一声尖锐的惨叫，随后摔落在地。巨大的能量打在李青月身上，她也倒在地上，许久爬不起来。

"樊仙君，快！"李青月顾不得起身，急忙望向樊交交。

樊交交会意，举起大锤，雷电之力汇聚，渐渐使大锤烧红、滚烫。

"除恶化戾，囍从天降！"樊交交和众打钉人同时高举手中的巨锤，众锤同时落下，雷电光波震荡开来，千百根木桩同时发出巨响。

由灵力凝聚的光线开始一条条连接起来，"囍"字阵逐渐恢复。

夜深，藏雷殿本是极静的，林中鸟雀忽然惊起，齐齐飞离。

"出事了出事了！玄尊，夫人出事了！"

因结界所困，凝烟无法靠近临渊阁半步，而她的神力又根本不足以冲破这道结界，传声给里面的苍涂。

凝烟欲哭无泪，只能继续拍打结界。

正在打坐的白九思突然睁开眼睛，将结界破开，放凝烟进来，然后道：

"苍涂。"

凝烟一掌拍了个空,顾不得因拍打结界而破皮的手心,匆匆向临渊阁的卧房跑去。树妖最是皮厚,不知先前这几下用了多大的力气,她竟然真将白九思唤醒了。

"出事了出事了!玄尊,夫人出事了!"凝烟边跑边喊。

苍涂拦住慌张不已的凝烟:"出了什么问题去找樊交交,玄尊闭关正是紧要之际,不能打扰。"

话音未落,白光一闪,白九思现身。他的声音透着一丝沉稳:"怎么回事?"

"刚才我听到狱法墟那边闹得厉害,一打听才知道夫人误入了封印妖兽的结界。"凝烟直接跪下。

"我已听见。"白九思面色阴沉,施法除去衣服上的血渍,无奈道,"她还真是一刻都闲不住!"

凝烟一愣,面色有些不平:"都是樊凌儿……"

白九思并未听她的解释,化作一道灵光冲入天际,转眼间消失了。

红莲捂住受伤的后背,恶狠狠地看向欲逃离的李青月:"好哇,既然我走不了,那你便一起留下陪我吧!"

无数花瓣从红莲身上飞出,化作一只巨大的手掌,攥住李青月,拉向半空。樊交交等人面色大骇,不由得停下手中的锤子。

红莲有所察觉,得意地大笑:"小丫头,看来你还是挺有用的。"

李青月拼命挣扎,却挣不脱花瓣阵,她竭尽全力召唤云阿剑:"云阿!剑来!"

红莲漫不经心地随手一挥,云阿剑便被打飞了。李青月面露绝望,冲着樊交交等人喊道:"樊仙君,不用管我,你们继续!"

樊交交唯恐伤及李青月,迟迟不敢再动手。

被击飞的云阿剑落入一人手中,那人随手一挥,由花瓣组成的手掌便被斩断。李青月身上一松,从高空跌落。白九思手握云阿剑,飞入花瓣中间,揽住李青月的腰肢,稳稳落地。

"玄尊!"众人皆是一愣,没想到闭关的白九思竟然赶来了狱法墟。

红莲盯着白九思看了片刻，察觉他的状态不对，不由得冷笑一声："你灵力受损，竟然还敢同我对战？"

白九思面不改色："对付你，足矣。"

李青月心中担忧，接过自己的云阿剑，与白九思并肩而立。红莲的目光扫过李青月，最后落在白九思身上。忽然，她哈哈大笑："白九思，四灵的替身，你找得倒是挺快。"

李青月闻言面色一白，白九思却嘴唇紧抿，不发一言。

红莲手掌一翻，无数花瓣化作寒冰，朝白九思和李青月二人射来。白九思手中燃起火光，抵挡攻势。冰火相接，化作漫天水雾。

众人视线被阻，一时间看不清楚战况。浓白的雾气带着森森寒意。李青月咬破指尖，双指在眼前滑过。

"我目如镜，视尘若清，真邪速现！"李青月的声音中带着一丝坚定。她猛然睁开双眼。

笼罩大地的雾气渐渐消散，木桩之上显露出红莲的身影。李青月看准时机，持剑飞出，正中红莲心口。红莲诡异一笑，身体化作无数花瓣消失了。

李青月愣愣地看着这一幕，难以置信地看向手中佩剑："我……杀了她？"

"那是分身。"白九思身影微微一晃，身边尚无人发觉。

"师尊，我带人去追。"樊交交立刻上前。

白九思却摇了摇头，眸色冷厉："不必了，她能跑，我也能再抓。"

焦土之上，破碎的白骨钉正反射出森森白光，分外扎眼。

日光初升，崇吾殿内，苍涂押着樊凌儿走进了大殿。

樊凌儿跌倒在地，看到李青月完好地站着，不由得冷笑一声："你还真是命大！"

"凌儿！"樊交交大声呵斥樊凌儿。

樊凌儿面上依旧不曾有丝毫服软。

樊交交尴尬地试图缓和气氛，他的声音中带着一丝恳求："凌儿，你还不赶紧向夫人赔罪？都是误会一场。"

"她两次要杀我，哪里是误会？"

樊交交还欲再求情,樊凌儿却抢先开口:"没错,我要杀的就是你!"

樊凌儿转头直直地看向白九思,眼中满是愤懑不平。

"这两百年来,我殚精竭虑为玄尊修复佩剑,可她——"樊凌儿猛地指向李青月,"她都做了什么?凭什么仅仅靠着一张脸就成为玄尊夫人?她配吗?!"

白九思的眼睛一眯,眼中冷意溢出。

樊交交感受到那目光,忙拉着樊凌儿跪下:"弟子深知凌儿罪孽深重,只求玄尊看在师徒一场的情面上,饶了凌儿一命吧。"说完,他深深一拜,是标准的叩首礼。

九重天上本就都是上清境的神仙,拘泥不多,即便真是师徒,也少有行跪拜叩首礼的。

这礼,李青月对白九思行过,似乎除此外,再无他人行过。

白九思看着长跪不起的二人,并未说话。永寿与普元等仙君不知里面发生了什么,亦不敢贸然上前干预。众人就这样僵持着。

良久,白九思看向李青月:"你想如何处置?"

突然被点名的李青月一怔,抬头看一眼白九思,确定他是在对自己说话后,立刻错开目光,摇头:"我……我不能,我没有这个权力……"

樊交交还未来得及松气,又听白九思道:"怎么不能?本尊给你这个权力,你可随意使用。"

普元、永寿等仙君倒吸一口凉气,忍不住偷偷打量起这位青月夫人。

"要杀要剐、是死是活,"白九思声音不大,却极有力度,"全凭你一人做主。"

李青月眼睑抖了抖,小声道:"无人伤亡,小惩便好。"

白九思点头,看也不看樊凌儿一眼,直接对苍涂道:"将她押入归墟。"

"是。"苍涂拉起樊凌儿,化作一道灵光消失了。

樊交交惊慌地抬头,正要说话,却对上了白九思不耐的目光。樊交交咬咬牙,最终垂下头来:"多谢玄尊开恩。"

白九思懒得再给他一个眼神,将手递给李青月:"跟我回去。"

李青月迟疑,愣愣地戳在原地没动。她想到了先前水镜中的四灵仙尊,她……应是那个替代品。而作为有自知之明的替代品,李青月清楚自己是没有这个资格的。

"走。"白九思催促道。

在众人如炬的目光下,李青月向前挪了一步。可白九思已经失了耐心,一把拉过李青月的手,将她的手握在掌心,牵着她穿过层层人群,大步而去。

"玄尊慢走。"众仙君皆躬身垂头,无一人敢看。

蘅芜院的大门砰地合上了。白九思终于松开手,让李青月坐到自己面前。

一室寂静,两人相顾无言。

李青月垂头坐着,余光瞄到白九思正在看自己,无措片刻,摆弄起自己的手指。白九思倒是大方,被看了也毫不心慌,依旧直直盯着李青月。

良久,他问道:"还在害怕?"

"只有一点儿。"李青月低着头,依旧不看白九思,声音也细得像蚊子飞舞一样。

白九思无言。他本就不是多话之人,现在也不知该说什么。沉默片刻,他挥手设下结界。

"有了这层禁制,以后你在藏雷殿不会遇到其他威胁了。"

李青月愣愣地抬头,看一眼藏雷殿的结界,闷声道:"多谢玄尊。"

又是沉默。

白九思看着李青月,欲言又止,片刻过后只是道:"好生歇着吧。"

他转身欲走,李青月却突然开口叫住他:"玄尊。"

白九思脚步一顿,回头看她。

"我……"李青月只有一股勇气叫住白九思,却没了向下说的勇气。"我……"了半天也没说出什么,她便仰头去看白九思,神色焦急又可怜。

"说吧。"事已至此,白九思无奈,"想问什么?"

李青月这才说道:"我想知道,樊凌儿所言,是否属实。"

白九思皱眉,对上李青月灼灼的目光,一时间心中有些发难。

"玄尊娶我,真的是因为我的相貌与四灵仙尊一般无二吗?"

事实本就是如此,白九思并不打算否认,如今却又不想直接承认。白九思垂下眼眸，缄默不语。

李青月眼中的光一点点暗淡。她深吸一口气，强打起精神，笑道："掌门曾经说过，我一介凡夫俗子能被玄尊看上，定是有因果机缘在的。我当初还以为是我有什么天赋没被发现，原来，只是因为这张脸啊。"

白九思眼中闪过一抹痛色，下意识上前一步，李青月却跟着后退一步。她的声音中带着一丝无奈："玄尊放心，青月并非不知深浅的人，从今日起，我一定会恪守本分，当好这个玄尊夫人的。"

阳光刚好照在李青月脸上。若说平时她与阿月只有七八分相似，那她倔强时的样子便与阿月十分相似。

白九思凝眉看了片刻，不知在看李青月还是真的对着她看那四灵仙尊。见李青月伤心，白九思心中却是一片酸涩。他心念微动，却牵扯到旧伤，瞬间白了脸色。可对着李青月，他隐去难色，只如往常一般冷声道："你累了，早些歇着吧。"说完便走，绝情得与之前判若两人。

李青月坐在椅子上静静地看着白九思离去的背影，却不知夺门而出的白九思正抬起衣袖，擦掉口中溢出的鲜血。门一点点被关上，照射在李青月脸上的日光也一点点消失，仿佛她的心门也随之紧紧封闭。

云海翻腾，霞光缭绕。苍涂与仙甲军押着樊凌儿驾云落在门前。

樊交交的声音中带着一丝急切："苍涂仙君，且慢！"

"可否让我同凌儿说几句话？"樊交交恳求道。

苍涂点了点头，退到一旁。

樊交交拉着樊凌儿，关切道："这归墟的寒气深重，你又是御火之体，一定要小心谨慎，莫要被寒气侵入命门。"

樊凌儿猛地抬头，满眼讽刺："我所行之事，又没有连累你，何必来此惺惺作态？"

"你是不是在气我没有同你一起承担罪责？凌儿，你得知道，我只有在外面，才能找机会向玄尊求情。"樊交交仿佛并不在意女儿怨愤的态度，只是不断地和樊凌儿解释。

樊凌儿满脸冷漠："大可不必！每次我需要你的时候，你都不在，所以我……早就不需要一个父亲了。"随后头也不回地走向苍涂："走吧。"

苍涂看了樊交交一眼，无奈地摇了摇头，示意两支仙甲军启动法阵。仙甲军一左一右施法，归墟之地大门敞开，门前显现出一道结界屏障。

结界光芒闪现，看不清里面的状况。苍涂押着樊凌儿进入归墟之地大门，没入结界，身影便消失了。樊交交望着女儿消失的身影，长叹了口气。

归墟之地尽被冰雪覆盖，寒风刺骨，白雪纷飞。

苍涂将樊凌儿扔在地上："玄尊有令，将你禁锢归墟之地，永世不得出。"

脸上的新伤瞬间被风雪舔舐，蒙上一层白霜，樊凌儿却好似毫不在意，淡淡讽刺道："我为玄尊修剑多年，没想到玄尊竟会为了一个凡人这般待我。"

苍涂微微皱眉："玄尊留你一命已是看在你父亲的面子上，若不然，你早就成了玄尊的剑下亡魂。"

想到樊交交，樊凌儿终于沉默下来。她静静坐着，不多时，身边便已经积了一层寒霜。

这归墟之地乃万寒之源，待上三年五载便会寒气侵体，修为尽失。届时，就算是能出去，也会变为凡人之体，永受寒疾侵扰之苦。

虽有樊交交苦心相求，苍涂却不会对她有半分心软，毕竟玄尊闭关半途而废，与她有脱不开的干系。苍涂化作一道灵光，离开了归墟。

看着那道灵光消失，樊凌儿扫了扫身上的雪花，走到冰域中心，盘腿坐下。

寒风呼啸，风雪渐起。

樊凌儿结印的手指慢慢僵了，身体也同冰面化为一体。就在白雪要将她整个人牢牢盖住时，一点玄紫色光将她牢牢缠住。

樊凌儿已冻得面颊发紫，却依旧解开外衫，一道白色灵光盘旋在她身上。樊凌儿一只手贴着冰层向下注入灵力，那白色灵光便沿着手掌逐渐下滑，如同流沙一般流进冰面。

片刻后，那白色灵光完全没入冰面，冰域风雪大盛，疾风骤起。

樊凌儿手指结印，已经冻得有些哆嗦，勉强静下心来打坐。

松鹤县最近微雨连绵，天气阴沉，惹得人心里也是灰蒙蒙的。

一只酒坛子自揽月楼甩出，摔了个粉碎。店小二骂骂咧咧地将那人赶出店去："去去去！没钱还要日日来赊账喝酒！你媳妇都求着我们不能给你酒喝了，你自己就不能长点儿脸？！"

徐应醉醺醺地去抓店小二衣袖，反而一个踉跄摔倒在地："那个黄脸婆，每日哭丧着脸，让来还几个铜钱就又哭又闹。看我回去不打死她！"

徐应摸一把脸上的雨水，狼狈地起身，站在屋檐下。长街尽头，有女子撑着油纸伞缓缓向酒楼而来。那女子身姿婀娜，细雨中又多了几分朦胧。徐应一时看呆，魂不守舍。

"哪儿来的美人，这大雨天是无家可归……"徐应哪里受得了这个，立刻跟跟跄跄地冒着大雨追了过去。

夜色如墨，白九思坐在床榻上运功调息。时间流逝，他突然停止运功。

苍涂见状，立刻走上前来："玄尊，已查到红莲的踪迹，她似乎逃离后并未刻意隐藏，如今正在……松鹤县。"

白九思双目蓦然睁开，眼底暗芒闪动，吩咐道："接下来这些时日，由你来看守藏雷殿。"

苍涂迟疑片刻，还是上前阻拦，他的声音中带着一丝担忧："玄尊刚强行出关，如今旧疾愈重，实在不宜再度使用法力。若是为了追捕窜逃的红莲，属下愿前往捉拿。"

"你看好藏雷殿足矣。"

苍涂一愣，见白九思下了床，只能休了劝阻的心思。

李青月推开房门，忽然一顿。那日不欢而散后，李青月没想到白九思还会来蘅芜院。

白九思缓缓转过身来，李青月才发现，他身上穿的衣服正是自己送的那件。李青月扶着门的手紧了紧，随后面色如常地走来行礼："见过玄尊。"

白九思眉头一蹙，有些不满地抖了抖衣袖。李青月依旧没有任何反应。白九思只得作罢，开口说道："收拾行李。"

李青月一愣，随后面露恼怒："玄尊这是要赶我走？你以为这破藏雷殿，我还真想——"

白九思眼看李青月要暴走，立刻开口打断，语气中有着自己察觉不到的妥协："别瞎想，我是让你同我去捉妖。"

李青月反应过来，转身向屋内跑去："玄尊等我片刻。"

果然只是片刻，李青月就背着自己的小包裹从屋里出来了。

"我们要去哪里捉妖？"李青月难掩兴奋。在净云宗时，以她的修为，是万万没机会捉妖的。

白九思目光深邃，并不正面回答："去了你就知道了。"

一条官道笔直向前，一尊石碑立在一旁，上书"松鹤县"三个大字。

白九思看李青月满眼新奇，眼中有几分打量："你没来过这里？"

李青月摇了摇头。白九思冷哼一声，大步向前走去。李青月眉头一皱，快走几步跟了上来："玄尊刚刚哼了一声，是什么意思？"

白九思不答。李青月眯着眼睛猜测道："莫非这是玄尊和四灵仙尊的定情之地，玄尊这是带我来故地重游？"

白九思看着李青月咬牙切齿的模样，不由得眼露笑意，他的声音中带着一丝调侃："是又如何？"

李青月暴跳如雷，转身就要走。

白九思一把揪住李青月的衣领，扯了回来："你放走的妖，又不想管了？"

李青月心中气恼，最终还是攥紧包裹，恨恨地朝城内走去。白九思眼中含笑，慢悠悠地跟在她身后。

街上行人寥寥，街市冷清，门店很多都关门歇业，一派萧条之景。

"这里怎么如此冷清？"李青月越走越觉得无聊。

白九思声音一沉，道："看来她已经开始作恶了。"

李青月目露惊讶："玄尊是指红莲？"

白九思淡淡地瞥了李青月一眼："你去打听一下便知。"

李青月半信半疑，拦下一个行路人，客客气气地问道："这位兄台，请问一下，这大白天的街上怎么都没什么人啊？"

那行人上下打量了李青月一眼:"外地人吧?"

李青月点了点头:"正是,我和……我夫君初来乍到。"

白九思闻言目光一跳,下意识看向李青月,却见她神色如常,并未看过来。

行人压低声音,偷偷摸摸地同李青月说:"唉,劝你还是快些离开吧。前几日城外一个人被妖怪挖了心,现在整个松鹤县都人心惶惶。"

"妖怪?"

行人点了点头:"是啊,挖人心的妖怪,想想都骇人啊!"

"巧了,我们是捉妖的修士,不知道那户被挖了心的人家在哪儿,我们去看看能不能帮上忙。"

行人半信半疑地打量了李青月和白九思几眼,最终还是抬手一指:"城东倒数第二户,死的人叫徐应。"

徐家门口挂着黑布白幡。李青月和白九思在门前站定。李青月自觉地上前敲门。

片刻后,门开了一道缝,露出一张苍白憔悴的脸,看着是三十来岁的妇人。

李青月上前拱手行礼,自报家门:"我们是捉妖的修士,请问这里可是徐应家?"

一口棺材停放在大堂中央。孙娘子领着李青月和白九思缓缓走来。

"我与我夫君徐应自幼青梅竹马,成亲也有十几年了。他平日里就爱喝酒,怎么说都不听。那晚他彻夜未归,我以为他又是宿醉在外,却没想到天一亮就有人在城外发现了他的尸体。"孙娘子一边说,一边忍不住抽泣,不断用手帕拭泪。

李青月和白九思来到棺材前。棺材里的徐应面目狰狞,似乎死前受过极大的痛苦,心口处一片血渍,留着一个乌黑的大洞。

李青月看向白九思,低语:"是红莲做的吗?"

白九思没应李青月的疑问,只是问孙娘子:"他平时去哪里喝酒?"

"揽月楼——松鹤县最大的青楼。"孙娘子话中难掩哀怨。

李青月一哑,一时不知该如何接话。

孙娘子却忽然走来，目光殷切地握住李青月的手，恳求道："你们既然是捉妖的修士，那可一定要将那挖人心的妖捉到，为我夫君报仇！"

李青月正色答道："孙娘子节哀，若是有妖怪害人，我们定会为民除害。"

孙娘子闻言放下心来，趴在棺材之上放声大哭。李青月上前伸手轻拍她的后背，以示安慰。白九思在一旁默默看着，眼中暗光涌动。

夜色降临，街巷冷冷清清，行人一个个缩脖笼袖行色匆匆。揽月楼大堂里却是灯火通明，人满为患。

一身男装打扮的李青月颇费了一番工夫，才在角落里找到一张空桌。

"不是说闹妖怪吗，大白天街上都没什么人，怎么到了夜里这揽月楼却这么多人啊？"

白九思在一侧坐下，看着满屋子衣香鬓影，淡然道："自然是此处有能让人不顾性命也要来的东西。"

李青月一头雾水："那徐应之死当真是红莲所为吗？她为什么要挖人心脏啊？"

白九思定定地看着李青月，开口解释："你可知红莲的来历？"

李青月摇摇头："不知。"

"她是长在奈何桥边的莲花，吸尽了来往冤魂的恶念，所以化形之时便身带恶气，每逢月圆之夜，身上的恶气便会在她体内流窜，带来蚀骨钻心之痛，食人心才可压制。"

李青月听得目瞪口呆："那恶气无法化解吗？"

"有法，也无法。"

李青月急切问道："这是什么意思？"

白九思正欲说话，忽然，大堂的烛火尽灭。黑暗中众人哗然，须臾过后，大堂中央的舞台亮起，一名身着红纱裙的女子婀娜而至。伴随着乐声，红纱女子翩翩起舞，举手投足之间分外魅惑。台下客人看得如痴如醉。

李青月紧盯着台上的女子，靠近白九思低语："是她吗？"

白九思微颔首。

李青月当即拿起云阿剑，就要往台上冲去："那还等什么？"

白九思伸手拦住李青月："这只是傀儡分身，捉她无用。"

李青月坐了回去:"红莲的本体在哪里?"

"她被镇压数百年,逃离时又受了重伤,想要操控这个傀儡分身,势必要在附近。"白九思端起桌面上的茶饮了一口,不疾不徐道。

"那你探不到她本体的踪迹吗?"

"她活了近千年,自然有隐藏自己的法子。"

李青月瞥了白九思一眼,撇了撇嘴:"原来玄尊也没我想得那么厉害啊。"

一舞毕,满堂灯火再度亮起。在座客人疯狂而痴迷地喊着"莲儿姑娘"。

"红莲最善蛊惑人心。"白九思看着一脸疑惑的李青月,贴心地解释道。

李青月恍然大悟,眼睛一转,凑近白九思:"那玄尊可曾被她蛊惑?"

白九思懒得搭理李青月,伸手在她凑过来的脑门上一弹,疼得李青月抱着头缩了回去。

红莲接过侍女递来的酒杯,摇曳着走下舞台。立刻有无数男子拥了过来,每个人手中都捧着珍宝,递到红莲面前。

几个客人争得面红耳赤。红莲的目光一一扫过众人,最后落在坐着不动的李青月和白九思身上。目光一转,她浅笑着走来。

红莲的声音中带着一丝妩媚:"这两位郎君看着倒是眼生。"

李青月察觉红莲的目光一直盯着白九思,不由得心生不快,上前一步,挡在白九思身前:"久闻莲儿姑娘大名,我们也是慕名前来。"

红莲看了李青月片刻,轻笑一声,伸手轻抚李青月的脸颊,调笑道:"这位小郎君也生得好生俊俏啊。这满堂的人就你看着最顺眼,不知小郎君可愿随我上楼饮一杯酒?"

李青月下意识看向白九思,见他气定神闲,并未阻拦,自己心里顿时有些底气,反握住红莲的手:"好啊,那我就恭敬不如从命了。"

红莲拉着李青月,在诸多羡慕的目光中上了楼。白九思看着她们离去的背影,嘴角勾起一抹略带嘲讽的笑,端起酒杯轻酌。

富丽堂皇的房间里放着诸多珠宝,角落里的文王莲花香炉正燃着甜腻的花香。

李青月坐在桌边,目光不住地打量着屋内。这小小的松鹤县当真了不得,青楼花魁的屋子里竟然随手一件东西都算得上价值连城。

　　红莲给李青月倒了一杯酒,顺着李青月的目光看了过去:"这些都是身外之物,生不带来,死不带去,哪里有人心可贵?"红莲拦在李青月眼前,手指拂过李青月的脸颊,将她转向自己。

　　李青月闪躲开,拿着酒杯的手一顿:"看来莲儿姑娘对人心很感兴趣啊?"

　　红莲轻笑一声,拿起酒杯斜倚在窗边,看似怅然道:"并非我喜欢,是这世间太难寻得真心,所以才更加珍贵。"

　　"莲儿姑娘来此地,就是为了寻得真心吗?"

　　红莲一口饮尽杯中酒,眼中多了几分悲凉,声音也不再娇俏、魅惑,听起来叫人哀伤。

　　"我在等人。"

　　窗外的月光洒了进来,触目生凉。

　　夜色深沉,空无一人的街道上,李青月和白九思并肩走着。白九思瞥了一眼沉默寡言的李青月。自打从红莲那儿出来,李青月就像失了神一般。

　　"她同你说了什么?"白九思开口问道。

　　"她说她在等人——等一个不爱自己的人。"

　　白九思丝毫不诧异,神情似是早已知道:"深海无垠,乱丝无绪,红莲的执念太深了。"

　　李青月顿时来了精神:"你知道她等的是谁对不对?"李青月侧过身,看向白九思,"那要不要把那人找来?说不定能帮我们捉住红莲。"

　　白九思目光幽深地看着一脸期待的李青月:"他不愿相见,又怎能强人所难?"

　　李青月闻言,再度郁闷起来。她隐约觉得,红莲不像个大恶之人,刚才揽月楼一见,她只从红莲身上感受到了巨大的哀伤。只是看着红莲,就教人想要陪着她落泪。

　　白九思早已在松鹤县布下结界,红莲是出不了松鹤县的。若是无人相帮,想来红莲是等不到她想见的人了。

李青月垂头丧气了一阵，只沉默地同白九思走着，满脸沉郁。

半晌，李青月才抬头问道："我有些好奇，当初红莲是因何事才被封印在狱法墟的？"

草木枯黄，一片死寂的村庄里，无数村民病倒，昏死在街边，面色青紫。红莲墨发如瀑，红衣如血，只是周身被恶念缭绕，看起来颇为骇人。

花如月和白九思走入村落时，看见的就是这样一幅生机断绝、尸横遍野的场面。

"红莲，你散布瘟疫，害了无数性命，还不束手就擒！"花如月手持逐日剑，直逼红莲而去。

红莲狠厉一笑，不闪不避，眼底猩红一片："让他来见我！"

"死性不改！"白九思也不再犹豫，配合着花如月一同上前。

红莲释放无数恶念，如同一股黑烟，嘶吼着向白九思和花如月攻去。白九思以手化为冰盾，挡在自己和花如月面前。花如月瞅准时机，释放离火，一瞬间便将红莲的法术攻破，诸多恶念也在烈焰中灰飞烟灭。

白九思转守为攻，神光直冲红莲胸口而去。

红莲身子一晃，跌倒在地，呕出一大口血。

花如月和白九思合力捏诀，法阵朝着红莲压去。红莲无力抵抗，被封印在法阵之中，只是不断喃喃道："求求你，让他来见我。"

李青月看罢，声音中难掩酸涩："哟，又是你们的回忆？"

白九思不语。李青月心中有气，大步向前走，将白九思甩在身后。白九思依旧不疾不徐地跟着。李青月走出几步，忽然站定，回头。

"你还没告诉我，红莲口中的'他'是谁。"

"离陌。"白九思实话实说。

李青月正色道："若是如此，那此事起于他，也该终于他。"

夜色如墨，李青月躺在床上沉沉睡去。

红莲的声音带着几分蛊惑，忽然在李青月耳边响起："傻姑娘，他根本就不爱你。"

李青月惊醒,睁开眼,握住云阿剑:"谁?"

屋内空无一人。

"你心里清楚的,他并不爱你。"红莲的话语中带着诡异的笑意。

李青月的目光逐渐变得呆滞,手中的云阿剑滑落在地。

隔壁屋内,床上打坐的白九思忽然睁开双眼。灵光一闪,白九思出现在李青月的房间中。屋内床榻零乱,不见李青月的踪影,只有云阿剑落在床榻下,剑锋反射出道道寒芒。

第八章
险象生

冰封的混沌虚境之中,无边无际,无日无月,无天无地,空气中弥漫着一种冰冷而压抑的气息,仿佛连时间都凝固了。空中飘浮着无数花瓣形的冰块,它们在虚空中缓缓旋转,闪烁着幽蓝的光芒,如同梦幻般的碎片。

李青月昏睡在地,她的身体被一层薄薄的冰霜覆盖,显得格外脆弱。一抹红色的身影缓慢走来,红莲的脸上带着一丝轻蔑的微笑,她的红裙在冰冷的空气中飘动,如同一团燃烧的火焰。

片刻过后,李青月悠悠转醒,入目的正是红莲那张熟悉却又带着一丝诡异的笑脸。她吓了一跳,忙不迭地后退躲避。

红莲轻笑一声:"又不是第一次见,怎么还如此惊讶?"

李青月不语,开始打量起周遭。她的心中充满了疑惑和不安。这里究竟是哪里?

红莲抬手一招,数片花瓣结成一个座椅,她慵懒地半躺上去,懒洋洋地说道:"别看了,这是我制造的幻境,只要我不允,无人进得来,也无人出得去。"

李青月微微沉默,片刻后说道:"抓我,是为了逼离陌现身吗?"

红莲指尖轻弹,李青月面前顿时多了一个花瓣组成的座椅:"你还真是聪明。"

既来之则安之,反正凭着自己这点儿法力,打不过也出不去。李青月径直坐了下来,而后抬头问红莲:"我和离陌可没什么交情,抓了我,你确定他会来吗?"

"那就要看你对白九思有多重要了,看他是否会为了你,抓他弟子前来见我。"红莲一边说,一边坐起身来,直视李青月的眼睛,"若是他不肯,那也好，算是姐姐我帮你认清一个人了。"

李青月的眼神无比坚定："他会的。"

红莲嗤笑一声，撩开衣袖，露出双臂，只见上面遍布无数黑色纹路。

"你知道这是什么吗？"

"恶气？"李青月猜测道。

红莲点了点头："这些恶气每逢月圆之夜便会折磨得我生不如死。奈何桥上的孟婆告诉我，只有用真心爱我之人的心头血，才能化去我身上的恶气。只不过我活了千年，却还是化不掉这恶气，你猜，是为何？"

红莲抬手捏住了空中飘忽的一片冰花瓣，手指一用力，花瓣破碎，里面钻出一道灵光。

"或许让你亲眼看看，你才会明白。"

河流边，一身素衣的红莲正在洗衣。她的动作轻柔而优雅，仿佛在享受这宁静的时光。

李青月错愕地看了看河边的红莲，正准备走过去，却发现自己的身子是半透明的。李青月的声音带着一丝疑惑："这是……"

红莲的声音从虚空中传来："我的过去。"

眼前的红莲依旧在洗衣服。李青月诧异地四下打量，还欲说话，忽然见名为张勇的男子抱着一捧花跑来。

张勇夺过素衣红莲手里的衣服，将花送给她，声音中带着一丝温柔："这种粗活儿丢给我就行，这水这么凉，我可见不得你受苦。"

红莲捧着花笑盈盈地坐在一旁。张勇洗完衣服，抱着洗衣盆和红莲并肩走着，神情羞涩地看着红莲。

"莲儿，你我自小一起长大，现在也到了议亲的年纪，我和爹娘商量过了，只要你不嫌弃我，明日我就去你家提亲！"

"好哇。"红莲满眼笑意地看着张勇。张勇则欣喜若狂，止不住地绕着红莲傻笑。

李青月看着这一幕，心中充满了疑惑，她不明白红莲究竟想让她看到什么。

天色陡然转黑，张勇晕倒在地，胸口一片血渍。红莲手拿匕首，手指抹去上面的血渍，轻点眉心，而后看向双臂，上面的恶气丝毫未褪去。她看着昏迷的张勇，冷笑一声，毫不留情地转身就走。

大雪漫天，冰冷彻骨的夜里，一片寂静。

远处，一个名为陆遇风的男子衣衫单薄，背着行李，哆哆嗦嗦地走来，想去亮着灯的小屋敲门。擦肩而过之时，李青月瞧见那陆遇风已经冻得面色发紫。陆遇风终于坚持不住，一头倒在地上，再也爬不起来。

李青月想去搀扶，手却穿过了陆遇风的身体。小屋传来开门声，一双绣花鞋踩着雪地朝陆遇风走来。李青月回头看去，红莲穿过了她的身子，蹲在陆遇风面前。

红莲伸手探了探陆遇风的呼吸，艰难地将他拖进了屋子。

李青月眼前一花，身边场景已经变为白日。

陆遇风一脸感激地同红莲告别："多谢阿莲相救，待我高中，必定前来迎娶你。"

时间流逝，斗转星移。李青月站在原地，愣愣地看着周遭的变化。

一身状元服的陆遇风骑马归来，身后带着数箱聘礼，看着出门迎接他的红莲，满是期待地开口："阿莲，我回来娶你了。"

时空轮转，李青月又一次被吸入光怪陆离的画面。待她再度平静下来，却看见陆遇风倒在血泊中，红莲手握尖刀，眉心染着血渍，可双臂依旧满是黑色纹路。

李青月又一连目睹无数个过去：森林中，红莲和明侠骞双手握剑背靠背共同对敌；河流上，宋琴弹琴，红莲在船头起舞；花丛里，红莲轻折花枝，文华藏满脸笑意，提笔作画……一次又一次，红莲手握尖刀，刺入男子的胸口。眉心染血的红莲仿如恶鬼，手臂上狰狞的纹路半分不曾消退，甚至越发浓郁。月圆之夜，红莲浑身痉挛，被黑气紧紧勒住，不断地翻滚惨叫。

李青月忍无可忍，闭眼大喊："够了！"

灵光一闪，李青月再次回到幻境之中，心有余悸地趴在地上。

红莲悠闲地坐在座椅上，手指轻抚自己双臂的黑色纹路："看清楚了吗？男子大多薄情，不管是青梅竹马、救命之恩、生死与共、高山流水……都是假的。"

李青月缓慢地爬了起来，神色有愤怒，亦有悲悯："你杀了他们吗？"

"我只是取了他们的心头血，并未取他们的性命。"

"既然你认定男子薄情，那为何还执着于见离陌？"李青月目露不解。

红莲的脸上闪过一抹苦涩的笑，轻轻叹道："他不一样。他不爱我，唯独他，不爱我。"

李青月眉头紧蹙，越发不明所以："那你为什么偏要找他？"

"是我爱而不得，总得为自己讨个说法。"红莲自怨自艾地回答道。

李青月还欲追问，忽然见红莲猛地坐直，随即诡异一笑："有人来找我了，我就先不陪你玩了。"

红莲一抬手，李青月被封进冰层之中。李青月眼看着红莲身下的座椅化作零散的花瓣，红莲的身形也渐渐隐去。

"好妹妹，让我来帮体验一验白九思的真心如何？"

李青月如同被关进一个透明的柜子，拼命捶打冰层却无济于事。

白九思手握云阿剑，独自站在房间里。忽然，他目光一厉，抬手，剑尖直逼红莲咽喉。

红莲并未有丝毫畏惧，反而往前凑了凑，将皮肉贴在白九思的剑锋上："这不过是个傀儡躯壳，伤不到我的，你若是想杀，便杀吧。"

"她人呢？"白九思目光充满威慑。

"拿离陌来换。"红莲抬眼，眸中全是威胁。

二人目光对峙。白九思思量片刻，手中的云阿剑缓缓放下："若要他来，那你须亲自来见。"

红莲掩口笑道："玄尊当我是傻子吗？若是我本体出现在你面前，哪里还有讨价还价的资格？"她慢悠悠地退开，理了理自己的鬓发，"不然这样，我听闻，藏雷殿的血咒，弟子不得不听从，只要你给离陌传道诏令，我便告诉你李青月的位置,如何?"

白九思沉吟片刻,指尖在刀锋上轻轻一划,丢开云阿剑,以血画了道灵符。

红莲见状微微一笑,捏诀施法,身侧出现了一个黑洞洞的裂口:"李青月就在里面,不过……我好心提醒,进去易,出来可就难了。"

白九思目光沉沉地看着红莲。

红莲笑得得意:"没错,这就是我设的陷阱,你要跳吗?"

白九思在红莲挑衅的视线下,毫不犹豫地收剑迈步。

红莲的笑容一滞,她看着白九思消失的身影,若有所思:"这大成玄尊……可真是越来越有意思了。"

幻境之中,寒冰凝结,目之所及,尽是一片雪白。四周静谧无比,白九思每走一步都能听见自己的脚步声。

白九思缓缓前行,忽然,他的脚下一顿,前面的冰层中竟然封着无数个李青月。

李青月们看到白九思,均是一喜。她们急切地喊道:"玄尊!"

白九思眉头微蹙,一一扫过各个李青月。看来这又是红莲设下的陷阱,若是选错了,只怕李青月就要永远被封在冰层里了。她是肉体凡胎,到时候便是玄天使者也救不回来。

白九思目光变沉,看着眼前的李青月们。

"玄尊,我才是真的!"

"玄尊,你看我,她们都是假的!"

"玄尊!玄尊!"

…………

李青月们吵闹不休,个个急切万分。

白九思微微停顿,随即毫不犹豫地向前,径直在一个"李青月"面前停下,伸出手穿过冰层,握住了里面李青月的手。

白九思用力一拉,李青月穿过冰层,撞进白九思怀中。与此同时,冰层里的李青月们纷纷发出悲鸣,随着冰层烟消云散。漫天惨叫声中,他们二人紧紧相拥。

李青月惊魂未定，似乎还未反应过来。她缓缓抬头，看向白九思："玄尊，你怎么知道是我？"

白九思双目紧锁在李青月脸上，眼中暗流涌动："我不会认错自己的……妻子。"

红莲的声音从虚空中传来："可真是让人感动的深情啊。既然如此，我就不打扰你们夫妻二人了。"

李青月反应过来，松开白九思朝，对着虚空大喊："你不能走啊！你得放我们出去！"

"等我见到了离陌，自然会放你们离开。"

任凭李青月如何呼喊，红莲再无回应。白九思倒是一脸坦然，丝毫不见焦灼。李青月被冻得忍不住打了个哆嗦。她伸出手掌："掌其生熄，起！"

掌心的火焰还未成形，便被寒风吹灭了。李青月无奈，只得眼巴巴地看向白九思。

白九思沉默地抬手一捏，地面便多了一团火焰。他的声音中带着一丝冷峻："过来取暖。"

阴莲宗外有一片密林，似迷雾幻境，困死了不少想要闯入阴莲宗的外宗弟子，除此之外，还有一些误入歧途的百姓。这里虽是密林，实际上，却更像乱坟岗。

张酸一脚踏在一个骷髅头旁，年久堆积的骨骼发出沉闷的声响，碎裂在地。他停下脚步，抬头望去，低空中有两只秃鹫盘旋，已经盯上了他这新鲜的食物。

一声清脆的玉哨声回荡于密林中。张酸拿出一支骨笛放在唇边。骨笛声沉静，中和了玉哨的刺耳。

那边声音停住，疑道："蒙大哥？"

不多时，密林中现出曲星蛮的身影。她看到来人并非蒙楚，正要动手，却见到了张酸手中的骨笛，不由得愣住。

"哪里来的？"

她指的是张酸手中的骨笛。

张酸倒是沉静，从怀中拿出一封信，稍一用力便丢给了树梢上的曲星蛮。

曲星蛮一怔："蒙大哥让你来的？"

"是。"张酸也不避讳，直言道，"他说你有办法助我登上九重天。"

曲星蛮将信撕开，一目十行地读完，然后认真打量起眼前的人："你真要去？"

张酸点头，没有半点儿犹豫。炽阳果被取走后，他就打定主意一定要去九重天，无论青月发生了什么，他都会豁出命去维护她。还好，蒙楚愿意帮忙。

"那就跟我来吧。"曲星蛮转身消失于密林中。

张酸毫不逊色，快速跟上曲星蛮的步伐。

"我们要去阴莲山。"曲星蛮回头看一眼张酸，赞道，"功夫不错。"

"谬赞了。"张酸神色沉重。他虽借了曲星蛮的人情，却不是个多话之人，此时更不愿跟曲星蛮废话。

曲星蛮笑笑："你不必担心欠我人情，蒙大哥肯将骨笛送你，这个忙，我是自愿帮的。"

张酸沉默下来，隔了许久，方才道："你说的地方可到了？"

前方，阴莲山极高，满天星触手可及。

张酸与曲星蛮并肩立于山顶，夜风瑟瑟。

"阴莲山是我魔宗圣地。传闻起于混沌之初，勾连天地，可通九幽。我宗第一任宗主就是在这里魔功大成、飞升九天的。"

注意到曲星蛮的用词，张酸微微一怔。她说的是飞升。

曲星蛮似看穿了张酸心中疑惑，笑道："自古有善便有恶，有正便有邪，有生便有死，有形便有藏。仙、魔对抗由来已久，不只是在凡间，九重天亦是如此，有仙便有魔。"

曲星蛮闭眼，捏了一道法诀，破开天门。下一瞬，一道天梯自九重天上荡下。张酸极目远眺而去，难以望到尽头。

"这是我阴莲宗的圣物，名为通天梯。无论修炼之人资质如何，只要登上这通天梯，便可免去凝丹飞升之辛苦，青云直上，直达九霄。"

曲星蛮变出一颗黑色丹药，抽出弯刀挡在张酸面前："但我可不像蒙大哥一样乱相信别人。这是噬心蛊,你吃下,我才信你。以后每十日就要找我要一次解药,否则蛊虫便会吞噬你的五脏六腑。"

通天梯。张酸听说过这东西,只是亲眼所见仍是震撼。他听说过,以肉身攀登此梯,稍有不慎便会粉骨碎身,摔个神魂俱灭,可应该不只是如此……

"代价呢?"张酸回头看向曲星蛮,"以魔身飞升的代价是什么?"

曲星蛮微微一怔,随即目露欣赏之色:"这通天梯乃逆天之物,自然也会受上天的束缚。一路上,你要受烈火焚身、罡风淬体之痛。更重要的是,你乃仙家子弟,这通天梯却是魔族圣物,一旦踏入,会有无数魔气钻入你的骨髓、啃噬你的心脉,虽不致死,但比死更痛。"

张酸眯起眼睛遥遥望着,手指轻触通天梯荡下来的绳索。

曲星蛮挑眉看向张酸:"神魂俱裂,肝肠寸断,生不如死,都比不过如此。"

魔气萦绕着通天梯,只等着张酸登上,便要将其死死缠住。张酸却只是望着,没有说话。

"怎么?"曲星蛮邪邪地笑道,"怕了?"

张酸摇头。他只是想到了青月,不知青月能否等到他登上这通天梯,飞升九重天。张酸毫不迟疑地吞下那颗黑色丹药,目光平静地看着曲星蛮:"现在能让路了吗?"

看张酸这模样,曲星蛮一时拿不准他是冷静还是踟蹰。她先前也为别人开过通天梯,可那些人大多是对九重仙境抱有幻想,想实现抱负,这样的人往往狂热至极,哪里会像张酸这样冷静?

"你若是现在反悔也来得及。"曲星蛮念在蒙楚分上,好心劝他。

张酸又摇头,系紧了腰间的佩剑。临行前,他回头想看一眼四海八荒,却只看到了曲星蛮。

曲星蛮冲他抱拳:"一路平安。"

张酸颔首,想了想,对她道:"蒙楚一切尚好,你暂不必为他担心。"说罢,他脊背绷得笔直,一言不发,撩起衣袍,踏上云阶。

曲星蛮一怔,眼中有些酸涩,再想跟张酸道谢时,却发现已几乎瞧不清张酸的背影。

李青月坐在火堆旁边，冰天雪地中唯有眼前这一堆离火可以取暖。只是离火靠法术燃烧，没有寻常火焰那让人心安的噼啪声。

"离陌仙君和红莲之间到底是怎么回事啊，值得她痴缠数百年？"李青月实在等得无聊，打算撬开白九思的嘴，问些八卦。

白九思冷淡道："不知道。我封印红莲之后，离陌才拜我为师。他不想提，我就没再问。"

李青月再度消沉下来。白九思见李青月蜷缩着身子，便又将火变得大了些。李青月百无聊赖地打量着四周，忽然目光一顿，欣喜地跳了起来，指着空中。

"玄尊，您看！"

白九思顺着李青月的手指看过去，看到了半空中飘忽的冰花瓣。李青月握住一片冰花瓣，里面有灵光流窜。

"先前您没来，红莲给我看了她的几段过去，每次都是捏碎了这个才看到。您说，这会不会全都是她的回忆？"李青月目光灼灼，很是兴奋。

白九思的目光落在李青月手中的冰花瓣上，微微点头："可以一试。"

李青月作势要捏碎冰花瓣，白九思却又忽然开口："等等。"

李青月不明所以地看向白九思。白九思以手画符，轻点李青月的眉心，一个金色印记在李青月的眉心一闪，又消失无踪。

"同心符，接下来你在哪里，我都能感知到。"

花丛之中，文华藏胸口一片血渍。红莲眉心血迹未干，她愤怒地甩开手中的尖刀："骗子！一个个都是骗子！"

周围花丛受红莲的灵力波动，无数花瓣被疾风卷起，向四周飞去。李青月下意识伸手放在眼前挡，而花瓣已经穿过她的身子。李青月看了眼身边一动不动的白九思，默默地放下了手。

"住手！"

红莲闻声看去。

离陌从天而降，落在文华藏身旁："过去数百起伤人案件，都是你所为吗？"

"是又如何？"红莲不屑地冷哼一声。

离陌查看了下文华藏的伤势，随即用灵力为文华藏医治伤口。等到文华藏无性命之忧，离陌这才起身看向红莲。

"你为妖，既已化形，理当潜心修炼，怎能习得一些旁门左道的邪术，还出手伤人？"离陌很是不解。

红莲满眼戾气："与你何干？"

离陌手中幻化出长剑，剑芒微微闪烁。他将剑锋指向红莲："你若是执迷不悟，那我便不能再容你在这人间作乱。"

红莲丝毫不曾畏惧，反而步步逼近离陌："你可尝过冤魂的恶气在身上肆虐的滋味？你可试过皮肉之下每一寸经脉、血肉被撕裂又愈合的痛苦？"红莲露出双臂，上面满是黑色纹路，"我化形之时便身负诅咒，天道本就不公，我只是给自己讨个公正，又有何错？"

离陌一时语塞，不知该如何回答。

红莲的目光扫过昏迷的文华藏，而后她几近崩溃，倏地落下泪来："我不过是求一真心，保护自己周全，可偏偏一切都是假的！"

离陌看着红莲悲愤的模样，目光闪过几分挣扎，似在权衡。最终，他缓缓收起了长剑："若是如此，我来帮你吧。我修的是医理，你身上的恶气总会有不用伤人就能化解的法子。"

红莲这才正眼看向离陌，难以置信地问道："就凭你？"

离陌从怀中掏出一方手帕，走近红莲，将她眉心的血迹擦掉。

"济度本就是我所奉行之道，我不求别的，只求你日后不再伤人就好。"

山林之中，阳光艰难地透过树叶的缝隙，留下斑驳的光影。

远处，离陌半蹲着，为一只兔子包扎受伤的腿。红莲躺在一旁的树枝上，一手托腮看着树下的离陌。

"这林里处处是凡人设下的陷阱，受伤的动物多了，你救得过来吗？"红莲觉得这个离陌像个傻子，总是做些没用的事情。

离陌头也不抬，语气坚毅："能救一个，是一个。"

红莲不屑地撇了撇嘴，看了眼兔子，眼珠一转，随即露出了坏笑。

斗转星移，天光沉寂，月色遍洒。

红莲坐在火边。离陌拿着几块饼走近，忽然脚步一顿。红莲手中拿着的正是刚烤好的兔子，她一脸坏笑，冲着离陌摇了摇手里的烤兔子："刚烤好，要一起来吃吗？"

离陌看着地上被解开的绷带，叹了口气，默默地坐到一旁啃起了饼。

红莲凑近，拎着兔腿在离陌眼前晃悠："怎么？生气了？"

离陌倒是平静，只是叹了口气，说："没有，但你不该为了和我赌气，就害了它性命。"

红莲冷哼一声："假慈悲！你口口声声说我伤它性命，你怎么不想想你手里的饼是如何来的？难道谷物就没有性命了吗？"

离陌愣愣地看着手里的饼，许久才收了起来："红莲姑娘教训得是，我的确该学习辟谷之道了。"

红莲目光古怪地盯着始终心平气和的离陌："你这人……当真好生奇怪。"

离陌并未接话，反而伸手搭在红莲手腕上为她号脉。

红莲愣愣地看着离陌的双手，忽见他展颜一笑："这里灵气充沛，在此修炼，你体内的恶气已经弱了几分。"

红莲的双目盛满了离陌的笑脸，一瞬间觉得离陌搭在自己手腕上的手指烫得她手腕发红。

山中不知岁月长，红莲的回忆中，日子如流水般匆匆而过。

离陌端着一碗汤药递给红莲："这能化去一些你身上的恶气，你先服下。"

红莲接过汤碗，看着黑乎乎的汤药，心生懊恼："这些天你都给我喝了上百碗药了，可是我也没见好多少，你到底能不能治啊？"

"你体内的恶气积压太久，不能急，得慢慢来。"离陌一如既往地平和。

红莲忽而狡黠一笑，凑近离陌："其实我有个更快治好我的法子。"

离陌抬眼望来，只见红莲离他越来越近，声音带着蛊惑："要不你来爱我，然后我用你的心头血解咒。"

离陌后退一步，避开红莲，神色始终平静，不见波动："抱歉，我修道只为济度众生，无心于男女情爱。"说完，再度去研究草药。

红莲恨恨地将手中汤药一饮而尽。

月圆之夜，无数黑气在红莲皮肉之下游走，疼得她面目狰狞，满地打滚，连声惨叫。

远处的离陌闻声跑来。红莲立刻捂着自己略显狰狞的脸，控制不住地嘶吼。她的声音中带着一丝痛苦："你走开！"

离陌并未退缩，伸手来扶红莲。红莲猛地挥出一掌，剧痛之下控制不住力道，离陌被打飞数米，呕出一口血。他擦去嘴角鲜血，继续走来。

"没事，红莲姑娘，我来帮你。"

红莲见离陌受伤，再不敢随便出手。离陌握住红莲的手，欲拉她坐起，忽然看到自己手上的鲜血染到红莲的手腕上，那一块的黑气便淡了几分。

离陌眼前一亮，当机立断，运用灵力划破自己的手腕，递到红莲嘴边。红莲疼痛难忍，最终还是凑到离陌手腕伤口处，饮下他流出的鲜血。红莲体内肆虐的恶气虽未消散，但是肉眼可见地淡了一些。离陌另一只手放到红莲的后心处，缓缓给她输送灵力以压制恶气。

天色渐亮，红莲悠悠转醒，双手的黑色纹路依旧未消失，她一偏头，看到了身边躺着的离陌。

离陌面无血色地昏睡着。红莲缓缓坐起，目光落在离陌遍布数条划痕的手腕上，她颤抖着手轻抚那些伤痕，眼中已有了泪意。

离陌和红莲的身影一点点消散，周围场景再度扭曲。

白九思看到站立不稳的李青月，伸手拉住了她。

李青月和白九思再度回到幻境中。李青月抬头看着空中飘忽的冰花瓣，这一次并未着急去抓。

"玄尊，你觉得我们刚才所看到的一切是真是假？"李青月不等白九思回答就继续推测道，"我觉得应该是真的。玄尊应当也知晓，如今红莲对离陌仙君的态度是爱恨交织的，可是方方我们所看到的过去里，离陌仙君并未被抹黑，想来红莲没必要制造一些假的回忆给我们看。还有玄尊之前说过红莲被封印数百年，灵力早不如从前，那么制造一个能困住你的幻境肯定不是易事。"李青月双目炯炯有神地看向白九思，"所以我有一个想法。"

白九思瞬间领悟李青月的言下之意，沉默片刻，他拉过李青月："站到我身后。"

李青月立刻躲到白九思身后。白九思双手抬起，灵力在手心凝聚，瞬间化作滔天离火，焚烧幻境里的一切。李青月在白九思身后观看，双目倒映着眼前的离火。幻境里的冰层一点点融化，随即开始一点点坍塌。白九思并未收势，反而加大灵力，越来越大的离火吞噬着整个幻境。一阵地动山摇过后，周围陷入一片漆黑。

揽月楼空旷的包厢里忽然出现一个扭曲的空洞，白九思和李青月从洞中飞出。落地时，白九思伸手拽了李青月一把，二人这才站稳。

那孔洞一点点地缩小，最终落地，化为红莲。红莲略显狼狈，身上皆是被焚烧过的痕迹，她恶狠狠地瞪着李青月和白九思。

李青月畏首畏尾地看了几眼，默默躲到了白九思身后："是本体吗？"

红莲抬手轻触脸颊的伤痕。她的声音中带着一丝冷嘲："小丫头，我还真是小瞧你了。"

白九思手一挥，神光化剑，出现在他手中，寒光凛然："红莲，跟我回狱法墟，还能留你一命。"

红莲冷笑一声，化作一道红光夺窗而出。

白九思立刻化作一道白光追去。

留在屋里的李青月一愣，追到窗口张望，转头看到屋里的云阿剑，她立刻拿起剑来，开门向外跑去。

街道上，李青月一边追逐，一边四下搜寻白九思和红莲的身影。

孙娘子跌跌撞撞地跑来。"救命！救命！"孙娘子边跑边惊恐地喊道。

李青月扶住了险些跌倒的孙娘子，也来不及去追白九思二人，只好问道："你怎么了？"

孙娘子的手青筋暴起，死死抓住李青月，面色惶恐："诈尸了！我相公诈尸了！"

空旷的郊区，一片荒芜。红莲跌倒在地，她的身上满是伤痕，气息微弱。
白九思持剑冷眼看着她："不要再白费力气了。"
红莲咬牙站起，满身狼狈，嘴上依旧不肯服软："白九思，你的灵力比起过去差得可不是一星半点儿，看来这次强行出关，让你所受的内伤颇重啊。"
白九思懒得理会，下手丝毫不留情面，宝剑直指红莲眉心。
红莲冷笑一声，伸手化冰，挡住了白九思的剑锋："白九思，你可知道你们这些神最大的弱点是什么吗？……那就是太相信人了。"
白九思目光一跳。
红莲眼中满是恶意："要知道，有时候人心可是比妖更为恐怖！"

一片零乱的大堂之中，棺材翻倒在一侧，徐应面色青白，如同无头苍蝇一般乱转。李青月一进门，立刻拔出云阿剑。
徐应似有所察觉，立刻扑了过来。
李青月以剑画符，朗声喝道："云阿！驱邪！解！"
金色的符咒朝徐应飞去。徐应立刻直直地跌倒在地，再也动弹不得。
孙娘子战战兢兢地躲在角落里，眼见着李青月施法制伏了徐应，依旧不敢靠近。
"能不能劳烦姑娘把他绑起来，我害怕他又……"孙娘子向李青月恳求道。
李青月看着惊惧交加的孙娘子，点了点头。她累得满头大汗，才把徐应绑好。
"这是我们宗门教过的绑法，就算他日后再被人操控，也挣脱不开的。"
孙娘子面带感激地递来一杯水："多谢姑娘了。"
李青月擦了把头上的汗水，未曾多想，一饮而尽，打算再去寻一寻白九思和红莲的下落。
孙娘子笑着目送李青月离去。
李青月刚走几步，忽然身子一软，跌倒在地。

白九思身子一晃。红莲借机打出一掌，逼得白九思后退数步。

"我在幻境里看到你给李青月下了同心符，如果我没记错的话，同心符除了能感应被下同心符之人所处的位置，被下同心符之人所受的伤，画符人也会分担一半。你说，若是李青月死了，你是不是也会丢掉半条命呢？"

白九思面色阴沉，转身欲离开。

红莲不再隐藏实力，伸出手掌凭空抓住白九思的腿，逼得他无法再动。她狠厉道："现在想走了？没那么容易！"

李青月躺在地上，全身无力，动弹不得。孙娘子手里拿着尖刀步步逼近，脸上早已没有了方才的恐惧，反而满是怨恨。

"你们为什么要出现？！"孙娘子咬牙切齿地说道，"徐应那个浑蛋，死了就死了，你们为什么要找上门来查案？"

李青月看着几近癫狂的孙娘子，逐渐反应过来，徐应不是被红莲剜心的，而是为这看似柔弱的孙娘子所杀。

"徐应他该死！早就该死了！你们为什么要帮他？！"

油纸伞下露出红莲明艳的面容，眼波望来，勾魂摄魄。徐应哪里受得了这个，立刻跟跟跄跄地冒着大雨追了出去。

孙娘子撑伞拦住了徐应："相公，你要去哪儿？"

徐应不耐烦地推开孙娘子："滚滚滚！别来烦我！"

"相公，你喝多了，还是快些随我回家吧。"孙娘子再度上前，想要搀扶徐应。

徐应却抬手给了孙娘子一巴掌："没听到老子说话吗？我让你别来烦我！天天叽叽歪歪的，看着就来气，再敢拦我，我打死你！"

孙娘子捂着脸跌倒在泥水中，手上的油纸伞也飞了出去。

徐应再次朝红莲离去的方向追去。孙娘子看着徐应的背影，终于忍不住，大哭起来。

一柄雨伞撑在孙娘子头上。孙娘子有所察觉，抬头看到了红莲的面容，不由得一愣。她看了看徐应离去的方向,又看了看红莲。

"你……"

红莲蹲在孙娘子身侧,笑着说道:"没错,那也是我。"

孙娘子目露惊骇,下意识往后躲。红莲又将伞往孙娘子方向移了移。

"妹妹,你该害怕的不是我。"

孙娘子愣愣地看着红莲。

红莲伸出手来,目带怜惜地轻抚孙娘子被打的脸颊:"为了这种男人,值得吗?这种日子,你真的还没过够吗?"

大雨倾盆,电闪雷鸣。徐应醉醺醺地在雨里寻找:"美人儿,你在哪儿呢?"

突然,一根木棒狠狠地敲在徐应的后脑上。徐应应声倒地,昏死过去。

闪电照亮了孙娘子冷酷的面容。她丢开木棍,从怀中掏出尖刀,对着徐应的心口狠狠地刺下。

孙娘子手握尖刀,目光悲凉地看着一旁徐应的尸体,连声音都开始发颤:"你说,这人为什么会变啊?明明我们自小一起长大,为何他会变得像陌生人?"

李青月尝试运气,却始终动弹不得。

孙娘子神情痴迷地拂过徐应胸口的血洞:"我只想知道他究竟有没有心,明明他的心是红的,为什么却能做出如此黑心之事?"她的神情变得阴狠起来。

"红莲帮了我啊,要是没有她,我还要挨这个畜生的打。"孙娘子渐渐靠近李青月,"倒是你们,不分黑白,上来就说要捉妖!凭什么作恶之人你们不管,就针对我们这些可怜人!"

孙娘子缓缓在李青月身边蹲下。"红莲帮了我那么大的忙,事到如今,也该我帮她了。"孙娘子高高举起尖刀,用力插进李青月的心口。

白九思身子一晃,胸口白衣渗出血迹。他抬手捂着胸口,神色越发阴沉。

红莲见此，笑得越发嚣张："哈哈哈哈……白九思，看你还如何赢我！"

红莲释放出寒冰，直逼白九思。白九思以掌心离火应对。一冰一火相接之处，罡风四起。红莲步步逼近，脚下土地皆化为寒冰。

离火越来越弱，白九思逐渐支撑不住，被重重地打飞出去。

孙娘子狠狠地拔出尖刀，鲜血顿时从伤口涌出。李青月捂着胸口蜷缩在地上，疼得发不出一点儿声音。

孙娘子皱眉看着痛苦挣扎的李青月："这都死不了，你还真是难杀。"

孙娘子揪起李青月的衣领，用尖刀逼近她的脖颈。尖刀在李青月脖颈上划出了一道血痕。

突然，一道灵光袭来，弹开了孙娘子手中的尖刀，连带着击飞了孙娘子。

离陌如一道光一般出现在大堂中，第一时间去查看李青月的情况。孙娘子见势不妙，飞快逃走。

离陌无暇顾及孙娘子，只是飞快掏出丹药喂给李青月。李青月艰难地咽下，额间的同心符一闪而灭。离陌看到后一愣，神情复杂。

"这次师尊肯定要怨我了。"离陌摇头叹息，手上结印不停，用灵力修复李青月的心脉。

有了离陌的救治，李青月面上逐渐有了血色，恢复了一些气力。她赶紧抓住离陌给自己疗伤的手。

"伤我之人和红莲是串通的，玄尊方才去追红莲了，说不定现在已经陷入了危险，我们必须快些去找他！"

离陌闻言，顿时神色大变。

第九章
度千劫

松鹤县的郊区，一片荒芜的界碑旁，空气中弥漫着紧张的气息。阳光透过稀疏的云层，洒在大地上，显得格外刺眼。四周的草木被打斗的余波震得摇摇欲坠，仿佛随时都会被连根拔起。

白九思艰难地抵挡着红莲的攻击，无数花瓣如冰刀般划过他的身体，留下一道道血痕。他的衣衫已被鲜血染红，但他的眼神依然坚定，只是无法施展离火，只能勉强用灵力抵抗。红莲用法力凝结成蛇首，带着冰冷的杀意冲向白九思，仿佛要将他吞噬。

突然，冰冷的光芒散去，离陌双手结成光盾，挡在白九思身前。红莲脸上的狠戾瞬间消散，取而代之的是欣喜。她盯着离陌，眼中闪过一丝复杂的情绪，仿佛在这一刻，所有的仇恨和愤怒都化为期待："离陌，你终于肯来见我了……"

李青月匆忙跑来，扶起半跪在地的白九思。白九思挣扎着想站起，却身子一歪，昏死过去了。李青月惊慌失措，看向离陌："离陌仙君！"

离陌回头看到白九思的模样，面色凝重，立刻上前扶起白九思，想要带他离开。

红莲上前一步，试图阻拦。离陌手一抬，一道灵光击向红莲。红莲被打飞数米，双目通红地看着离陌："你竟然出手伤我？"

离陌顾不得多说，一手握住李青月，一手握住白九思，身影瞬间消失了。红莲躺在地上，仰天大笑，眼泪却止不住地流了下来。

通天梯尽头，九重天云海深处。

摆渡人撑舟在岸边停了下来，向着一点儿亮光望去。

"忍罡风淬体、烈火焚身、抽筋碎骨之痛，"摆渡人轻啧两声，"不值，不值。"他边说着，却边向那点儿亮光而去。

九重天寂静太久，这登通天梯而上的凡人，算是百年难得一见的新鲜事。

小舟靠近，才能看清银河上躺着一个人，罡风和烈火如利刃一般不断从他体内蹿入蹿出。他虽是清醒的，却因受了过多折磨，只能无力地漂浮于水面。

"小仙君。"摆渡人将小舟停下，推了推他，"这位小仙君，可是要上船啊？"

张酸睁开双眼，启唇欲语，却失了声音，直到被拖上船，才哑声道出一句"多谢"。

摆渡人摆摆手示意张酸休息，自己则一手撑着竹篙，一手拿着酒葫芦，催动小舟慢悠悠地前进。

小舟便这样行了半日，直到天色稍稍亮起，张酸才恢复了些元气，起身对着摆渡人重重一拜："多谢仙君。"

"不是已经道过谢了？"摆渡人饮一口酒，看向张酸，"你体内有阴阳之气相冲，可是动用了魔族圣物通天梯？"

张酸沉默片刻才道："是。"

"以一介凡人之躯登上九重天。"摆渡人闲来坐看银河，对各色行人最为了解，他能看出，眼前这位青年不像为了修仙不择手段之人，"你来这九重天，所求为何啊？"

张酸垂眸："寻一位故人。"

竟是个痴人。摆渡人立起长篙停舟："这九重天浩荡无边，仙人灵修数不胜数，你可知所寻之人住在何处？"

良久不见回答，摆渡人以为他不知时，却听张酸道："丹霞境藏雷殿。我要找大成玄尊。"

摆渡人一怔："你可真是个奇人，要寻之人也这般非比寻常。"

张酸沉默。他自然知道，九重天浩大无边，唯独玄尊，不是他想见便能见的尊神。

摆渡人解下腰间的葫芦灌了口酒，继续说道："你若是执意要去丹霞境，只需一路向南便可。"

得知去向，张酸脸上亦没有悲喜，只是平静道："需要多久？"

"仙山难渡，星河易行。老朽以灵力驱动，只需三日，保管你到达藏雷殿。"

张酸微愣："仙君肯送我？"

摆渡人上下打量着张酸，点头笑笑："送有缘人。"

有缘人？张酸低头看看自己，起身欲谢，却被摆渡人扶住："坐稳了！"

那竹篙一点，一叶小舟便在云海之中漂荡而去。

山洞之中，离陌正在为白九思施法疗伤。白九思裸着上身，背上伤痕密布，随着法力的注入，那些伤口渐渐愈合，他终于睁开了眼睛。

离陌收手，声音中带着一丝无奈："红莲乃水系大妖，师尊以火克她虽是上佳之法，可你自己也是阴水本源，哪来那么多的阳炎之力？师尊旧疾未愈，我此次并未带灵药，如今您伤了根本，不休养几个月是好不了了。"

白九思抬手，掌心燃起火焰，却十分微小。

离陌震惊地看着他："这……为何会如此虚弱？师尊不是早就得了四灵的离火术，怎么会突然消失？"

"自然不会凭空消失。力量此消彼长，不在我这里，那就定是藏在某个地方。"

离陌闻言若有所思："师尊还是怀疑——"

山洞外传来脚步声。离陌闭上了嘴，和白九思一同望去。

李青月抱着一堆野果小跑着进来。看到白九思后，她面上一喜："玄尊，您好了？"

白九思微颔首，拿起地上的衣服一甩，衣服已经完好无损地穿在他身上。

李青月抱着野果问："玄尊，你要不要吃些东西？"

白九思的目光落在品相不佳的野果上，离陌心领神会，主动开口做恶人："玄尊不需要吃——"

话还未说完，就见白九思已经拿起一个果子吃了起来，离陌看得目瞪口呆。

李青月转头看向离陌："离陌仙君要不要也吃一些？"

离陌暗暗地瞥了白九思一眼，推辞道："我就……不用了吧。"

李青月也不勉强，自己坐在地上抱着果子啃了起来。她的声音中带着一丝疑惑："那我们接下来要做什么？去抓红莲吗？"

离陌摇了摇头，声音中带着一丝无奈："时间太短，我只是治好了师尊的外伤。如今师尊内伤颇重，需要时间调养，不宜再和红莲交手。"

"那我们要回藏雷殿搬救兵吗？"李青月接着问道。

"走不了。"白九思沉声解释道，"我灵力受损，大打折扣。红莲先前一直在隐藏实力，如今她改了我的结界法阵，离不开此地的人已经变成了我们。"

李青月呆若木鸡。

离陌安慰道："没事的，算算时间，龙渊去玄天述职也差不多该回来了，到时候他定会往此处赶。"

红莲缓缓走向松鹤县的界碑。她的手指拂过石碑，目光遥遥地看向远处的松鹤县，脸上扬起一抹疯狂而嗜血的笑。

李青月站在洞口向外张望，又回头看了一眼。

白九思原地打坐疗伤，离陌在一旁护法。

李青月悄悄挪到离陌身旁，悄声问道："离陌仙君，我和玄尊先前曾在红莲制造的幻境里看到过你们的过去。她的记忆里，你们之间不是挺融洽的吗，怎么会闹到现在这个地步？"

离陌目光一缩，一副不想多说的模样。

李青月偷看了白九思一眼，见他依旧在打坐，便继续发问："先前玄尊不问你，是因为尊重你的选择，但是现在再瞒下去无济于事，倒不如说出来看看我和玄尊能不能帮忙。"

离陌沉默了许久，最终长叹了口气，道："我躲她，只是不想她执念太深。红莲本性不坏，过去伤人取心头血也只是为了化解自己身上的恶气，虽然食人心能压制她身上的恶气，可是她从未因此去挖过人心。我自遇见她，将她带在身边数十年，最初只是想找到一个法子为她治病，却没想到到头来又让她患上了一种病。"

"什么病？"李青月很是不解。治病治出来的病，简直闻所未闻。

"妒忌之病。"

街道之上，无数人面色惨白，东倒西歪。离陌奔波在众人中间，一一号脉。为着治疗疫病，离陌已经几个昼夜不眠不休，自然无暇顾及红莲。

药棚之中躺着众多奄奄一息的病人。离陌拿着药碗，一一递给众人。有位姑娘病症最重，难以服药，离陌便让她倚靠在自己怀里，将药灌入她口中。

刚进药棚的红莲恰好看到这一幕，不由得双目通红。她夺过药碗，猛地砸在地上，声音中带着一丝愤怒："你不是说要为我治病吗？为什么现在一直照顾他们？"

离陌一边收拾残局一边解释："你的……病，我还在想办法。你放心，我不会不管你的。"

"你现在不就是不管我吗？"红莲委屈地争辩。

"你和他们都一样，我会一视同仁的。"离陌语气温和。

红莲却愣在原地，难以相信自己听到的言语。

一口大锅冒着热气，离陌拿来许多药材，一一嗅过，然后丢进药锅。药气袅袅升起，离陌细嗅，依旧觉得不对。看到药棚里的人都已沉睡，他便背过身去，拿起匕首划破自己的手腕，将血滴进锅里。

红莲从暗处一步步走来，话语中听不出喜悲"你要用你的血，去救别人？"

离陌被吓了一跳，忙不迭抬手捏了个诀。一道结界展开，将煮药的地方隔绝开来，不露丝毫声音出去。

"你莫要声张，若被别人知晓，指不定会误会我为妖物。"

红莲的手颤抖着握住了离陌的手臂："原来你对谁都是如此。"

皓月当空，林中回荡着红莲的悲鸣。无数黑色恶气在红莲皮肉之下游走，她痛不欲生，灵力不受控制地溢出，摧毁周边所有的林木。月如圆盘，诡异而安静。一夜过去，红莲疲惫而虚弱地伏在地上，手臂上的黑色纹路更深了。

红莲想起那一日，她用灵力修补了离陌手腕上的伤痕，而后踮脚吻了上去。只是离陌眼中全无羞涩、恼怒，只有疑惑。

"你不信我的爱？"红莲神情分外认真，不见半点儿妩媚之色。

"信与不信并无意义，我说过，我只有济度之心，无心于男女情爱。我的心头血，不是你的药。"离陌的平静像一把锋利的刀子，狠狠刺入红莲的心。

"既然如此，你可否只度我一人？"红莲用尽最后一丝力气问道。

"修道之人，岂有只度一人之理？你再如此胡闹，便是乱我道心，那我不能再留你在我身边了。"

原来……在你心中，我与别人并无分别啊……那便让你身边只有我好了。

红莲一点点支撑起身子，眼中满是冷意。

清晨时分，离陌靠在柴火边沉沉睡去。

红莲脚步轻缓地走来，手中握着灵力幻化出的冰刀，冰刃之上还在滴血。她停在药锅前，垂眸看着离陌的睡颜，目光令人心惊。

药棚之中，离陌奔波忙碌，一一给病人喂药。所有病人均饮下了离陌递来的汤药。离陌擦了把头上的汗，欣慰地一笑。

忽然，所有的病人开始抽搐，痛苦不堪的哀号声响遍药棚。离陌赶忙扶起一人，为她号脉，却发现她的气息一点点衰弱。离陌立刻往她体内输送灵力。离陌不敢停下灵力的输送，可又无法抽出手去救别人，只能眼睁睁地看着其他病人气绝。

棚内弥漫着死亡的气息。离陌颤抖着手，一一去查看倒地的病人。他不顾一切地为每个人输送灵力，却于事无补。棚内陷入死一般的寂静。

离陌茫然地环顾四周，目光落在地上残留的汤药上。他跌跌撞撞地过去捡起，手指蘸着尝了一口，入口的瞬间身子僵住。

红莲的身影出现在门口，她斜倚着门，并未着急靠近离陌。

离陌僵着脖子回头看去："你都做了什么？"

红莲迎着他的视线，缓缓一笑："你若要救人，只能救我，你的血也只能给我。"

离陌的瞳孔顿时紧缩。他大步朝红莲走去，狠狠地攥着红莲的手臂，几乎是从牙齿里挤出声音："你！都！做！了！什！么！"

红莲目光丝毫不闪躲地看着离陌："我可是长在奈何桥边的花，身负恶气。你的血能救人，而我的血害人，你说，我们是不是绝配？"红莲的衣袖滑落，露出上面的伤口。

离陌难以置信地踉跄了几步："你为何要害他们性命？"

红莲带着几分咄咄逼人，步步靠近离陌："只有让你亲手了结他们的性命，你日后才不会再乱救人。我说过，你只能度我一人。"

离陌颤抖地看向自己方才给别人喂药的双手，不禁双腿一软，直直地跪下，眼泪不受控制地落下。

红莲蹲下来，看着离陌，天真地一笑："现在，你不用再为难了，需要你救的只剩我一个了。"

离陌看着红莲的模样，只觉得遍体生寒。

山洞中，李青月不由得打了个哆嗦："后来呢？"

离陌闭上了双目，似是不忍回想："我难以接受自己误害了无数性命，也不想再看到红莲……"

李青月轻声说道："所以你开始躲着她？"

离陌睁开双眼，目光平静："我习的是医理之道，只能救人，杀不了她。"

李青月叹了口气："如你所说，你们曾相伴数十年，怕是你也下不下手吧？"

离陌没有回答，只是垂下了眼眸。

李青月继续说道："你刚说红莲本性不坏，她却因妒忌之心害了那么多人的性命，如此行径怎么能算本性不坏？"

离陌微微摇头："她此举的确罪孽深重，只是在她被封印的百年里，我时常会设身处地地去想，她每月都受恶气侵害，想来那些恶气折磨的不只是她的身体，还有她的心。"

李青月看着离陌，忽而一笑："你这是在为她找借口吗？"

离陌一哑，李青月倒不再追问此事。她继续说道："当初是你找上玄尊帮忙封印红莲的吗？"

离陌错愕地看了李青月一眼，见她早已知晓，索性直说："对，他们偶然游历至村庄，便合力封印了红莲，我也因此拜入师尊门下，而我心中有愧……"

李青月点了点头："我理解你的心情。你不愿见她，其实不是因为恨她，而是害怕，害怕一见到她就会想起曾为自己亲手所害的那些人吧？"

离陌没有回答，只是有些痛苦地闭上了眼睛。

李青月叹了口气："你当真不曾喜欢过红莲吗？"

离陌缓慢而坚定地摇了摇头："不曾。"

李青月点了点头："那你喜欢过一个人吗？"

离陌一愣："……没有。"

李青月微微一笑："难怪。你自然也不会理解初尝喜欢滋味之人的执拗。那不是妒忌，而是因为爱而生的占有欲。我曾见过红莲过去对其他男子的模样，都是在演戏，只有对你不同，想来这也是她第一次学会爱人。"

离陌微微一愣。

李青月继续说道："我在想……就只是随便想想哈。红莲所行固然是大错，可她是只妖，如你所说，她生来便备受恶气折磨，只求自保，无人教她善恶之分。倘若你当初能心平气和地同她好好解释，开导她，让她自己释怀，是不是就不会有后来的灾祸了？"

离陌一愣，说不出话来。

李青月继续说道："当然了，你对红莲无男女之情也不是你的错。可是你后来一直逃避面对，任她越来越疯，就有那么一点儿……不太合适。"

离陌诧异地看着分析得头头是道的李青月："没想到夫人竟如此通晓男女之情？"

李青月爽朗一笑，看向白九思："这感情之事，我可是太懂了，毕竟我可是一心喜欢玄尊的。"

离陌有些尴尬，轻咳一声："师尊如今只是在运气疗伤，还是能听到我们的谈话的。"

李青月点了点头："我就是要说给玄尊听的啊。"

白九思看似没有反应，然而周身围绕的灵力有些紊乱。

李青月察觉到了，轻声说道："离陌仙君，我怎么觉得玄尊的灵力有些紊乱啊，是不是他的伤势又加重了？"

离陌低头忍笑，没有说话。

李青月见离陌神情轻松，这才放下心来，又拾起了之前的话题："你有没有想过，这次来都来了，就和红莲彻底说个清楚。几百年的纠葛，也该清一清了。"

离陌脸上的笑意散去，他低头沉思，面色无比挣扎。

李青月轻声说道："我总觉得你是爱她的。"

离陌下意识就想否认："我不曾——"

李青月打断他："你别急着否认。这世间的爱有千千万万种，又不是只有男女之情。"

离陌一愣，眼睛飞快眨动，似未曾领悟。

李青月还欲再解释，白九思忽然睁开眼，目露冷光，看向洞口："小心。"

离陌闻言，率先起身警戒。

李青月落后一步，拉起云阿剑站起来："怎么了？"

有冰霜自洞口蔓延进来，触碰到的花草均被冰冻起来。

李青月惊呼："这是……"

离陌沉声道："红莲的水系灵力。"

李青月面色震惊："她发现我们了？"

白九思低声说道："不，她这是在逼我们自己出现。"

李青月惊慌失措道："逼我们？难不成她想……"

离陌沉声道："冰封整个松鹤县。"

松鹤县的郊区，红莲悬于半空中，衣裙、头发无风自动。无数灵力从她双手向外蔓延，地上的冰霜一点点朝四周蔓延，被冰霜覆盖的面积越来越大。她的目光冰冷而狠戾，仿佛要将一切冻结。

山洞中，离陌面色凝重，转头看向白九思和李青月："等不及龙渊了，再这样下去，松鹤县的百姓就要遭难。方才夫人说得对，是我一直以来的逃避才让红莲一错再错，现在我是时候去找她解决旧怨了。"

李青月坚定地说道："我们同你一起去！你不懂男女之情，我怕你又说错话，火上浇油。"

白九思点了点头："一起去。"

离陌见白九思发话，只得让开了路，同时不放心地捏诀为李青月和白九思各自变出一个圆形的护盾："这盾能保你们不受冰霜侵害。"

李青月点了点头："事不宜迟，走吧！"

三人一同朝外走去。

半空中的红莲似乎有所感应，缓缓睁开了双眼。

远处，三人走来。

红莲缓缓落地，而地上的冰霜依旧在向四周蔓延。

离陌看到冰霜已经进了松鹤县，不由得心中焦急："红莲，停下吧！"

红莲嘲讽一笑："几百年了，你还是改不了喜欢救人的毛病！"

离陌沉声道："你想见我，我已经来了，你不要再去伤害松鹤县的人了。"

红莲冷笑道："我想见你？那我被封印的几百年里，为何你没来看我一次？"

离陌沉默片刻，低声说道："我……"

红莲冷冷一笑："你是不是还在怨我让你染上杀孽？"

提起旧事，离陌不由得面色一白。

红莲瞧见离陌的神色，冷冷一笑："不如让你再多背负一些杀孽，这样才会让你不敢再躲我！"

离陌惊呼："不可！"

冰霜再度朝松鹤县蔓延。

白九思飞身落在松鹤县入口处，失了离火之术，他只能用本体冰水灵力建起一个护盾，阻挡逼近的冰霜。

离陌心中一急，下意识就想去支援白九思："师尊！你不能再擅动灵力了！"

李青月推了离陌一把："我去帮玄尊，你语气好一些，赶紧解决了你们这些旧怨。"

离陌点了点头，转头看向红莲，放缓了语气："我从未想过要将你抛在一旁不管。"

红莲抬手一招，无数寒冰化作冰刀，刀尖直指离陌，逼得他不敢上前。红莲冷声道："可是你明明就这样做了！数百年间，我遭受着恶气的折磨，我从未信过任何人，只信你，到最后你却想着赶我走。"

离陌愣在原地，看着悲愤的红莲，说不出话。

抵挡冰霜的白九思再度牵动旧伤，强压下胸口的血腥气。

李青月察觉白九思的异样，忍不住朝离陌大喊："离仙君，玄尊快撑不住了！"

离陌目光一紧，抬步朝红莲走去。面前的冰刀寸寸后退，始终未曾伤离陌分毫。离陌沉声道："孰对孰错，再争执下去也没有意义。红莲，只要你停下，我答应在为你化解恶气之前不再插手他人之事。这一次，我说话算数。"

红莲愣了一瞬，目光定定地看着离陌："那你爱我吗？"

离陌面露难色，再次哑口无言。

红莲的目光一点点变得绝望。

李青月再次忍不住大喊："离仙君，你就骗她一句，说爱她又能如何？"

离陌刚要开口，红莲却打断了他："不必了，我不需要这句话了。"

冰刀合并化为一个透明的冰棺，将离陌困在里面。红莲并未再看离陌，而是释放全部灵力，朝白九思所在方向攻去。

白九思再次呕出一口鲜血。

离陌凝聚灵力攻击冰棺，然而冰棺坚如磐石，任他如何击打都无丝毫裂痕，他只能眼睁睁地看着白九思伤重。

李青月眼看着迫近的冰霜，咬牙挡在白九思身前。白九思却拉着李青月转身，挡在她身前，承受无数冰霜的直击。从白九思的后背开始，冰霜向他的四肢蔓延。李青月眼睁睁地看着白九思面上逐渐挂上一层冰霜。

李青月心急之下，翻转掌心："灼恶燃邪，掌其生熄，起！"她的掌心突然爆发出熊熊火焰，如同一条火龙般越过白九思，击打在他身后的冰霜上。那冰霜瞬间被击碎，被离火灼烧为虚无。李青月一脸惊恐地看着自己的手掌，似乎不明白为什么自己能放出如此大的离火。

离陌看到这一幕,瞬间呆住。

红莲已用尽全部灵力,此时身子一软,跪倒在地。她看着远处的二人,脸上挂上一抹诡异的微笑。

白九思身上的冰霜迅速融化,化为水,打湿了他的发髻、衣服,他的身子一晃,单膝跪地。

李青月反应过来,赶紧伸手去扶白九思。白九思的眼睛黑得发亮,他忽然攥住了李青月的手腕,力道之大仿佛能将她的手腕捏断。

李青月吃痛道:"玄尊?"

白九思满眼都是李青月那张脸,声音低哑:"阿月,果真是你……"

漫天星河璀璨,一叶小舟漂荡在星河之中。

摆渡人已经熟睡,隆隆的鼾声吵醒了同一小舟上的张酸。他缓缓睁开眼睛,极目望去。此处星河倒流,天地混沌,星河呈旋涡状流入一片荒芜的归墟。

张酸被冻得打了个寒战,掀开摆渡人盖脸的斗笠,轻轻推了推他:"我们这是到哪儿了?"

天寒地冻,摆渡人并非偶然陷入瞌睡,只是因为极寒,被迫让身体陷入了休眠。

推两下也不见摆渡人清醒,张酸便摇晃着站起身来环顾四周。

藏雷殿位于南方,此时应春暖花开,他们明显是走错路了。张酸心下焦急,催动内力,燃起一团明火照亮周围。与此同时,这温暖也唤醒了昏睡中的摆渡人。

"老人家!"张酸见摆渡人清醒过来,连忙扶着他坐起,"我们这是到哪儿了?您可是迷路了?"

"哎呀……"老人家眯着眼睛困顿不堪,"不是迷路,是走错路了。我们路遇北斗异象,整个银河方位都跟着变了,我们自然就走错了。"

张酸皱眉:"这要如何是好?"

摆渡人将长篙丢给张酸:"这里乃归墟,我本体为鲢,遇寒则死,逢暖则生。此处太冷,你的内力暖不了我多久,我便又会陷入沉睡。"

张酸用内力燃起的火苗减弱，周身又被满天星子卷入璀璨的黑夜。

摆渡人气若游丝："我……我恐怕要睡上三年五载，等小舟漂过归墟，我自会醒来，送你去藏雷殿。"

"不行！"张酸气急，抓住摆渡人，"我等不及了！别说是三年五载，便是三五日，我也等不起！"

摆渡人无奈地摇头："一切皆是天意，欲速则不达。"

"唯有此事不可。"张酸态度坚定，"你告诉我藏雷殿怎么走，我来撑篙。"言罢，他便撑着竹篙，在星海中掀起一层层涟漪。

"罢了罢了。"摆渡人看了张酸片刻，头歪了下去，伸手指向一方。

张酸顺着摆渡人所指的方向看去，唯见云海翻腾，头顶北斗七星四处乱撞，漫天异象。他回头时，摆渡人已然再次陷入熟睡。

一人，一篙，一叶孤舟，于星海之上，化作星子大小，坚定向前而去。

星子渐隐，旭日东升，云海沉浮。

张酸手脚已然僵住，却牢牢抓着竹篙，维持着撑篙的动作，向前行进。

云海自小舟两侧散开，前方不远处，一道天门豁然显现。

张酸眼睛一亮，加速向前行去。

"敢问可有仙家在此？"

天门浩大，回声空旷，却无人应答。

"可有仙家在此？"

张酸泊舟，想要上前敲门。他的手指刚刚搭上大门，门中突然光芒大盛，涌出一股无形之力，将张酸吸了进去。

漫天狂风疾雪，片刻便将张酸吹成了一个雪人。他回头，再不见摆渡人和小舟，那将他吸进来的大门已变作一堵冰墙挡在他身后，他也不得出。

一路上内力损耗不少，张酸施法攻击冰墙一次不成后便不敢再试，掉转方向，想要寻找新的出路。

门内严寒更甚，张酸行了片刻便感觉到有些奇怪。按理说，他应当撑不住这严寒，现在他却只觉身体寒冷、皮肉痛苦，并无其他不适。

风雪在耳边呼呼作响，张酸突然皱起眉，隐约听到了脚步声。

"锵——"

张酸拔剑的同时，一柄长刀被击飞，樊凌儿一个翻身，以刀尖点地，站在张酸身前。

樊凌儿手里拿着从张酸腰间挑下的玉佩，眼神一凛："玄尊派你来的？"说话间，她眉间结了一层薄冰，更显清冷，"你这玉佩……可是家传之物？"

张酸见到有人本是欣喜，可发现对方的杀意后便敛去了表情，如今听她提到玄尊，又不由得惊异："你说的玄尊可是大成玄尊？"

樊凌儿突然收了杀意，挑眉盯着张酸。她并不认为眼前的男子是个鲁莽之人，可为何她只提到"玄尊"二字，他便慌了神，不惜先开口，暴露弱点。

"你见过大成玄尊白九思？"

那边似乎已经乱了阵脚，胡乱提着毫无意义的问题。樊凌儿晾了张酸片刻，勾起唇，点了下头。

"在天界，认识大成玄尊有何奇怪？"樊凌儿故意放慢语速，边说边慢慢向张酸靠近。

眼前的男子虽握着剑，却并无杀意。难道这个问题的答案比他性命重要？樊凌儿忍不住笑了一声，突然上前，一把抓住张酸的手腕。

"阴阳交汇，灵气相冲，仙气魔功俱在一体。"她只探一下便道出了张酸的脉象和来历，"你是乘通天梯上来的。"

难怪他能进入归墟，难怪看似凡人之躯，却扛得住这极寒风雪。

张酸挣开，向后退了一步，正要出剑，樊凌儿突然回头，目光凝视远处："糟了！"

转瞬间，风雪大涨，灵风肆虐，樊凌儿神色紧张，向着冰域中心跑去。

张酸犹豫一瞬，快速跟了上去。

冰域中心，风雪反而趋于平静，樊凌儿盘膝坐在地上，手指结印，源源不断的灵力涌入地下，与风雪渐渐融为一体。

张酸打量着樊凌儿，不由得慢慢皱起眉来。

不出片刻，樊凌儿收了灵力，深吸一口气，回头见张酸还站在原地，扬眉道："你还跟着我做什么？"

"我的东西还在你手里，"见樊凌儿提问，张酸也不尴尬，直接回答道，"而且我想出去，去丹霞境。"

一介凡人，痴心妄想。樊凌儿将玉佩丢还张酸。

"你不要自以为登上天梯，我就会对你刮目相看。"樊凌儿毫不客气地泼下一盆冷水，"别忘了，你终究是一介凡人。"

张酸颔首，语气不骄不躁道："多谢提醒，现在可否告知我如何去丹霞境了？"

"你……"樊凌儿又想讽刺两句，但看到张酸认真的目光，突然将话憋了回去，"你究竟是谁？"

"净云宗张酸。"

"你是……李青月的师兄？"樊凌儿眉心微皱，似乎察觉到了什么，"你寻她做什么？"

张酸抿了抿唇："青月……她有危险。"

击退红莲的寒冰后，李青月伸手拂过白九思散乱的湿发，一脸担忧："玄尊，你还好吗？"

未等白九思开口，天上忽然云层翻涌，电闪雷鸣。

离陌抬头看天，面色一喜。无数道雷电击打松鹤县上方的结界。结界被击得粉碎，炸开，一道身影随即伴随着雷电而降。

离陌缓缓抬头："龙渊！"

龙渊缓缓落下，一道雷光自他手中而出，击碎了困着离陌的冰棺，转头看向一侧的红莲。

无数雷光朝红莲攻去。红莲避无可避，硬生生地承受了，瞬间遍体鳞伤。

离陌察觉到不对劲，急忙在龙渊再次出手之前阻止了他："等一下！"

龙渊不满地看着挡在红莲身前的离陌："你又要做什么？"

离陌不语，转过身，不顾红莲的闪躲，拉着她的手腕号脉。下一刻他一脸震惊："你的灵力……"

红莲苍白的脸一笑："我被封印了数百年，你以为对付你们是件很容易的事吗？"

离陌愣愣地看着红莲，第一次茫然无措。

龙渊冷声道："离陌，你还不动手吗？当初就是你心软，不肯下杀手，才有了今日祸患！"

红莲并不理会龙渊，手指勾画着离陌的眉眼："我没有想过要伤害这里的凡人，刚才只是想吓唬你，想听你说一句爱我。可是看你为难的模样，我就觉得，还是算了吧。"

离陌愣愣地看着红莲，却见红莲认命地闭上了眼睛："杀了我吧，我已经受够了恶气的折磨。"

离陌攥着冰刀的手越来越紧，一瞬间无数回忆在他脑海里掠过。

白九思的声音在他脑海中回荡："她是你命里的一劫，你只想躲，是躲不过去的。"

红莲的声音也在他耳边响起："你说自己习的是医理之道，生来就是要救世济人，可是你明明连我都没有救好，为何还要去管别人？这就是你所奉行的济度之道，一人未了，就去救他人？"

李青月的声音也隐隐传来："这世间的爱有千千万万种，又不是只有男女之情……"

离陌的双目刹那间变得清明，最终，他轻声一笑。

红莲不解地睁开了眼睛，却见离陌握紧了冰刀，猛地刺入自己的心口。

红莲和龙渊都被惊到了："离陌！"

离陌抬手阻止龙渊靠近，随后看着红莲，缓缓一笑："我说了，你的恶气，我来帮你解。"

离陌的手指轻蘸刀尖上的鲜血，然后点在红莲的眉间。刹那间，红莲的眉间一红，双臂的黑色纹路尽数褪去。

红莲难以置信地撩开衣袖查看，再也看不到一丝黑色纹路。她错愕地看着离陌："怎么就解了？你……"

离陌微微一笑："我爱你。"

红莲彻底僵住了。

离陌继续说道："不是男女之爱，是神对万物之爱。"

红莲眼中依旧困惑不解。

离陌将冰刀交给红莲:"你仔细想想,你曾认识的那些男人,并非全部都是虚情假意。他们对你的爱都是真的,而真正虚情假意的是你,你只为化解恶气,从未对他们真心相待,他们的心头血自然解不开你的恶气。化解恶气的结在你身上,而非别人身上。"

红莲愣愣地看着手里的冰刀。

离陌继续说道:"他们对你的爱都是真的,而真正虚情假意的是你……"

红莲抬眼看向离陌,只见他笑得异常坦然。

离陌继续说道:"说来我也要谢谢你,你让我参透了我的劫。过去,我一心只想济度,却从未理解何为真正的济度。那便是先尝人之苦,才能解人之困。"

红莲呆愣了许久,最终大笑起来:"原来如此!原来如此!"

红莲手指一动,冰刀连同周遭残留的冰霜均化为花瓣落下。红莲的身子一点点地消散:"现在我理解你所说的罪孽了。"

红莲的身影彻底消失了,只留下半空中的一朵红莲:"劳烦你将我放在玄天之上的瑶池吧,让我重新修炼,再化形之时,我一定不会误入歧途了。"

离陌伸手,那红莲便落在他的掌心。

龙渊冷眼旁观,看了眼离陌心口的血痕:"你真的没事吗?"

离陌微微一笑:"你忘了我修的是什么吗?这点儿小伤算不得什么。"

龙渊转头看向远处的白九思和李青月:"那就好,接下来才是正事!"

离陌跟着看过去,笑容微敛。

松鹤县的郊区。

阳光透过云层洒在大地上,显得格外刺眼。空气中弥漫着紧张的气息,仿佛一场更大的风暴即将来临。李青月站在白九思身边,看着龙渊和离陌走来,心中充满了不安。

龙渊抬手一挥,一道雷电锁链瞬间捆住了李青月。她惊慌失措,试图挣脱,但雷电锁链紧紧束缚着她,让她动弹不得。李青月抬起头看着龙渊,眼中满是不解:"龙渊仙君,你这是在干什么啊?"

龙渊满眼冷光,语气中带着一丝严厉:"好久不见啊,四灵,你竟然还敢出现在师尊身边！"

李青月愣住了，她努力挣扎，试图解释："你认错人了，我是净云宗李青月，不是什么四灵。"

龙渊却打断她的话，声音中带着一丝不容置疑："方才你所使用的离火，我也看到了，那是曾经的四灵仙尊才会用的术法。四灵和师尊本就是同宗同源，此消彼长，如今师尊重伤，而你却得了法力，你能解释得清吗？"

李青月一愣。她错愕地看向白九思，只见他目光沉沉，似压抑着极强烈的情绪。她心中一片混乱，不知道该如何解释这一切。

第十章
方寸地

冰墙前的冰已有千尺厚,是张酸进来时所见的十倍不止。一阵风雪就结了如此厚的冰,若不是遇到樊凌儿,张酸深知自己可能活不到下一次暴风雪来临。

樊凌儿走到冰墙面前,结印施法,不消片刻,便出现了一个法阵。

"穿过这个法阵,你便能离开归墟了。"

透过法印,隐约能看见归墟外的天地。张酸盯着一会儿,才开始向内走去。他只走了两步,却突然停住脚步,回头看向樊凌儿:"你不走?"

樊凌儿摇头。

张酸微微皱眉头,眼前这女子既然知道出去的办法,也有离开的能力,为何要被困在里面饱受皮肉之苦?

这片刻的犹豫被樊凌儿误会成怀疑,她冷哼一声,道:"你若不信,尽管留在这里,下次风雪来临,万一你遇难,我可不会救你。"

张酸沉默了,也不好多解释什么。见樊凌儿如此坚定,他只认作她自有留下的理由,也不会轻易告知他这个萍水相逢的陌生人,转身道了声"多有冒犯"便离开了。

冰层虽厚,法印结成的隧道却不长,不多时,张酸便到了出口。正要离去时,他突然听见樊凌儿叫他。

张酸回头看向樊凌儿,她一手指着天边:"你的前方便是东,向前走,御风而行三千里就能到你想去的地方了。"

她这是给他指路。张酸不疑有他,拱手正要道谢,法印突然消失,张酸滑出了隧道。

冰门内,樊凌儿呵了口哈气,拿起自己腰间的玉佩,竟然与张酸的那枚一模一样。她并未端详太久，便继续向着冰域中心而去。

藏雷殿的山腹深处，地牢阴暗潮湿，寒气逼人。岩壁之上，刑器泛着寒光，反潮的湿气结成露水，不时地滴落，发出滴答滴答的声响。

李青月被铁链锁住了四肢，每一次尝试动用灵力挣扎都会被雷电击打一次。最终，她不敢再妄动，只是抬头看向虚空，眼神中带着一丝绝望。

临渊阁内，阳光透过窗户洒在地上，显得格外温暖。离陌正在为白九思号脉。随着脉搏的跳动，离陌微微皱眉。那寒麟匕首来自苦寒的深渊，是这世上鲜少能伤到大成玄尊的法器，再加上以血开刃，威力更甚，难怪会给师尊造成这么多年难愈的伤。

"师尊的旧疾本就伤及心脉，如今再加上灵力透支，若想彻底痊愈，实属不易。"离陌的声音中带着一丝无奈，"弟子在上古秘籍中找到了方法，或可缓解，只是……这药材极其难求。"

白九思沉吟片刻，缓缓开口："需要什么？"

离陌叹了口气："以蛇蜕入药，加之川乌、桂枝、制附子、细辛，用混沌神火炼制七七四十九日。"

苍涂在一旁插话道："这些药材丹霞境多数都有，混沌神火只有玄天还存有一缕，让龙渊仙君再去玄天一趟借来一用，想来也不是难事。"

离陌摇了摇头："混沌之火易得，这蛇蜕才是最难寻得之物。一般的蛇蜕对师尊的病情已然无效，得是飞蛇的蛇蜕，还必须是化形之时蜕下的皮。"

白九思的目光一跳："飞蛇？"

离陌点了点头："人有元神，兽有金丹，这飞蛇既不似人，也不似兽，飞蛇的泥丸宫中藏有元神，是天生的神族。随着泥丸宫中本命真元的壮大，等到机缘造化，降下天雷，便可劈碎外壳，舍去肉身。这时，泥丸宫中的本命真元就会释放出来，届时蜕皮生翼，就变成了真正的飞蛇。"

白九思的眼睛直勾勾地盯着离陌："过去你为何从未提过此事？"

离陌沉默片刻，低声说道："过去师尊从未伤重到需要飞蛇——"

白九思目光幽深，打断了离陌的话："那本命真元呢？"

离陌微微摇头:"这……我就无从得知了。"

天雷、机缘……白九思目光逐渐寒凉,那白蛇以地蛇的模样活了千年,他倒是忘了,那畜生原是条天蛇。

阿月,你倒是有些手段,这次真的险些骗过我。

白九思的目光闪烁不定。最终,他猛地起身,向外走去。

九重天的太乙峰高大、巍峨,峰顶云雾缭绕,仿佛仙境一般。萧靖山端坐于山巅之上,眉头紧锁,周身的法力逐渐消散。突然,一口鲜血喷落地面,他却仿佛毫不在意,只是冷笑一声。

"时也命也,罢了罢了。"他的声音在风中显得格外孤寂。

一只小鸟在萧靖山头顶盘旋,啾啾鸣叫,似乎不忍离去。萧靖山抬头,微微眯着眼睛看向小鸟:"本座生平最恨鸟类,你今日来此,也怪你命数不好。"

他抬掌,一股无形之力攻向小鸟。小鸟发出一声惨叫,尸体掉在地上。萧靖山嘴角勾起一丝笑意,目光阴鸷,狠辣异常。

空中一道白光划过,有人在御剑飞行。

萧靖山望着那道白光,目光一紧:"好笑,这年月竟还有人族闯上九重天。"

"喂,小子,有酒吗?"

隔着九重天的浩渺云海,男子的声音却能穿云而过。张酸一怔,停了下来,收剑落于太乙峰。

萧靖山见有人前来,便挺直腰背,整理了下衣服,傲慢地看着张酸。他眼中的阴鸷、狠辣已然不见,换为豪迈洒脱之状。

张酸犹豫片刻,打开乾坤袋,从里面拿出一个小坛子,扔了过去。

萧靖山眼前一亮,伸手接住,仰头就喝,接着却一口喷了出来,怒道:"臭小子,居然敢戏耍我,这是酒吗?"

酒坛子被远远地丢了回来。张酸接住酒坛子,放回乾坤袋,也不多计较,转身便要离开。

"先别走，把那只死鸟扔远点。"

张酸停下脚步，皱眉看到地上一只小鸟的尸体，其死状残忍，眼睛圆鼓鼓的突了出来。

"你杀的？"张酸的语气不由得冷了几分。他是见这男子身受重伤，似乎已是垂死之身，才肯停下来帮忙，没想到对方竟是个滥杀无辜之人。

萧靖山扬眉，吐出一口浊气，不屑道："是又如何？"

张酸沉默片刻，不愿再理会他，转身便要赶路。

"走吧，走吧。"萧靖山挥手，笑看着张酸，也不多挽留。

张酸御剑而起，继续穿梭在云层之中。

太乙峰高大、巍峨，云雾缭绕，张酸御剑飞了许久，前面的景象却没有任何变化。他施法开眼，御剑朝另一个方向飞去。

不消片刻，只见云雾散开后，太乙峰又显现在眼前。

底下传来刚才那男子的笑声，张酸收剑，再次落于太乙峰峰顶。

"是你搞的鬼？"张酸压不住怒火，拔剑欲向萧靖山逼去。

萧靖山却丝毫不惊慌，笑了一会儿，觉得累了方才停下来，道："傻小子，这里是九重天，岂是你一个凡人可以乱闯的地方，蒙了吧？你以为这太乙峰是什么地方，这可是仙山！灵力充沛，结界天然，易进难出。你功力不够，就算再飞一万年，你也飞不出去。"

张酸不理会萧靖山，念动口诀，再次御剑飞行。

萧靖山懒洋洋地眯起眼睛，笑看着张酸，数起了数："三、二、一。"

话音刚落，张酸再次落地，又立刻捏诀再试，反复数次，竟然隐有飞起之势。

良久，萧靖山终于止了笑声，望向张酸，语气中难得有几分认真："小子，想出去吗？"

张酸凝视着萧靖山，嘴唇微微抿起，并不搭话，又要再试。他倒是想出去，只是眼前这人看起来并不会帮他，只会看他笑话罢了。

"我可以让你出去。"

张酸一怔，收剑看向他。

萧靖山指了指地上的小鸟尸体："先把那东西丢了。"

张酸冷冷地盯着他:"阁下既有杀心,却没有自己处理的魄力吗?"

"让你做就做,哪里来的这么多废话!"

张酸重新打量眼前的男子一番,只见此人虽然落魄,衣着却是十分得体,应当是有脸面的人物,只是不知为何沦落到这般境地。

"你受伤了,"张酸淡淡下了结论,"且伤得很重。"

"本座没受伤。"萧靖山不悦,对张酸这不吃亏的脾气有些暴躁,"你大可来试试。"

"灵台已碎,灵力四散,修为尽毁,这叫没受伤?"张酸丝毫不怯地上前一步,手指搭上眼前男子的心脉,三言两语便将局势扭转了。

萧靖山大怒,手中暗暗捏诀。他虽受了伤,但杀死一个人修绰绰有余,正要动手时,张酸却收了手。

"有什么能帮你?或者,你有没有家人、朋友,我可以替你传话。"

萧靖山微微一怔:"你这是在同情我?"

张酸摇头,却并未多做解释,只是道:"你也是人修?"

"不错。我当年在凡间有个死对头,与他仇深似海,我一心想要杀他。可惜天不开眼,教他灵智顿悟、飞升成神。本座不甘心,于是勤学苦修,一路追上了九重天。"萧靖山似想到了什么,苦苦一笑,有些自嘲,"谁知道他竟是个命短的,刚上天就在神魔大战之中战死了。"

原是来寻仇的,难怪心狠手辣。张酸垂眸,只觉得越发看不懂这人,不由得奇道:"那不是正合你意?"

周围云海翻涌,萧靖山眯起眼睛冷声道:"本座还没动手,他凭什么敢死?"那人要死也只能死在他手中。

"于是本座就想去掘了他的坟,砸了他的功德碑。可惜,这天上的神仙都是一群闲着没事干的,该管的不管,偏偏要来管本座,还将本座囚禁,时至今日才将我放出。可惜本座这一身神力在牢中平白浪费,如今就要散去了。"

张酸不大认同:"杀人不过头点地,你们之间虽有嫌隙,但也不至于毁了人家身后的功德碑。"

"你懂什么?本座的仇怨可不是轻易就能抹去的。"萧靖山的目光突然狠戾,仿若变了一人。

张酸沉默片刻，点头道："也是，我不过是一个小小人修，什么都不懂，你跟我这么一个微不足道的小修士说话，岂不是折了你的身份？"

萧靖山一噎，然后道："话也不是这么说的，反正今日本座闲来无事，跟你闲聊几句也无伤大雅。"

张酸顿了顿，突然想起了什么，转身看着萧靖山："那你在九重天多年，可知道藏雷殿在什么地方？"

"藏雷殿？"萧靖山精神一振，上下打量张酸，"那是白九思的居所，你去藏雷殿做什么？"

感到这目光有些不怀好意，张酸退后一步，并未完全交代，只含糊道："找人。"

"找白九思？"

张酸不答。

"他可傲慢得很，心狠手辣，喜怒无常，你一个小人修，不怕被他一掌拍死？"萧靖山扬眉看着张酸的反应。

眼前这人不像会说假话的样子，那青月便真是嫁给了这样一个人……难怪要用到炽阳果。张酸眉头越皱越紧，担忧之色全都挂在脸上。

萧靖山突然诡异一笑："这样吧，我助你离开，你也帮我一个忙可好？"

藏雷殿的山腹地牢中，阴森，冰寒，隐隐有脚步声响起。被铁链锁住的李青月缓缓抬起头，看到白九思从黑暗中走出来。她的声音中带着一丝希冀："玄尊……"

白九思垂眸看着被锁的李青月，眼神晦暗不明。

李青月的声音中带着一丝期待："玄尊，您是来救我的吗？"

白九思却一动不动，眼神中带着一丝冷意。

李青月眼中的希冀一点点消失："难道您也认为我是四灵仙尊？"

白九思猛地俯身，扼住李青月的下巴，与她对视："阿月，同你演了这么久，已经够了，你还要装傻到什么时候？"

李青月眼中满是困惑不解："我不明白玄尊的意思……"

白九思的声音中带着一丝愤怒："你我法力此消彼长，我在与红莲一战中失了御火之术，你便能操纵如此强大的离火，想必你和红莲早已合计好，你帮她引离陌出现，她帮你重创我，让你夺回法力！事已至此，破绽百出，你仍不肯同我说句实话吗？！你说你不是四灵，那你告诉我，你的控火术究竟是哪里来的？"

李青月这才醒悟，眼眶一点点泛红："原来玄尊口中的'阿月'，从来不是在叫我。"

一滴眼泪从李青月眼眶滑落，滴在白九思的手背上。白九思仿佛被灼伤一般，猛地松开了李青月的下巴。

李青月垂下头去，碎发掩住了她的神情，只能听到她悲切的声音："我不知道我为何忽然能操纵离火之术，我只知道当时看到玄尊被冰封，我就只剩一个念头，那就是不顾一切也要救你，只不过我没想到的是……"

她缓缓抬头，死死盯着白九思："到头来这却是我的罪名。玄尊，您告诉我，想救你，也是罪吗？"

白九思的声音中带着一丝冷意："你是打定了主意，不肯同我说真话吗？"

李青月绝望地闭起眼睛："玄尊既已在心里定了我的罪，又何苦再来盘问我？于您于我，都是在浪费时间。"

白九思抬手一招，一墙闪着寒光的刑具飞到他们中间。李青月难以置信地看着这一幕，却见白九思眼底隐隐闪烁着嗜血的暗芒："最后再问你一次，你究竟在计划着什么？你若肯认，我便停下。"

李青月的目光扫过那些刑具，最后落在白九思脸上："好。在我回答之前，玄尊能不能先回答我一个问题？"

白九思微微皱眉："什么问题？"

李青月的声音颤抖而又压抑："过去玄尊对我的种种好，是因为我，还是因为……阿月？"

白九思的目光一缩，没有回答。

李青月等了许久，也没听到白九思的回答，她抬头看向虚空，大笑起来，眼泪却止不住地落下。

白九思心口蓦然一痛，空中飘浮的刑具隐隐颤抖起来。李青月深吸一口气，眼中是前所未有的空洞。她再度看向白九思："您听好了，我是李青月，我家住在玉梵山脚,我父亲姓李,母亲姓姜。我八岁入净云宗,守门修炼十一载,十九岁嫁入藏雷殿,成为大成玄尊的妻子。我有自己的师门好友,有自己的喜怒哀乐,我有自己的人生,我是李青月,永远都只是李青月!"

她开始运用灵力,捆着她的锁链有所感应,顿时滋生出雷电,蔓延到她身体上。无数道雷电击打着李青月的身体,她咬着牙忍受,汗如雨下。同心符在李青月额间一亮即灭。

白九思的面色蓦然变白,他强忍着不露异样,只是盯着李青月。

李青月面白如纸,却一声不吭,也不曾停下运气。运气不停,攻击的雷电便不停。白九思的手有些发抖,他终于看不下去,一道灵光从他手中飞出,直击锁链。锁链尽断。白九思牵动旧疾,猛地按住心口。

空中的刑具一一掉落在地。李青月趴在地上,早已没有站起的力气,却强撑着抬头看向白九思:"玄尊可有答案了?"

白九思猛地转身离去,脚步却有些踉跄。李青月看着白九思离去的背影,头一歪,昏死过去了。

藏雷殿的地牢门口,龙渊和凝烟候在门外。

见白九思从地牢中走出,龙渊迎上去,恭敬地行礼:"听离陌说师尊伤重未愈,此地阴寒,师尊倒是不必亲自前来,这些琐事交给弟子就好。"

白九思没有说话,只是微微点了点头。

凝烟屈膝行礼,小心地观察着白九思的脸色:"玄尊,夫人可是犯了什么错?"

白九思未答。

凝烟继续说道:"夫人大病初愈,根基尚未恢复,地牢阴冷,您就看在她对您一片——"

白九思身子忽然一晃,吓得龙渊赶紧伸手相扶:"师尊,你怎么了?"

白九思推开龙渊伸过来的手,大步离去。刚走出几步,他再次站定:"把她关回蘅芜院。"

凝烟闻言一喜,却又不好太过张扬,只能连连谢恩:"谢玄尊。"

龙渊眉头紧皱,看着白九思有些踉跄的背影,面色凝重。

翼望峰高耸入云，峰顶摆满了蜡烛，围成一个法阵。阵前有一张案桌，上面摆着一鼎香炉。龙渊拿出一炷长香插入香炉，随即划破手指，将血滴在长香之上。鲜血刚刚落在长香上，长香便燃了起来。

龙渊的声音中带着一丝决绝："这香沾了我的血，燃的便是我的福缘命数，你可要保护好它，莫要让它熄灭。"

离陌的声音中带着一丝担忧："若是长香燃尽，你会怎样？"

龙渊微微一笑："若是长香熄灭我还未归来，那便永远回不来了。魂魄离体，永镇幽冥，再无重回世间之日。"

离陌面露难色："你何必如此……"

龙渊丝毫不理会，径直走到法阵中央，盘膝而坐，捏诀念咒。蜡烛纷纷被点亮，发出幽紫的烛光。千丝万缕的紫色烛光汇聚在龙渊身上，一缕混沌的虚影自龙渊身体脱离，穿云破雾，直达九幽。

九幽之内，暗无天日。黑暗中藏着的无数魂灵纷纷露出狰狞模样，一个个竞相扑向龙渊的虚影。狂风乍起，吹得龙渊衣袍猎猎作响。他额头渐渐流下冷汗，长香火苗微弱，顶端香灰摇摇欲坠，仿佛随时都会熄灭。

离陌捏诀施法，一滴精血自指尖飞出，落在长香之上。火苗大盛，长香继续燃烧起来。

长香只剩短短一截，马上就要燃尽。离陌盯着长香，面色紧张。长香火苗骤然熄灭，龙渊喷出一口鲜血，紧紧捂住自己的左眼。

临渊阁内，白九思在床上运功打坐，苍涂在一旁护法。

龙渊捂着左眼，被离陌搀扶着走了进来。

白九思看到他的模样，不由得眉心蹙起："你做了什么？"

"我听离陌说了飞蛇一事，所以就用九幽问灵术去寻了它的踪迹。"龙渊面色阴森，"九幽之下，并无白蛇踪迹。要么是它魂飞魄散，跳出三界，要么就是它根本没死。相比而言，我更信后一种。"

屋内陷入一片寂静。

龙渊对着白九思直直跪下："师尊，那日李青月释放的离火，我们皆是亲眼所见，万不可能弄错！先前四灵就曾数次加害您，如今她再度出现，定是不怀好意，师尊万不能再心软了！四灵曾经使用翻天印封印过师尊，如今也只有翻天印才能在不伤及师尊的情况下彻底封印四灵，还请师尊下令启用翻天印！"

苍涂和离陌对视一眼，均目露惊骇之色。

白九思目光不定："你们先下去。"

龙渊急道："师尊！"

白九思挥袖，面色阴沉如水，放在身侧的手紧紧握成拳，仿佛极力压抑着什么："出去！"

余晖照进白九思的临渊阁，宫殿恢宏，却清冷。

白九思想到李青月的面容便心口隐隐作痛。他随手一挥，一道白光击出，寝殿的玉石屏风顿时化作一地碎屑。

几条如藤似蛇的黑气牢牢缠住张酸，张酸奋力挣扎不脱，便怒视那个使出黑气的男子："放开我，你要做什么？"

"别乱动，小子，"萧靖山抹去嘴角的血丝，脸色苍白，动用法力似乎很是疲惫，"你的造化来了。"

话音未落，他便掌心发力，彻底将张酸缠住，只余一双眼睛。

"从此刻开始，我讲的话，你要牢牢记在心里。"

张酸置若罔闻，自顾自地奋力挣扎。

"我姓萧，名靖山，修道是自然神通，参悟是慧命之本，以灭入道，以幻观真，惑乱正法，终得玄门。"

那边，挣扎不脱的张酸怒视萧靖山："你修什么道、悟何方心法，跟我说做什么？"

"因为我要你拜我为师。"

张酸一愣："谁要拜你为师？"

萧靖山淡淡瞥了张酸一眼，竟然不怒自威，让张酸心生惧意。

"我的功法便是在这九重天也算得上上乘，一个区区凡人，能得本座一身造化，是八生有幸。"

张酸怔了片刻方才回过神来："你功法造化再好，但我已有师门，万不能受前辈的传授。"

"拜入师门就不能再拜，这是谁定的规矩和道理？"萧靖山用灵力驱使身体，不消一会儿，周身都散发着灵光，"如今这偌大的太乙峰只有你我二人，你若不受这功法，那便无人可传了。我的道法不能如此白白散去，因此，你受也得受，不受也得受！"

"我——"

张酸又欲拒绝，被萧靖山一掌打断："聒噪！"

萧靖山挥手使出一道神光，封住了张酸的嘴，随后抬头望天，不理会气恼的张酸，感慨道："大梦方外去，万载谁先觉。没想到我大限将至，还能天降一名弟子，传承道法，也算天不负我。"

眼前明显是骑虎难下，张酸脸色越发不善，狠狠盯着萧靖山。

"小子，时不我待，咱们抓紧时间，你给为师磕个头吧。"

张酸满脸怒色，听到萧靖山的话更是气恼，将脸扭到一旁。

"也罢也罢。"萧靖山不耐烦地撇撇嘴，微微挥手，张酸便被无形之力按着头在地上连磕了三个响头。

萧靖山笑着拍手起身："够了，这就成了。"

张酸身上黑气缠绕，完全受萧靖山的控制。反观萧靖山，控制张酸的黑气仿佛不影响他分毫，他慢慢悠悠地走到张酸面前，拍了拍他。

"你小子走运了。我这几日濒临死门，参悟天地，悟出了一套玄妙至极的剑法。现在将这套剑法传授与你，待你功力大涨之后，就可以离开太乙峰了。"

萧靖山说着慢慢起身，拿起佩剑。

"剑法玄妙，本座只演练一次，小子，看仔细了！"

黑气逼迫张酸看向萧靖山。萧靖山趁势演练剑法。

"第一式，气由上丹田，灵泉汇气海，紫炎蓄神阙，太刃通阴阳……"

与此同时，沙石横飞，剑气流转，舞剑的萧靖山如同变了一个人，身形潇洒飞扬，剑法精妙绝伦，出神入化。天地间仿佛只有萧靖山和他的剑。

张酸自认见过无数剑招，也看过不少秘籍宝典，可亲眼所见又是完全不同的感受。慢慢地，张酸被剑招吸引，缚住他的黑气也渐渐消散，他不由得认真跟学起来。

萧靖山演练得有十分，张酸仿也仿得了七八分。

夕阳西下，两人全然不觉，直到萧靖山利落地收式，张酸方如梦初醒，大汗淋漓地坐在地上喘息。

"不错。"萧靖山看一眼张酸，"可记清楚了？"

张酸皱眉，仔细回忆一遍，脑中有些细节虽得了形似，却不能领悟神韵，一时不知该不该点头。

"记不清楚我也没力气再给你看一遍了。"萧靖山半倚在地上，懒洋洋地望天。

"你……"张酸突然有些难过，看得出眼前这人是个洒脱不羁又真性情的，可惜被困在这里。

萧靖山回头瞄一眼张酸，好似看出他在想什么，淡淡道："闭嘴吧。"

张酸一噎，岔开话题道："你这套剑法十分精妙，叫什么名字？"

"名字？"萧靖山微微一愣，"还没想好。你有没有仇家？"

两个互不知晓过往来历的人成了师徒，反而建立了奇妙的信任，张酸低头沉思片刻，才道："有一个人，勉强算是。"

萧靖山侧头看向张酸："谁？我可认识？"

"大成玄尊。"

这等名号，九重天上无人不知，无人不晓。张酸心底清楚，便直接忽略了后一个问题。

"白九思啊……"萧靖山一笑，不知想到了什么，微微眯起眼睛，"好，那便叫'杀白剑法'吧。"

如此有灵气的一套剑法，竟然得了这样一个随意的名字。张酸下意识地皱眉，不知此人是真想将剑法传承下去还是单纯与他不对付。

"不好吗？"萧靖山看张酸一脸嫌弃的样子，摸了摸下巴，"那就叫'屠神剑法'好了。"

许是先入为主的"杀白剑法"在作祟，张酸听到这"屠神剑法"，依旧觉得两者大同小异。还没等他想出什么话回应，萧靖山已经俯身过来，一掌打向张酸头顶，将全身灵力功法灌入张酸体内。

"啊——"张酸大叫一声，身体被汹涌而来的灵力灌注，剧痛无比。

"喊什么？"依旧是那懒洋洋的声音，却显出几分疲态，"我在将毕生功法都传给你，你赚大了，知道吗？"

张酸瞪大眼睛，却已经失去了摇头的力气，就连一个"不"字也吐不出口，很快便痛得昏了过去。

等到张酸醒来，天已经完全黑了，他全身骨肉仿佛被打散又重新拼接到一起，疼到一动便要流汗。他闭眼打坐良久，才再次睁开眼睛。

一片漆黑中，张酸看到萧靖山在石头上打坐。

"前辈？"张酸上前，手指刚刚触碰到，萧靖山的身体便化作飞灰散去了。

张酸一愣，用手摸了下自己的胸口，感觉到充沛的灵力溢满胸膛，手上结印，一道灵光从指尖飞出，冲向云霄。

下一刻，太乙峰上空的结界瞬间消散，云雾散开，阳光普照。

张酸惊讶地看着自己的手，他虽不是心甘情愿，但到底继承了此人的功法，理当祭拜他。想到这里，张酸拔剑劈石为碑，以剑刃为笔刻上"萧靖山之墓"五个大字，碑后插上萧靖山的佩剑。

待一切做完，张酸四下看了看，从乾坤袋里拿出酒坛子："没有好酒招待你，你将就一下吧。我已有宗门，不能拜你为师。但你传给我的功法，我定会让它流传世间，绝不荒废。"

张酸冲着石碑，叩首行礼。

地牢的火把逐渐熄灭，李青月的影子与浓浓夜色融为一体。

清冷的月光透过窗户照进来，李青月目光深邃、冷静。外面突然传来脚步声，李青月微微拧起眉头看向门外。

"夫人？"凝烟小心翼翼地摸着墙壁而行，不敢点燃灯柱，"夫人，您在哪儿呢？"

李青月沉默片刻，起身看向凝烟的方向："我在这儿。"

"夫人等我，我这就来了。"凝烟捏了个法诀，让火把重新燃起。

火光瞬间照亮了李青月的脸。

凝烟终于松了口气，环顾四周后，拿出一个小包袱，哭丧着脸望着李青月："夫人夫人，您受苦了。这是扶桑果糕，您先垫垫肚子。"

凝烟语带哽咽，眼泪似乎随时都要落在地上。李青月不愿多看，接过糕点，胡乱往嘴里塞。

"到底出什么事了？您怎么得罪玄尊了？"凝烟拿出小茶壶，给李青月倒了杯水。

李青月接过水，仰头喝了一大口，似乎觉得不解渴，又去拿凝烟手中的茶壶。

这是受苦了。凝烟偷偷抹去眼泪，给李青月倒满水："夫人，您慢点吃。"

一盒糕点顷刻被扫荡一空，凝烟无措地看着李青月："夫人，您还饿吗？我再去……再去给您拿……"

李青月摇头。凝烟能进来，想必白九思是知道的，他应是觉得能借凝烟套出点儿什么，并不是真让凝烟给她送饭。

"此事与你无关，你不要再问，也不要再来看我，知道了吗？"

凝烟小脸一苦："为什么呀？我进来时很小心的，没被任何人发现。"

李青月沉默了。她不知该如何跟凝烟解释，只好挥挥手："我没事，你不用担心，回去晾晒果干吧，我出去后好吃。"

"夫人，您多保重。"凝烟愁眉不展，正要离去，突然想到了什么，"夫人，本来玄尊都准备放您回蘅芜院了，结果龙渊仙君一个劲儿地瞎折腾，也不知干了什么事，阻止玄尊放您出来。"

李青月手上的动作一顿，眼中依旧平静。

凝烟继续说道："夫人，您可能不了解龙渊仙君。他是玄尊的大弟子，整个藏雷殿就他脾气最臭！我们背地里不知道骂过他多少回！也不知道这次他为什么忽然针对夫人，要不然夫人您还是跟我说到底发生了什么事吧，说不定我也能帮上忙，不能任由龙渊仙君欺负您啊！"

李青月疲惫地靠着墙壁，眼睛看着虚空："随他吧。"

藏雷殿的临渊阁外，龙渊身边站着普元和永寿，其他数十名弟子在三人身后，均立于寝殿门外。

门口的苍涂神色为难，极力规劝："你就不能改改你的性子吗？玄尊已经放任你继续关着李青月了，你还来折腾什么？"

龙渊冷哼一声："一天不处置四灵，师尊便多一天的威胁，我只是为了师尊着想，必须尽快用翻天印封印四灵。"

苍涂摇了摇头，道："夫人只是容貌神似四灵仙尊，她只是一个凡人，并非四灵仙尊复生。"

龙渊打断道："苍涂仙君这话骗骗别人还行，我当年可是目睹了四灵和师尊的纠葛。四灵狡猾成性，最善伪装，四百年前便是如此，她假装同师尊和好，却在拜堂之时用寒麟匕首刺伤师尊，而后更是将师尊镇压百年。这次肯定也是她假扮成凡人靠近师尊。你们先前疏漏错信，才换得师尊如今重伤！"

苍涂一时间无话可接。

龙渊面向寝殿单膝跪地："弟子恳请师尊将四灵仙尊封印，莫要给她东山再起的机会。"

众弟子跟随龙渊跪下。

苍涂看着黑压压跪倒一片的人群，深深叹了一口气。他们未曾接触过李青月，如今却因相貌，便要轻取一人性命。即便那李青月真是四灵……苍涂担忧地望向崇吾殿内，玄尊也未必真的愿意开启封印法阵。

藏雷殿的地牢中，李青月蜷缩在角落里，稍一动弹，脚上的锁链就传来声响。她歪头靠着墙壁，双目无神。牢房外，微弱的烛火不停地闪烁。

"求玄尊祭出翻天印！"

外面的声音如山似浪，里面，白九思坐在软榻上打坐，静气凝神，稳如磐石，岿然不动。

月光如水，透过窗子落在地上，一室清冷。

众人和白九思便这样僵持着，直至东方破晓，晨曦微露，崇吾殿浸在一片温暖的晨光之中。

阳光照到白九思脸上，他眼睑微微颤动，终于睁开双眼，向外望去。

龙渊等人亦是带着众弟子跪了一夜，苍涂也守着白九思，看着众人，尽职地站了一夜。

白九思催动心法，突然，桌案上烛火晃动，骤然熄灭。

一道缥缈似天际的声音，叫住了白九思的神魂："大成玄尊。"

白九思眉心紧锁，闭眼打坐，重新进入自己的意念之中。

那是幻境——白九思见过数次的幻境、他一人的幻境。

天地昏暗，如同混沌之初，白九思独自站立在山巅，目之所及，一片荒芜。

四座高大的半人像围绕着白九思，分别立着东方尊者颢天、西方尊者朱赤、南方尊者玄幽和北方尊者烈阳。

"大成玄尊，"这声音与刚才那道别无二致，正是东方尊者颢天的声音，"你与四灵仙尊乃鸿蒙神主眼中的两股精气，鸿蒙初辟，你与她便同在这九天之上，沐天地灵气，得众生仰望。当年，她将你封印之后，不顾天恩，不念苍生，夺神器，毁仙府，倒行逆施，犯下的罪行罄竹难书。"

赤红色的石像微微睁开双眸："颢天所言甚是，倘若四灵仙尊卷土重来，九天必遭劫难，她留不得。"

"玄尊，莫强留留不得之人，你速去将她封印了吧。"

被四人围在中央的白九思默然不语，定定望向天边，仿佛丝毫不将四人的话放在心上。

四方尊者见状都不由得皱眉，纷纷急道："你们相伴相杀数万年，为何你今日下不了手？"

天边，望不到丹霞境，更看不见天姥峰，白九思却觉得自己被困在其中。

隔了片刻，他听见了自己的声音："若四灵仙尊的元神真的已经消失了呢？"

那声音像极了辩解，但因为铿锵有力，并不显得心虚。

"如果她是凡人，大阵一落，她会形神俱灭，倘若杀错，又当如何？"

"杀她一人，换六界安定，该杀，当杀。"

白九思并不赞同，便也懒得掩饰，直言道："说得轻巧，若你是她，你可甘心就死？"

朱赤一顿，没料到白九思会这样坦然地反问自己，一时眼神飘忽，有些心虚："那……那是自然！"

白九思讥笑一声，并不言语。

四方尊者亦沉默片刻，似陷入僵局。

终于，颢天淡淡开口："如果她真是四灵仙尊，大成玄尊此举无异于放虎归山，届时九天遭劫，你可负责？"

天下苍生，九天劫难，全要算在他和四灵二人身上。白九思笑笑，这担子于他而言并不重，他一直背着这重担，小心谨慎了多年，可到头来还不是一样的结局？所以，这一次，他负担又何妨？

"本座自会负责。"白九思眼神幽暗，他没兴趣滥杀无辜，更不想如此轻易地放过四灵，"本座能杀她一次，便能杀她第二次。"

承诺便这样许下。

四方尊者欲言又止，白九思却已下定决心，阻止四人再次规劝："这是我与她的私事，还是不劳几位费心了。"

话已至此，四方尊者互看一眼。

颢天长叹一声，道："既然大成玄尊如此坚持，那么此事便交由你自行处理。"

白九思点头致意。

颢天、朱赤、玄幽、烈阳的身形慢慢虚化，消失不见。

就在这时，虚空撕裂开，黑袍加身的玄天使者现身了。他面若寒霜，仅是站在那里，便如同这天地间的规矩法度一般，令人望而生畏。

白九思问道："玄天使者来此，想必也是因为四灵。"

玄天使者说道："玄天对于她的生死并不关心，我们在意的是你！大成玄尊，你会不会因为她而忘记自己肩上的责任与使命？"

白九思回答："守护无量碑，镇住三界入口，我从未忘却。无量碑有我设的结界，只要我活着一天，便无人能破坏它。"

玄天使者点头道："如此最好。若是你因儿女私情而使无量碑出了问题，玄天便会出手，到时受罚的，可就不止她一人了。"

白九思回答:"我绝不会让此事发生。"

玄天使者想了想,说道:"四灵仙尊与大成玄尊与天地共生,数万年来,你们相依相偎,相伴相杀。你是最了解她的人,其实她是不是四灵仙尊,你自己最清楚。"

白九思皱眉,正要辩解,玄天使者却已化作一道白光,飞向东方。

晨光照在白九思的睫毛上,投下浅浅一片阴影。白九思睁开双眼,侧脸望向桌案,眼中的情绪复杂难辨。

那桌案上放着李青月曾经送给他的衣服。他想到李青月那可气又可笑的性子,睫毛微微颤动了一下,连他自己都未发觉。

藏雷殿的地牢中,李青月接过凝烟递过来的仙果,无奈地苦笑。人就是这样,有了一便会想二,先前凝烟没来时,她饿得头昏眼花,现在凝烟送来了吃的,她又忍不住开始计较日日吃的都一样。

"您再吃几日吧。"凝烟抓了抓头发,她毕竟是棵树,对烧火做饭什么的天然恐惧,李青月在还好,若是李青月不在,她只能送些冷食给夫人了。

"过两日就会有办法了。"凝烟说道,"这两天我快气死了,那个龙渊带着一群人去玄尊门口跪着,说什么要用翻天印封印夫人,我看他才是最该被封印的那个呢!"

李青月捏着仙果的手一紧,垂眸不语。

凝烟继续说道:"要我说,玄尊肯定不会答应他。"

李青月回答:"未必。"

凝烟惊讶道:"夫人为何如此说?您——"凝烟话未说完便昏了过去。

张酸自暗处现身。

"张师兄?"李青月瞪大了眼睛,语气中难掩震惊之色。她没想到会有人来救她,即便真的想到了,也想不到这人会是张酸。

张酸看了李青月片刻,声音沙哑地嗯了一声,便上前站在明处,目光幽暗地打量禁锢着李青月的锁链。

"你怎么在这儿?"李青月呆呆地看着张酸。

张酸想要开口,却觉晦涩难言。他伸手握住锁链,正要施展灵力,李青月却一把握住他的手腕,似是想到了什么,音量拔高几分:"我在问你话!"

张酸皱眉,看着李青月,不由得红了眼:"我来救你。"

"救我?"李青月躲开半步,怒道,"你一个凡人,如何上得九重天?"

"你也是凡人,不是也在这儿吗?"

"你——"李青月噎住了。

"我不会跟你走。"

李青月靠在牢门上,她第一次如此动怒,却是因为张酸。

张酸望着李青月片刻,眼中苦痛之色一闪而过,他随即退后一步。

"张师兄!"

张酸毫不理会李青月,正要施法。

李青月恼了,厉声喝道:"张酸!"

张酸一怔,收手,向李青月看来。

"我在问你话,你是如何到这儿来的?"

两人这样僵持着。李青月目光如炬,上下打量着张酸。张酸则任由李青月看着,始终沉默不语。

半晌,李青月幽幽开口:"你是乘通天梯上来的?"

张酸微微皱眉:"你怎么知道这个?"

"你疯了!"

两人谁也不直接回答对方的问题,偏每句话都是在为对方考虑。

"你知不知道这会有什么后果?你会——"

"我知道,"张酸轻声打断李青月,"体内灵力相冲,筋骨碎裂之痛。青月,我不怕的。"

李青月气结,她又要开口时,张酸突然一振手臂,灵气迸发,锁链消散,再无踪影。

牢门悠悠打开,张酸向李青月伸出手来。好像每次李青月看守山门走不动时一般,他平静又坚定地对她说:"我要带你走。"

他定定地看着李青月,话语掷地有声。

地牢门口看守的仙侍已然倒地昏迷，一道无形的禁制横亘在地牢门外，泛着幽幽红光，凡人肉眼无法看见。

张酸带着李青月匆匆离开，并未注意到，他们穿过那道禁制时，那红光闪烁了一下。

与此同时，临渊阁内，白九思突然睁开双眼。

殿中的风铃猛烈摇动，泛出红色光晕，是无形禁制传来的预警信号。白九思微微皱眉，化作一缕灵光，消失在寝殿之中。

跪在临渊阁外的众弟子纷纷抬头望去，只见一道白光从大殿上方掠过。

"师尊！"龙渊觉察，立刻起身，大步上前，却被苍涂先一步挡在身前。

身后弟子纷纷跟着起身。众人闯，一人拦，空气陡然紧张。苍涂仿佛毫不在意，立在门前。

"让开！"龙渊大吼一声，皱眉盯着苍涂。

"没有玄尊的命令，我看谁敢进这门！"苍涂毫不示弱，望向龙渊。

"我们可以不进去，但要知道师尊是否在里面。"龙渊一道掌风推开临渊阁的大门，屋内风铃随风摇动，叮当作响。

苍涂下意识回头望去，屋内已然空无一人。

众人对视一眼，立刻朝那道白光消失的方向而去。

张酸带李青月从地牢出来后便一路狂奔到石林前。

此时的石林却不复往日平静，振动着开启了法阵，巨石迅速变换位置，将二人挡住。

"这边！"张酸指着石阵的一道缺口，带着李青月迅速向那缺口跑去。

下一瞬，巨石再次移动，将二人牢牢困住。

这石阵并非死阵，而是祭了法力的活阵，由内向外，一层套着一层，层层叠叠，无边无际，只要进了石林，便会犹如迷宫中的困兽，四处奔逃，仿佛能看见希望，实际上却根本无处可逃。

片刻过后，张酸定了下来，看了片刻，似乎明白破阵需要的不只是玄机妙算，还需要法力——不弱于设下这一结界所需的法力。

"通天玄雷，红莲净火。"张酸手心慢慢结印，然后猛地向石阵攻去，"出！"

长剑出鞘，犹如一道闪电，划出的红光挟着赤红火焰将石阵劈开，瞬息之间，飞沙走石，地动山摇。

李青月吃惊地看着满地碎石愣了许久，呆呆道："你的法力为何这么高？"

"来不及解释了。"张酸抓住李青月的手腕，"等到了安全的地方，我自会跟你详细说明此事，现在快走。"

二人越过满地的碎石，石林外一马平川。

张酸拉着李青月走得飞快，可藏雷殿结界内无法御剑，二人到底快不过白九思的灵光，很快便有一道白光落下，挡住了二人的去路。

李青月脚下一绊，险些摔倒，被张酸扶住。两人抬头看向白九思。

白九思负手缓步向二人而来，石林的碎石仿佛感应到白九思的怒气，都在小幅度地振动着。

"玄尊既然不珍惜青月，为何不放她离开？"

没有人能在这样的强压下直面白九思，张酸也不过是本能地将李青月拉到身后，问出这一句话。

白九思脚步未停，他扫一眼张酸，似在看一只不重要的蝼蚁，或是那一眼根本落在张酸身上。

"我要带她离开！"张酸长剑出鞘，同时，手心结印，带着猛烈的罡风，直冲白九思。

"师兄！"李青月想拦，却为时已晚。

张酸功力虽然大增，但绝对不是白九思的对手，这一剑若是再激怒白九思，张酸恐怕就真的无法全身而退了。

好在白九思只是伸出左手，化灵力为屏障，逼张酸的剑停在屏障之外，无法再前进分毫。

"张师兄……"见张酸又要催动内力，李青月连忙上前帮忙。

白九思面露轻蔑之色，不等李青月上前，便随手一挥，剑气回弹，一道巨大的灵光反噬到张酸身上。

张酸和李青月受到了冲击。情急之下，他只来得及推开李青月，自己却倒在地上，长剑插在旁边。张酸捂住胸口，嘴角渗出血丝。

白九思缓步踱来，居高临下地看着二人，眼中蕴含着雷霆万钧般的愤怒。

"紫炎蓄神阙，太刃通阴阳……"张酸默念萧靖山教他的法术口诀，长剑飞起，冲向云霄，之后化作千万道剑雨，疯狂冲向白九思。

这招式看似普通，因此那长剑向白九思飞来时，他并未在意，只当是一介凡人的普通修仙术，但便是这一时不察，给了张酸可乘之机，万千利刃似雨将白九思困在其中。

"走！"张酸趁机拉起李青月，狼狈地逃离现场。

萧靖山那套剑法他还未完全消化，刚才又是趁着白九思稍不留神迅速出手，这是他们最后的时机。张酸心里非常清楚。可没走几步，他就吐出一口鲜血，脸色惨白，脚步踉跄地倒在地上。

"师兄！"李青月一怔，努力将张酸拉起来，想要查看他身上的伤势，却被他拦住了。

张酸咬着牙，顾不得凌乱的发丝和衣服，狼狈地起身，对李青月道："我没事，你快走。"

李青月皱眉，张酸这伤哪里像没事的样子，那套剑法她虽不知张酸从何处学来，但既然能暂时困住白九思，想必花了他不少内力。

而白九思已然破了法阵，不出片刻便赶到二人前面，冷眼看着狼狈的两人。抿唇静默片刻，白九思对李青月道："过来。"

李青月毫不示弱，盯着白九思，缓缓起身，却并未再前进一步，只将张酸护在身后。

白九思眼神一冷，终于肯正眼看张酸一眼。片刻过后，白九思笑了，像确定了什么，又重复了一遍："过来。"

他这一笑比刚才的沉默更让张酸胆战心惊，可李青月已然捡起张酸落在地上的长剑，对准白九思，眼神绝望，痛恨至极。

白九思笑着悠悠上前一步："你又要杀我？"

李青月握剑的手指颤了颤，剑尖都跟着颤抖，可她依然将剑尖对准白九思。

"对本尊拔剑,想必你是想好后果了。"白九思声音极淡,这一刻,仿佛李青月也变成了无关紧要的人。

白九思再次上前一步,李青月终于承受不住压力,一道剑气瞬间发出。

"你别过来!"李青月大喝一声,向白九思劈去。

剑气如刀,白九思躲也不躲,任那剑气划过脸颊。

李青月的脚步却一顿。她颤着眼睑慢慢睁开眼睛,发现白九思正望着她。他那白玉般的脸颊被划出微不可察的一道伤口,渗出一串血珠,染红了白九思纤尘不染的白衣。

为何不躲?那样一剑,他分明可以躲过去的。李青月茫然地看着白九思白衣的血珠,摇了摇头。

"是不是只有我死了,你才满意?"白九思手指轻轻抹去脸颊上的血珠,嗤笑一声。

"不……不……"李青月退后一步,"我不知道你在说什么。"

"阿月。"

第十一章
伊人归

丹霞境。

阳光洒在大地上，显得格外刺眼。李青月强撑着挡在张酸身前，嘴唇苍白，拿着长剑的手不知何时已经垂下。

白九思不再逼近，他站在李青月半步开外，用只有两人可以听到的声音轻声开口："我到底哪里错了，以至于你要这般处心积虑，屡次置我于死地？"

"我不是她，"李青月看着白九思，眼眶中有了一点儿泪水，"我听不懂您在说什么。"

"可是忘了？"白九思手指滑过李青月的鬓角，将她的狼狈抹去，"你可是忘了，你说你倾心于我，愿舍弃无尽寿岁，与我去凡间厮守？"

李青月瞪大眼睛看着白九思。这不是白九思第一次在她面前提起四灵仙尊，却是第一次承认他的心意。

"凡间的两百载岁月，虽然艰辛，但你说比过去的十数万年更值得珍惜。"白九思目光似水，不见怒意，"你可知，对我而言，亦是如此。"

李青月的声音中带着一丝绝望："不是我，不是我说的！"她的眼中透着一丝崩溃，仿佛试图证明自己的清白。

原来，樊凌儿开启的镜中幻境所呈现的竟都是真的。大成玄尊曾与四灵仙尊下凡厮守两百年，结为凡人夫妻，恩爱相伴。小秋山上，他们曾对天盟誓，相约白首相携，生死不弃……

"你可有一分真心？"白九思自嘲一笑，"我与你相伴千年万年，与你结为夫妻数百年，却不知你究竟哪一刻对我起了杀心，活得当真糊涂得可笑。"

这些肺腑之言，或许连四灵仙尊都不曾知晓，白九思为何对她坦白？为何高高在上的大成玄尊会对她说他真心爱慕过那个阿月？

"不是的……"李青月有些崩溃地捂住脑袋,"别说了。"

"你在怕什么?"白九思逼近最后一步,不再给李青月半分退路,"我不会杀你,也不会伤你,我只想要你一个解释。"

李青月摇头,泪水滑落脸颊,整个人惨兮兮的,像要碎掉的瓷器。

"阿月,"白九思帮她拭去泪水,动作前所未有地轻,"你信我一次,好不好?"

那语气似带着哀求,哀求里夹杂着更难得的坦诚和真挚。

三百年过去,他再次站到阿月面前,却不为质问,也不为报复,只是凭借着心中那点儿希望,便顶着四境尊者施加的压力和整个九重天的责任,苦苦求她一点儿信任。

可笑,可怜。

然而李青月毫不留情地推开了他。

"我不是!"她摇头,大声道,"我说了那不是我!我是李青月,我家住在玉梵山脚,我父亲姓李,母亲姓姜,我不是四灵仙尊!我不是!"

最后的希望便这样轻易破灭了。

白九思望着李青月良久,轻轻笑了一声,有自嘲,更多的是无奈:"事到如今,你还要执意装傻吗?"

李青月的声音中带着一丝愤怒:"一直在装傻的人是你!"她的眼神中带着一丝决绝,仿佛在试图摆脱这一切,"明明是你亲手杀了四灵仙尊,你还在这儿惺惺作态,一副夫妻情深、悔不当初的模样。就因为我长了这么一张像她的脸,你就迁怒于我,还将我娶回来,陪你演这种恶心至极的戏码!"

"不必再说了,也不必再演下去了。"白九思淡淡开口,声音恢复了往日的清冷。他扬手一挥,便化出浩大的灵力,瞬间,地面碎裂,大地轰鸣。

"青月小心!"张酸一把抓住李青月,将她拽开!

白九思的灵力所到之处一片焦黑,终于逼到了李青月和张酸身前,他微微收敛,却并未收手。他用眼睛死死盯着李青月,下了最后通牒:"最后一次机会,随我回去。"

刚才的温存和示弱仿佛一场大梦,这个手握众生性命的白九思才是他本来的模样。

"不。"没有半分犹豫,李青月痛恨地看着他,一字一顿道,"我宁愿死在这儿!"

于是,无尽的罡风自白九思体内溢出,他的白衫翻卷,目光阴暗。他这一式下去,即便是上神也要被打成半个废人,更何况是李青月一介凡人。

张酸见状,忙双手结印,将全部灵力灌注其中,孤注一掷:"役使雷霆,天地同根,广修亿劫,唯道独尊,出!"

执念撼动心脉,不久前才获得的灵力竟涌出了大半,张酸手掌中白光大盛,灵力化作冲天剑气,向白九思直劈而去。

巨大的灵力冲击,让白九思向后退了大步,他嘴角渗出一丝鲜血,半跪在地。李青月心中一惊,下意识上前一步。

张酸的声音中带着一丝焦急:"青月!走!"

白九思想站起身,却因伤重,呕出一大口血。

李青月看着白九思的模样,心中一痛,最终狠心别过头不再看。张酸抓起她的手,御风而起。他要带青月离开这里,哪怕明知没有希望,他也要奋力一试。

李青月挽住张酸,张酸的手便自然垂在李青月肩上,两人并肩相互扶持的模样让白九思一瞬恍惚,掌心白光闪动,目光却软了下来,无法再对二人出手。

正在白九思将要放弃时,一道劈天虹光横贯天际,笔直地击在张酸身上!

"大胆狂徒,擅闯丹霞境,岂能轻易离开!"

龙渊一剑将两人分开,逼得张酸与李青月从空中坠落,昏倒在地。

众弟子随后赶来。龙渊收剑,走到伤重的白九思面前,扶起了他。白九思看着晕倒在地仍被张酸护在怀中的李青月,久久不语。

地牢幽暗、森冷,李青月缩着身子,嘴角的血沫昭示她伤势极重,仿佛再这样被关押几日,无须他人处置,她自己便会悄无声息地死去。她轻声呼唤:"师兄……你没事吧?"

张酸就在她旁边,只是两人之间隔着一道无形的屏障。

张酸面色苍白,体内灵力虚耗,却佯装无事般摇头:"我没事,怪我法术不精,不能带你离开。"

"都是我连累了你。"李青月万分愧疚。

"不是你的错，是我心甘情愿。"张酸看着近在咫尺的李青月，目光愈暖，"炽阳果是给你用的吧？"

李青月很是惊讶，下意识点了点头。

"我就知道你在这九重天上过得不好，你是净云宗的人，我这个做师兄的，怎么能看着外人欺负你呢？"

李青月十分感动，正欲开口，却见张酸面色惨白，全身蜷缩成一团。

"师兄！"李青月捶打着屏障大吼。

张酸的五脏六腑仿佛都被撕咬，疼得他趴伏在地，无法站起。如今已是第十日，当初曲星蛮让他吞下了噬心蛊，已到了去找她要解药的日子。

"师兄，你怎么了？你说话啊！"

张酸看着李青月担忧的模样，想开口安慰她，却发现自己发不出一点儿声音，只能用尽最后一丝力气背过身去，不让李青月看到自己痛苦的模样。

"师兄！师兄！张酸！你说话！"李青月看着张酸忽然一动不动，心中异常恐慌，朝着虚空大喊："来人啊！来人啊！白九思！白九思！"

地牢里依旧只有他们二人。李青月撑在屏障上的手逐渐攥成拳头。忽然像想起了什么，她目光一亮，挽起衣袖，以灵力化为刀，狠狠地朝手臂割去。

藏雷殿的临渊阁内，阳光透过窗户洒在地上，显得格外温暖。离陌缓缓收回了给白九思输灵力疗伤的手。

"师尊，您伤重，本就需要静养，如今却一而再、再而三地出手，再这样下去，您的伤势真的好不了了！"

白九思沉默地垂眸，让人猜不透他的心思。

离陌叹了口气，朝白九思一拜："弟子今日要带红莲去玄天之上的瑶池，接下来几日还望师尊珍重身体，好生休养。"

"你去吧。"白九思目光无神，语气疲惫，似在思索什么。忽然，他眉头一皱，掀开自己的衣袖，手臂上逐渐浮现数道伤口。

李青月看着手腕上的数道血痕，咬牙继续用灵力划。一只手猛地攥住了她的手腕。李青月一回头，正对上白九思阴沉的面容。

"你在做什么?"白九思愤怒又痛心。

李青月顾不上太多,拉着白九思来到屏障前,指着另一边晕倒的张酸:"玄尊,您快去看看我师兄,他好像不太对劲。"

白九思的手蓦然收紧,眼中闪过一丝暴怒:"你自伤引我前来,就是为了他?"

李青月自顾自地哀求道:"玄尊,求你快找人看看我师兄,他的情况真的不太好!离陌仙君还在吗?能不能找他过来——"

白九思猛地伸手扼住李青月的下巴,将她抵在屏障上,几乎是咬牙切齿地发问:"你就如此关心他吗?你是不是忘了自己是谁的道侣?"

"玄尊,过去有什么让您不痛快的地方,都是我不对!您想让我做四灵仙尊的替身,那我就做!只要您能救救我师兄。"李青月红着眼眶,几乎抽噎着说道。

白九思被李青月的言语深深刺痛了,他扼着李青月下巴的手逐渐下移,放到李青月的脖颈上,一点点收紧:"有时候,我真想……杀了你。"

白九思猛地松开手,将李青月甩到一旁,抬手一指。李青月额间的同心符亮起,随即化作一阵烟,消失了。

"阿月,你永远都知道用什么法子最能惹我生气。"

李青月连滚带爬地过来,拉住白九思的衣摆:"玄尊,有什么错我都改,求求您,救救我师兄吧!"

白九思恢复了冷漠:"若要你一命才能换他一命呢?"

李青月愣了一瞬,随即咬牙点头。

白九思不由得冷笑:"那我就应你。"他毫不留情地从李青月手中抽出自己的衣摆,大步离开,"会有人来救他,至于我们,也是时候做个了结了!"

这场意外搅乱了原本就不算平静的藏雷殿众人。

白九思的伤口又渗出丝丝鲜血,但他并未在意,合眼入定。

"师尊,"龙渊毕恭毕敬地跪在地上,看到白九思袖子上的血迹,他的目光越发阴沉,"弟子已经替您昭告四海:明日午时,天姥峰顶,灭杀四灵仙尊!"

殿内是死一般的沉寂。白九思气息微微起伏两下,却并未开口。

"即便师尊要怪罪,弟子也要越俎代庖,做了此事。"龙渊重重叩首,只一拜，地上便印出一个不浅的血印。

血腥气让白九思入定的气息微动，他睁开眼，定定地向龙渊望去。

龙渊抬起头，毫不退缩地看着白九思，继续道："哪怕真如她所说，她不是四灵仙尊，只是一介凡人，那她诬陷师尊，勾结外人伤及师尊，此罪也容不得。"

一介凡人吗？白九思眯起眼睛。即便她不是四灵，也绝不只是一介凡人。濒死关头，她的眼神比她那同门师兄的不知坚定多少倍。

似看出白九思的犹疑，龙渊皱眉朗声道："她已经杀您一次了，您还要再给她机会，让她再杀您一次吗？师尊若不忍，明日可以不去。明日之后，这九天六界，四海八荒，再也没有能伤您的人了。"

世人皆知四灵仙尊与白九思为仇敌，却无人知晓，若是四灵仙尊真的不在了，白九思也活不长久。他们本就是天地间气韵所化的两股灵力，像太极图的阴阳鱼，相克相生。他的旧伤反复发作，不仅仅是因为寒麟匕首，更是因为阿月下落不明，不知是生是死。

李青月便是花如月，白九思心中已有九分认定。她大概还是要杀他的。但为了给众弟子一份交代，他心甘情愿赌上自己的性命。白九思勾起唇角，鲜少真心地笑了，他就要纠缠她，直到问出答案。

"不必，我亲自来。"白九思冷静地开口。

龙渊一愣，诧异地抬头看向白九思，只见他目光深沉，令人莫名恐惧。

"啪——"

归墟的冰层破裂，冰下似乎有巨兽轻轻翻动身体，躁动不安。

樊凌儿一双素手通红，似乎已经僵硬了，却仍紧紧贴着冰面。

"别急……"哈气已然不能温暖她，她的声音像对着冰层下的巨兽发出，更像在安慰自己，"就快了……"

冰下巨兽依旧翻滚着，动作很缓，不细看都看不出那微弱的躁动。

樊凌儿盯着那巨兽，慢慢合上双眼。她没有时间了。

突然，冰层裂开一寸，巨兽翻动身体，露出一寸银白色的蛇尾。

清晨，阳光洒满地面。

地牢的石门打开了，温暖的金光猛地刺入李青月的眼睛。她眉头微紧，清醒过来，用手挡住眼睛，手上的锁链沉重，发出沉闷的声响。

龙渊木着一张脸拖动那锁链，将李青月从地牢中拉扯出来。李青月踉跄着跟在龙渊身后，不发一言。

檐角风铃穿风响动，李青月抬头望一眼，只觉眼眶发酸，便下意识地低下了头。

风铃摇动，声音清脆悦耳。有风吹过，撩起轻柔的白纱，拂过桌案。偌大的寝殿依旧清冷，仿佛什么都不曾改变。白九思背对大门，负手立于寝殿内，看着李青月之前送他的衣服，若有所思。他已看了一整个晚上。

苍涂的声音从外面传来："玄尊，龙渊已将青月夫人押去天姥峰。"

见门内没有回答，苍涂提高音量，叩了叩门。

白九思阖眼片刻，拂衣起身。

无垠苍穹卷起云海，呈旋涡状，通向下方的撑天石柱。

天姥峰好似被众星环绕的孤岛，撑天石柱则如同定海神针，立于孤岛中央。

"这青月夫人当真是四灵仙尊？"

"都说四灵仙尊已经消失了三百年，沧海横流，物换星移，当年听闻她元神已灭，怎会突然出现，还出现在一个小小的净云宗内？"

"世事玄妙，不可尽信啊。"

…………

"噤声！天姥峰圣地，谁敢妄言！"

伴随着一声呵斥，众仙君随龙渊依次步入天姥峰，队伍中央重重铁锁符咒封印着一名女子。她垂着头，鲜血滴落在青石板上，一身青红的衣服如今已然分不清是脏旧所致还是血水干涸所致。

原本有些看热闹心态、还在碎碎念的小神官见此惨状，终于彻底安静下来。全场肃穆，只听得到李青月身上的铁链蹭着石板路发出的声响。

"龙渊将军。"

突然，有人开口，声音极亮，能听到回声一般，引得众人侧头望去。

"青月夫人是玄尊的道侣，不论她犯了什么错，该如何处置，都应由玄尊来决定，将军何必如此心急？"

苍涂从人群中走出，拦在龙渊面前，拿出白净的帕子，想要为李青月擦去脸上的血污。可他刚伸出手，便被龙渊强横地拦下。

"本座乃玄尊首座弟子，自然要帮师尊处理此等为难之事。"龙渊盯着苍涂，眉心拧起。

"哦？是吗？"苍涂淡淡反问道，"既然知道是连玄尊都为难之事，将军又为何僭越？"

这个老家伙，倒是会装好人，先前仗着师尊的宽容，已做出诸多令他不爽之事，没想到这关乎玄尊性命的大事上，他还敢来掺和一脚。龙渊心中极为不满。

周遭空气死一般沉寂，众人都盯着龙渊将军和这位在玄尊身边服侍多年的老人家。

按理说，无论武力还是名分，都该是龙渊将军占据上风，现却是苍涂的气场更胜。

他神态自若，终于将帕子递到李青月手中："夫人擦擦吧。"

李青月的手微微发抖，刚抬起，又受制于符咒和沉重的锁链，没接到那干净的帕子，再次无力地垂下。

天姥峰寒风阵阵，不待那白绢落地，便被山风吹得不知去向。

李青月抬头，望着那白绢消失的方向，无声地对苍涂道了一句谢。

"入阵！"

龙渊一声令下，众仙君再也不顾苍涂阻拦，将李青月缚于撑天石柱上，符咒和铁链攀着石柱环环缠绕，将李青月牢牢固定于其上。

"此女就算不是四灵，也有数罪可陈。"龙渊拿出一张恕罪书，一一念道："刺伤玄尊，恶意伤害藏雷殿内仙侍，勾结下界男子……"

有些罪名是"切实成立"，可更多的是子虚乌有。

群情激奋，年轻的小神官们惊讶于眼前这个弱女子的作为，同时嚷嚷起了："杀！杀！杀！"

无人再顾及真假，更无人愿意去听那些背后的所谓隐情。

李青月垂头。人声鼎沸，她则事不关己地哼起了一首小调，歌声微颤，节拍却很准。小调结束，李青月抬起头，听到天姥峰外的仙侍高喊："大成玄尊到！"

　　医官为张酸治疗之后，放下了一颗丹药："此药可暂时压制蛊虫，不过你体内的蛊虫乃凡间之物，极为阴邪刁钻，我只能压制，不能化解，可以等过几日离陌仙君归来，再行治疗。"

　　医官说完就转身离去。张酸靠在石壁上调息，目光看向一旁空空如也的牢室。

　　突然，慌乱的脚步声传来，凝烟慌慌张张地跑了进来。她发动法术，打开牢门。

　　"是你？"张酸的声音中带着一丝惊讶。

　　"快跟我走，再晚就来不及了。"凝烟边施法打开张酸身上的锁链边急急说道，"夫人被龙渊带走了。我听他们说，要将夫人送到天姥峰，用翻天印封印。那封印开动之前，须先由玄尊弟子结成法阵，之后要在被封者身上落下九九八十一道天雷才能完成。夫人是肉体凡胎，哪里经得住这种折腾，大阵一开，她就死定了。"

　　张酸脸色大变，脚下踉跄，差点儿跌倒。

　　"你没事吧？"凝烟回身扶住张酸。

　　"我没事，我们快走，去救青月！"张酸捂着胸口坚定地摇摇头。

　　撑天石柱上，李青月身上又添几道新伤。

　　白九思与李青月身处阵眼中央，除彼此外，无人能听到二人的交谈。

　　"还不对我说实话吗？"白九思看着李青月，"我说过，我只要一个答案。"

　　李青月究竟是不是四灵，他心中分明早有定论，偏要李青月自己说出口。

　　四目相对，李青月神色有些恍惚，她似乎想起了什么，又强迫自己稳下心神，微微一笑，道："好啊。"

　　白九思一怔，平静如水的眼眸微微荡开一层涟漪。

　　从未有任何凡人情绪的大成玄尊，此时此刻却像打翻了情绪的调色板，种种情绪显露无遗。

李青月眺望远方:"先前师父告诉我,天降机缘,一步登天未必是好事,如今看来,还真是如此。"

李青月看向白九思,缓缓一笑:"玄尊,重来一次,我定不会再对你下聘了。"

良久,白九思正要转身离去,李青月却叫住了他。

"玄尊。"李青月强逼自己站直身子,竭力维护自己所剩不多的尊严,与白九思相对。

白九思脚步顿在原地,不回头,也不催促李青月。就这样,他站了良久,才听到李青月缓声道:"等我死了,也许能在九幽黄泉见到四灵仙尊,你没有什么话要带给她吗?"

这话终于逼怒了白九思,他回身,目光如冰凌,似要将李青月钉在地上:"自然是告诉她,能再杀她一次,我很欣慰。"

白九思缓缓抬手,幻化出翻天印:"开始吧。"

话音刚落,坐落于天姥峰东、南、西、北角总共三十六道符咒同时飞起。符咒催动法阵,三十六道金光结成焚天神雷印,罩于上空,轰然落下。

远远地,白九思似对李青月说了什么,可她已然听不清,轰隆隆的雷声和黑暗震得她眼前发矇。

终于,天雷劈下,李青月倒在地上,口中喷出一口鲜血。她抬头看向白九思,他依旧高高在上,纤尘不染。

"你还是不肯说吗?"白九思掌心凝结法印,眼看便要引下一道天雷劈向李青月。

雷电闪烁着蓝色光芒,李青月慢慢垂下眼帘,似乎有些倦了,又似乎在等待什么。

白九思一遍遍逼问,可李青月耳中雷鸣阵阵,掩盖了一切多余的声响。

归墟。

极寒的冰雪冻了几尺厚。

"浩然无物,乾坤一气,丹霞赫冲,卫我九重!"

冰雪深处,一怪物的金色瞳仁豁然睁开,樊凌儿欣喜若狂,掌心结印拍向冰面。她的灵力渗透万年冰川，冰下闪动着金色光芒，大地轰轰作响。那瑰丽的金色瞳仁转了转，巨大的白色鳞片微微颤动两下，身体突然动了，它快速地在冰下游动，冰块层层碎裂，发出震天巨响。

整个归墟都在震颤。

樊凌儿遥遥望一眼天边，勾唇一笑："去吧。"

大地一寸寸碎裂，樊凌儿双手结印施法："逐日！"

逐日剑破空而来，一道赤色光芒划破天际，樊凌儿稳稳接住，御剑飞出归墟，飞向天姥峰。

下一瞬，那怪物冲出冰面，竟与李青月所斩杀的那白蛇一模一样！

"阿月，我再问你最后一次，你可愿坦诚相待？"白九思手指一抖，结印破开，法阵暂停，风云渐息，雷电渐收。

他恨她，恨了三百年，恨到不愿相信她神魂俱灭，在三界之中苦苦追索，恨到见不得她在凡间安宁，非要将她娶到九重天上来，与她纠缠不休。

他想看见李青月承认她自己就是阿月，然后与他争斗也好，相杀也好。

可是，她不承认。

每次试探李青月，他又何尝不是在试探自己的底线？然而事实是，他一次次打破自己的底线，李青月却不愿对他吐露半句真话。

他恨阿月恨了太久，恨到自己都忘记了初心，只是想再见到她。他仿佛忘了旧伤复发时的剧痛，又发誓要将自己的痛苦如数还给阿月，多么矛盾。

"真话吗……"李青月思量良久，"当年在小秋山见到你，我是欣喜的。"

白九思神色一僵，似乎有些动容。

见他这副样子，李青月勾起唇角："我入净云宗，修习仙术道法，也不求别的，只为有朝一日能见到你。"

"你……"白九思像紧张了，手指微微收拢，攥成一个空拳又松开，他不安地重复着这个动作，颤声发问，"若是小秋山初见，我便如此问你，你会诚心答我吗？"

他似乎后悔了，后悔自己没能早些挑破这真相。

当年与阿月决裂，他被寒麟匕首重伤，留下了永远的病根，而阿月因此被三界声讨，他不得不斩杀四灵的肉身，让她销声匿迹三百年。

"玄尊是不是误会了什么？"李青月看着白九思，忍不住笑了起来，"我并非四灵仙尊，更不是你口中的道侣阿月，我是李青月，净云宗李青月啊。"

闻言，白九思眉心狠狠拧了起来："你当真要如此冥顽不灵？"

李青月笑而不语。

外面的闷雷声再次响起，似乎在催促白九思尽快行刑。

"大成玄尊，"李青月扬眉，目光看向法阵外的众人，"下次说谎记得说得漂亮些，外面的人可是恨不得我死呢，你还说保我性命，有什么意思？"

白九思皱眉："你若肯承认你便是四灵，本尊现在就可以放过你。"

李青月又笑道："你是觉得，我很好骗？"

白九思的目光顿时犀利如刀，他手上再次结印，继续施法。

"青月！"

远远地，张酸飞身过来，奋力用剑劈砍白九思，想救出李青月："为何这般对她！我杀了你们！"

龙渊、苍涂等弟子都被这气势唬住了，一时间面面相觑，旋即又调整好状态，迅速聚齐，将张酸团团围住。

"大胆凡人，居然敢来送死！你可知你要救的那人是谁？"

白九思挥手止住雷阵法印，低头看一眼李青月，又看向张酸。

张酸冷眼注视众人，扫视一圈，目光落在白九思身上，却毫不畏缩："我今日不管对谁，都要说一句，李青月她是你们玄尊夫人前，先是我的师妹。"

闻言，白九思嗤笑一声，还未来得及反驳，龙渊已捏法诀袭向张酸，张酸亦提剑应对。几招之内，两人竟相较不下！

一黑一红两道剑芒不分彼此。白九思看着张酸的剑法，不由得凝眉，对苍涂道："提醒龙渊不要恋战。"

苍涂道："是。"

见到张酸，白九思总觉得自己忽略了什么，却又想不起来。

"滚开！"一时占了上风，张酸直冲白九思而来。他对付龙渊是尽了全力，一招一式都在搏命，加之萧靖山的内力护体，他领先一招半式也并非完全是巧合。

白九思抬手,一招击退了张酸,然后对龙渊淡淡道:"不必留情。"

众人一怔,苍涂也看向白九思,到底没敢多嘴。这个凡人,只能说他命数不好。他轻叹一声,正有些惋惜,脚下却传来隆隆巨响。苍涂愣住片刻,四下寻找声音来源,还未等他寻到,答案便已出现。

几丈之外的石柱旁,白色巨蟒自地底破土而出,大地崩裂,灵光乍现。

白蛇展开翅膀,硕大的巨翼遮天蔽日,它扭动脖颈,对着台下众仙发出惊天的嘶吼。

张酸一剑逼退龙渊,再次冲向李青月。无量碑广场上的樊交交飞身下场,张酸搏命一般,与他打得难分难解。

只见张酸祭出灵光剑气,冲向樊交交,却被龙渊困住了!突然,一道神光袭来,帮助张酸,震开了龙渊的攻势。

是樊凌儿手持逐日剑而来,目光凌厉如冰雪。

樊交交看到樊凌儿,一下愣住:"凌儿!"

天空中,一道闪电划过,乌云涌动,雷声轰鸣,山巅震颤,隐隐现出巨蟒的身影。忽然,它垂直而下,猛地砸到翻天印构造的结界上。刹那间,结界崩裂,灵光消散,整个法阵被巨蟒冲破了。

突发巨变,施法的仙兵被巨蟒吼声带出的声浪冲得四散着倒地。白九思口吐鲜血,被逼退到台阶之上的方台,身上凝聚的灵光瞬间消散,化作冲天的红光,其中一半进入李青月体内。

危急关头,白九思未做出任何反应,反而在白蛇现身那一刻回头看向李青月。

"阿月,"白九思这一声多少有些嘲弄,"竟真的是你。"

"仙尊!"樊凌儿从白蛇头顶将逐日剑掷出。

逐日剑带着赤红灵光,犹如火焰箭矢,飞向李青月。

"仙尊!接剑!"

李青月一扬手,握住逐日剑。逐日剑认出了主人,发出嗡鸣之声。李青月体内爆出无比耀眼的光芒,上通穹庐,下贯地府,震慑九重天。紧接着,李青月变了模样。她一身白袍银甲,手中握着逐日剑,慢慢转身,神色傲然,居高临下地注视着台下众人,目光犀利,睥睨九天。

净云宗的鸿蒙大殿正中的墙上挂着一幅古画。画中,一名白衣女子信步而去,只留背影。玄微闭目静心,正对着古画打坐。

突然,古画自底部开始燃烧。玄微猛地睁开双目看向古画,随后那古画如烟雾一般,瞬间消失!

天际乌云密布,随着一声雷鸣,乌云缓缓散开,露出一线日光。紧接着,日光越来越亮,直到天际满是霞光,耀眼异常。

紫阳望向天空,神色凛然。

果然,随着流光一闪,玄微出现在升仙台上!

"师叔?"紫阳对玄微行礼。

玄微颔首,目光望向九重天上,朗声道:"鸣钟。"

"是!"紫阳施了一道仙法,重重击响古钟。

铛——

钟鸣响亮,极为悠长。山内各处弟子神色一变,纷纷化作一缕光芒飞离。

净云宗所有长老弟子齐聚升仙台。

玄微率领一众长老站在上方,周同、段千秋、宫良羽等弟子站在前方。方材手持扫把外侧,石枫拿着盛饭的铁勺站在方材身后,门中原本籍籍无名的弟子们都挺直脊背站在一处,气势与往昔完全不同。

吕素冠、上官日月等弟子赶来时,看着已经站好的弟子们,有些震惊。紫阳正扫视众人,吕素冠等人一惊,连忙过去站好。

"云篆太虚,是师祖召唤。"玄微望着天际,"我净云宗蛰伏百年,只待此刻!"

净云宗弟子们皆站好,眼中涌动着莫名的情绪,既紧张,又慷慨激昂。潜藏在他们体内的能量,即将冲破束缚!

"诸位弟子!"玄微举剑。

众弟子齐声呼应:"在!"

"随我一同杀入众仙之境!"

剑光直指九霄,众人声浪犹如海水:"是!"

玄微等长老与知情弟子们皆化作一缕金光飞升而上,穿云破雾,直冲九天!

一时间,升仙台上只剩下青阳长老和吕素冠、蒋辩几个不知情的弟子。几人面面相觑,满是疑惑。

蒋辩眉头紧锁,仰头望天:"他们刚才说要杀去……哪儿?"

"众仙之境?"余下众人一脸困惑,抬头望向天际。

"四灵仙尊?!"

"真的是四灵仙尊!"

"四灵仙尊没死!……"

众仙君愣了良久,才有人认出李青月的真身,随后惊恐的、不安的、焦躁的声音充斥入耳,满是九天诸神对这位四灵仙尊的惧意。

纷乱的声音中,唯张酸一声"青月"压抑着欣喜与无奈。

李青月慢慢转身,看向白九思。

而白九思看着李青月,扬唇笑了,像千百年前他无数次唤她名字一般,白九思轻声道:"阿月。"

李青月沉默一瞬,以逐日剑直指白九思。

白九思一怔,还未做出反应,下方"诛杀玄尊!"的喊声已然震天。玄微、紫阳带净云宗众弟子于九重天下聚集,喊杀声震天。

"玄尊,"龙渊皱眉看向白九思,"我去看看。"

白九思点头,目光始终落在李青月身上:"净云宗原是你为杀我而成立的宗门?"

李青月并未否认,只淡淡地看着白九思,将逐日剑抬高半寸。

"樊凌儿是你的人,从一开始你与她相斗,到后来逼我将她送入归墟,都是你早已谋划好的。"白九思语气异常平静,他像在陈述事实,却到底因为心中有所希冀,多问了两个字,"对吗?"

李青月一笑,逐日剑已刺向白九思。她举剑的同时,白九思掌心亦凝结着淡淡白光,就在李青月刺来的瞬间,白九思那白色灵光裹挟着李青月一同卷入虚空。

"人多眼杂,我不想他们扰了你我重逢。"白九思气息不稳,语气却是久违的轻松和调侃。

可下一瞬，逐日剑尖刺穿白九思的旧伤，鲜血浸透了白衫。李青月提剑又要刺向白九思，突听白九思闷笑一声。

"你倒狠心。"白九思的声音带着轻微的战栗，"只可惜你杀不死我。"

李青月皱眉，一瞬间便明白了白九思的意思，冷声道："少用什么'相生相克'来唬我！"

白九思低声喘息片刻，勾起唇角："你心里应该清楚，我说的都是真的。"

李青月挥袖，逐日剑化作一抹凌厉的剑光率先飞出，刺向白九思。白九思毫不躲闪，任逐日剑再次贯穿旧伤，血肉模糊。

"你看，这样都杀不死我……"白九思轻描淡写道，"不过，我可以送你一个杀死我的法子。"他上前几步，逼近李青月，似乎全然不顾逐日剑仍插在他心口，"作为交换，你再回答我一个问题就好。"

"为何这么恨我？"白九思直视李青月的栗色双瞳，"我只要一个答案。"

"别动！再上前一步，我立刻杀了你。"

逐日剑隔在二人中间，白九思无所谓地笑笑，又上前一步道："我不明白。"他盯着李青月，似乎想将她看穿。

他不明白，李青月何至于与他纠缠不休，何至于心狠至此。

"你几次伤我，甚至杀我，我都不计较，你心中究竟还有什么仇怨是化不开的？"

剑尖又进一寸，李青月握剑的手微微发抖，她盯着白九思："我说过，你我仇怨至死方休。"

白九思皱眉凝视李青月："哪怕是与我同归于尽？"

时隔百年，两人对视，李青月的眼中再无半分爱意。

"同归于尽也好，"李青月顿了顿，稳住心神，"只要你死了，这事儿便算是结了。"

听到这句话，白九思苦笑一声，没再去劝说李青月，而是轻轻合上双眼，全然一副放下戒备等死的状态。他心知阿月杀不死他，既然如此，多让她几刀时间泄愤，再逼她说出当年的实情也无不可。

可没想到，李青月抬起右手，手中绽放金光，直冲天际。那金光如游蛇般游走，注入翻天印中，印章上的经文逐渐发亮。

白九思的目光凝滞在上方的梵文中。良久，他终于有了反应，先是难以置信，而后是盛怒！

"你为了杀我，竟然真的不惜动用翻天印与我同归于尽？！"

李青月不看白九思，双手一合："原始安镇，落！"

翻天印振动不止，发出轰鸣，印章上的咒文渐渐飘起，飞落而下。

就在翻天印即将把两人扣住时，白九思蓦然上前，一把抓过李青月，吻了上去。

这一吻其实更像咬，鲜血催动符文亮起凛凛金光，而相拥的两人被金光一点点覆盖。

"啪嗒。"

翻天印悄然落下，以翻天印为中心向外散发出巨大的灵力光波。

天姥峰上已然寻不见白九思和李青月的踪迹。

天空碧蓝如洗，两道灵光缠绕着飞速向下坠落。

松鹤县的鸿蒙神庙前一片喜庆的景象。众百姓站在道路两边，不时地向远处张望着，脸上皆是喜悦的笑容。

一个孩童扯了扯母亲的衣角，指着天边："阿娘，你看，那是什么？"

母亲顺着孩童手指的方向望向天空，目露疑惑。

两道流光划过天际，转眼便不见踪影。

满地枫叶，入目皆红。李青月晕倒在地，一身狼藉。不知过了多久，她缓缓睁开双眼，挣扎着支撑起上半身，茫然地望向四周。远处传来一阵阵唢呐声响，似有迎亲队伍经过。那是一支迎亲的曲调。

富庶的小城里，街上人来人往，热闹非常。李青月走在街上，衣衫破损，隐有血污。过往行人皆避让，诧异地观望她。

前方，唢呐手喜庆地朝天吹着唢呐，身后跟着一众迎亲队伍。林凡身着新郎装束坐在马上，意气风发。

李青月看着迎亲队经过，不知怎的跟在后面。

迎亲队伍吹吹打打一路前行,最终在鸿蒙神庙前停了下来。早早等候在此的百姓们纷纷迎了上来。

"林先生,恭喜了!"

"恭喜恭喜!"

…………

林凡拱手回礼:"多谢!"而后翻身下马走到轿门前,伸出手来:"娘子,我们到了!"

一只手从轿子里伸了出来,放在林凡手中。时画盖着红盖头从轿中走了出来。百姓们簇拥着一对新人进入鸿蒙神庙。

"一拜天地!"

跟在迎亲队伍身后的李青月神情一滞,目露悲伤,似乎被勾起了无限回忆。

天地尚是一片混沌之时,鸿蒙神主便孕化出了两缕真气,一清一浊,一阴一阳,一冷一热,那便是大成玄尊与四灵仙尊。他们与天地同生,与日月同寿。这方天地存在多久,他们便斗了多久。过往的千万年来,他们斗得旗鼓相当、难分胜负。

后来,为了方便打架,他们修成人形。化作人形后第一次打架,花如月就掰断了白九思的胳膊,白九思则毫不留情地剃光了她心爱的秀发。再后来,天宫逐渐热闹起来,神仙们自占封地。花如月划下极南之地的丹霞境,白九思就去了极北的天姥峰,虽然他们地处一南一北,但仍通勤打架,搅得整个天宫都不得安宁。二人论辈分,可称得上天宫中诸位仙君的师祖,可偏偏行为像初入世事的毛头孩子。天界一众神官头疼不已,如何处理花如月与白九思的关系一度成为众仙君开会时的老大难。

有仙君认为,他们二人是天地生、天地养,没有父母教诲才会引发此种境况,便想要给二人开学授课,可思来想去,没有合适的老师,只好作罢。有人提议给他们找些事情做,让白九思掌管日升日落,花如月掌管月升月落,这样两人日日忙碌,也就没时间打架了。不承想,从此往后,日月常相伴共生不说,甚至有一次,白九思搞出了十个太阳,被花如月下凡射下了九个。当花如月的弓箭对准第十个太阳时,天帝坐不住了,亲自下场求情,免了两人的工作,又好生安抚、赔罪,才算解决了这场闹剧。

此后千百年,花如月与白九思安心在天界打架,再无人敢想花样阻拦。

二人打了千年万年,怎能寄希望于一朝一夕就和好?众仙君想清楚后彻底绝望了,就在他们认为再无转机时,不知为何,白九思自愿下凡,去体验凡人的生活。

白九思要走,花如月也就好办了,无须众仙君劝说,她便跟着白九思一起下了凡界。

在天上打是打,在地上打也是打,多轮换些地方,好歹能让天上、地下都有轮番休养生息的机会,不至于将一边打得太秃,这对所有人而言已是天大的好事。可众仙君不曾想到,或许就连白九思和花如月都未曾想到,他们到凡间后,这一切就发生了翻天覆地的变化。

小秋山山谷苍翠,流水潺潺。一只鹮鸟自远处飞来,身形硕大,通体赤黑,两首四足。随后,一道剑光劈来,正是花如月手持逐日剑飞速追来。

"孽畜,站住!"

鹮鸟发出一声鸣叫,闪躲开来,飞速向前逃去。花如月刚要追去,只见一道白光横空出现,与自己扭打在一处。

片刻过后,灵光一闪,白九思现身。花如月一剑向白九思刺来。白九思没有闪躲,反而用一枝花抵住剑尖。花如月猛然愣住,随后警惕地望着白九思:"这是什么?"

"这是花!"白九思展颜一笑,"打腻了,想换个方式与你相处。"

唢呐吹得震天响。花轿落下,花如月被喜婆搀扶着下了轿子,透过低垂的盖头,花如月看到了白九思伸出的手。

两人牵手入了庙内,跪在鸿蒙神主神像前。

"一拜天地,夫妻恩爱两不疑。二拜高堂,佳偶天成结连理。夫妻对拜,白头偕老,永不分离。"

拜完堂,入了洞房,白九思掀开花如月的盖头。花如月微怔,羞涩地看向白九思。烛火阑珊,继而昏黄一片,渐渐将白九思的笑颜模糊。

"阿月……"白九思轻声呼唤。

记忆里的声音在耳边响起:"阿月——"
李青月眼角湿润。
阳光刺眼,碧空如洗。
李青月恍然觉得自己似乎做了一个很长的梦,梦中的故事已然模糊,可她觉得这是个美梦。
三百年来,她的第一个美梦。
李青月一怔,缓缓转过头去,见白九思正站在不远处。日光笼罩着白九思,使得他整个人都散发着耀眼的光辉。李青月看着白九思,眼中再度涌上恨意。不知逐日剑落在何处,身边没有任何利器,就连一块像样的石头都没有,李青月气势汹汹地找了一圈,愣是没找到一样顺手的武器。
"你可真是难杀!"李青月再度调动灵力,忽然面色一白,昏厥过去。
白九思一惊,大步上前,一把将李青月抱入怀中。

日光穿透窗扇,照射在李青月紧闭的双眼上。忽然,睫毛轻颤,李青月缓缓睁开眼,又慢慢起身,靠坐在床头。她警惕地打量着四周。
吱呀一声,门被推开了,白九思端着托盘走了进来。
"醒了?"似觉得阳光刺眼,白九思眯起眼睛问李青月,"幻境中见到什么了?"
催动翻天印,会短暂进入印内虚空幻境,通俗点儿说,就是做梦。与梦境相同的是,旁人看不见幻境内的一切;与梦境又有些不同的是,幻境里的一切是真实的过去。
"不说?"白九思轻抿了下唇,似有些期待,"看这地方又破又旧也知道,翻天印读了你的记忆,找到出路前,我们有的是时间。"
"少废话!"李青月夺过盘中的碗摔在地上,拿起碎瓷贴着白九思的脖颈。
白九思勾唇一笑,趁李青月不注意,夺过她手中的碎瓷,丢了出去。
"寒麟匕首和逐日剑都杀不死我,你觉得这一块破瓷片有什么独特之处?"

被嘲讽得有些烦躁，李青月想都没想，一拳招呼过去。

打完这一拳，两人都愣了，不待李青月反应，白九思快速调息，用仅剩的力气毫不留情地踢了李青月一脚。仗着对彼此的"了解"，双方互不相让，就这样赤手空拳比画了半天，终于双双挂彩，累得不能再动，这才停止打斗。

"堂堂大成玄尊竟然打女人，算什么男人！"李青月怒气冲冲，丝毫没意识到自己此刻的行径何等幼稚。

"要你命之人，你会在意他是男是女？"白九思毫不相让。

"嘀，是我忘了，"李青月冷哼一声，嘲讽道，"在大成玄尊心里，该是众生平等，哪来的男女之别！"

白九思欲言又止，扯扯嘴角没再搭话，起身向门外走去。

"你干什么去？"李青月抢先一步拦在白九思面前，也因此先看到了门外的景色——

茅屋简陋，却难掩昔日的温馨。小径两侧杂草丛生处原应是鲜花不尽，门房的柴火已然因受潮而腐朽，破旧的木门受不住岁月的侵袭，只剩下小半边摇摇欲坠，篱笆围栏上枯萎的藤蔓缠绕……

门前，牌匾上的字已模糊不清，可李青月和白九思都心知那块木板上原先刻的是什么。

李青月回头，对上白九思的目光，两人同时陷入死寂。

这里是松鹤县，他们第一次以凡人身份入世时生活的地方。

而他们在这里留下的回忆，比起留在小秋山、藏雷殿的更多。

白九思看向李青月："我们第一次入世，便是落户在松鹤县。说起来，我们离开没几日。上次来松鹤县抓红莲时，我以为你会忍不住同我摊牌，却没想到原来你故意暴露自己夺回的离火之术，就是为了今日用翻天印。"

李青月目露怀疑，看向白九思："你的意思是你一直都知道？"

"阿月，你忘了，我说过，我不会认错自己的妻子。"白九思深深凝视李青月，"我知道你是你，一直都是你。过去的种种试探，不过是想听你一句实话罢了。"

李青月冷笑一声："你以为我会信你？"

"重伤引我下凡，然后要我娶你，接近我，救白蛇，夺法力……激怒我，使我用翻天印，最后逆转翻天印，给我致命一击。阿月，你就没想过，你做的这一切为何如此顺利吗？"

李青月有几分愣怔。

"那是因为我在配合你。"白九思音色沉沉，听不出喜怒，"很不巧，翻天印读的似乎是我的记忆。"

李青月沉默半晌，终于忍不住，问道："什么意思？"

见李青月当真不知，白九思故意挑眉逗她："翻天印在你手中，你却问我是什么意思。"

李青月又沉默了。翻天印如何使用，她怎会不知？可是白九思那一吻不知改变了什么，现在的情况，她确实不明所以。

白九思看李青月的样子，觉得有些好笑，便勾了勾唇，没有笑出声，只淡淡解释道："翻天印本作用于虚空，被封印者会深陷往事和回忆中，逐渐被时空遗忘。可以血强行催动符印，撕碎虚空。"

剩下的话不必白九思讲，李青月也明白了。虚空被撕碎，翻天印便只能找一处现实中最近似幻境的地方安置他们。所以，它选择了这里。

李青月抬头瞄一眼白九思，心中庆幸，还好没对他说，自己梦中的幻境也是此处。

"三百年，阿月，"白九思目光澄澈，阳光下浅浅的眼眸像两颗透亮的宝石，"终于又见面了。"

这一声不似感慨的感慨，戳中了两人的心事。

第十二章
罗浮梦

四百年前的松鹤县有一对郎才女貌的小夫妻,妻子美貌、爽朗,丈夫儒雅、端正,任谁看了都要夸赞他们是神仙眷侣。

阳光洒在青石板路上,一片花瓣随风飘起,掠过山林小径,穿过熙熙攘攘的人群,最终掉落在栖迟斋门前。八岁的孟池抬起头,好奇地望向牌匾,眼中满是新奇。

"阿爹,这里好漂亮啊,这就是你要上工的地方吗?"孟池的声音中带着一丝兴奋,仿佛对眼前的一切都充满了好奇。

孟启蹲了下来,将孟池皱了的衣角整理板正,脸上带着一丝温柔:"对,就是这里。池儿还记不记得阿爹和你说过什么?"

孟池略微思量,认真地回答:"要勤快,不能乱跑,要听阿爹的话,跟紧阿爹!"

孟启轻轻拍了拍孟池的肩膀,眼中满是欣慰:"池儿真乖。"然后,他起身,重新牵起孟池的手,叩响了大门。

大门缓缓打开,管家站在门前,目光中带着一丝审视:"你是?"

"吴管家好,小人名叫孟启,是来为府上画房梁的。"孟启连忙从怀中掏出一封信,递给管家,声音中带着一丝恭敬,"这是账房刘先生给我写的荐书。"

管家接过信,一边看信,一边瞟了孟池一眼,微微点头:"进来吧。"

孟启喜出望外,连忙道谢:"哎!谢谢您!谢谢!"

他拍了拍孟池。孟池连忙深深鞠了一躬:"谢谢管家伯伯。"

管家并未答,转身进了院子,父子二人连忙跟上。大门缓缓关上,将外界的喧嚣隔绝在外。

栖迟斋内，花木深深，曲径通幽，一片宁静、祥和。管家带着父子二人穿梭在院中。小路前方，杨嫂带着小孙女正匆忙走过来。

管家停下脚步："杨嫂？匆匆忙忙的，是要去哪儿？"

杨嫂连忙解释："我是来给夫人磕头的。夫人给我的神药，救了我这小孙女的命！千春堂的祝大夫和宝仁堂的张大夫都说没救了，但夫人给的一丸药下去就见效了，这才几日，我孙女就退了烧，能吃能喝、活蹦乱跳了，这不是神药嘛。"

管家微微皱眉，声音中带着一丝不悦："什么神药不神药的，你可不要出去乱说，再惹得一群人来咱们门前求药。被主人知道了，小心把你赶出去。"

杨嫂连忙点头："哎哎，我明白。"

管家微微点头："夫人外出访友了，走了好几天，不知道什么时候回来。再说，她也不喜欢这些。你若真想磕头，对着内院磕个头就是了。"

说完，管家带着孟池父子继续向前走。孟池好奇地回头望去。

杨嫂与小孙女规矩地跪好，对着内院的方向重重地磕头，脸上带着一丝感激。

下人院子干净整洁，寂静无声。孟池父子已经住在府中一些时日了。因着识得几个字，孟池成了西园书楼归置书画的小厮。

这一日，孟池在院中晒书，被一道灵活的身影吸引了注意力。

一只漂亮的小狗站在院中，孟池被小狗吸引了，慢慢走过去，蹲了下来："小狗，过来！"

小狗一歪头，转身跑开了。孟池一路跟着小跑，跑出了院子。最后，小狗停在一片花丛间。孟池低声念叨着，缓缓靠近小狗，猛地一扑！

小狗跑了两三步，身上灵光一闪，化作一只小鸟飞走了。孟池惊讶地坐在地上，眼中满是不可思议。

小鸟低空掠过栖迟斋院落小径，飞向主人院落，落地一瞬化作花如月。

花如月坐在桌边，倒了杯茶刚要喝，便见一缕白光卷着茶杯飞入白九思手中。

白九思坐在不远处的回廊旁，举杯示意："多谢。"

花如月愤愤不平："你还舍得回来？当初说好一起下凡度情劫，可如今凡也下了，亲也成了，度劫之事却是毫无进展。"

白九思微微一笑："等再过些日子，我忙完外面铺子的事就回来陪你。"

花如月微微皱眉："整天在外面忙着开铺子赚钱，也不知道你一个神仙怎么就这么沉迷于凡间的经商之术。"

白九思微微一笑："你我既来人间度劫，就要遵循凡人规矩，不能轻易动用术法插手凡间因果，我要是不出去赚些银子，该怎么养活你？今日送街边乞丐几锭银子，明日又赏给仆人几丸丹药，这家迟早被你挥霍一空。"

花如月微微一笑，有些讪讪："你都知道了？"

白九思身形一闪，坐到花如月身边，轻轻点着她的额头："就你这些小动作，还想瞒过我？"

花如月微微一笑："杨嫂的小孙女你也是见过的，乖巧聪明，玉雪可爱，若是就这样病死了，该多可惜！"

"天生万物，因果循环，各人皆有各人的命数。你又何苦为了他们，而将自己置于两难境地？"白九思说这番话，全然一副上神姿态。

花如月有些不屑："满嘴的大道理。说白了，你还不是怕干预人间的事，引来玄天使者？"

白九思拿起桌上的果子咬了一口："你可别忘了，我同你下凡是来历劫的，不是陪你来大发善心的。别怪我丑话说在前头，你若真是引来了玄天使者，我可帮不了你。"

花如月微微皱眉："对了，今天府里新来了个孩子，呆兮兮的，看着就不机灵，我变成小狗还吓了他一跳呢！"

白九思没有搭话。花如月悄悄打量着他，声音中带着一丝期待："你说，孩子那么可爱，不如我们也生一个吧，没准有了孩子，就能顺利度过情劫了。"

"毫无兴趣。"白九思离去。

花如月看着他的背影，愤愤不语。

夜幕降临，栖迟斋的卧房中，花如月睡得香甜。月光透过窗棂洒在她的脸上，显得格外宁静。白九思轻轻为她盖上被子，眼神中带着一丝温柔和深沉。

九重天的文宣宫内,灯火通明。瑜琊仙君喝得醉醺醺的,打了一个酒嗝,喷在白九思脸上。白九思嫌弃地皱眉挥手。

"大成玄尊来,就是为了问生孩子的事?"瑜琊仙君醉醺醺地说道,"恕本君直言,还是……还是算了吧。这神仙孕育孩子,是要以自身精气温养的。您正和四灵仙尊下凡度劫,若是这时候怀了孩子,孩子吸收精气,母体便会虚弱。如此,四灵仙尊的情劫怕是更难度过了。"

白九思微微沉吟,眉心微皱。

瑜琊仙君继续说道:"所以,还是等度劫完成后再考虑这事儿吧。"

阳光洒在栖迟斋的花园中,一片生机勃勃。孟池正拿着小笼子捕捉蝈蝈。蝈蝈灵巧地跳走,孟池扑了个空,一头撞在树干上,痛得蹲在地上捂着额头。

"好痛!"

花如月戏谑的声音从一旁传来:"你这小孩,还真是够笨的。"

孟池抬起头,只见花如月捏着蝈蝈站在他面前。

花如月伸出手:"笼子给我。"

孟池乖乖递上笼子。花如月将蝈蝈丢进笼子里,盘膝坐在孟池面前,声音中带着一丝温和:"这蝈蝈是什么品种?看起来还挺厉害的。"

孟池十分骄傲:"我阿爹说了,这是黑铁蝈蝈,又叫铁皮蝈蝈,个大翅长,打架可威风了!"

花如月微微一笑:"这算什么。我告诉你啊,打架就要选金色的蝈蝈。"

孟池微微一愣:"金色?"

"对!金色的蝈蝈可稀有了,一般生长在北方,蓝脸红牙,脖颈褐黄,黄腿黄肚黄须,还有金黄的翅膀。"花如月一脸认真地介绍,"最厉害的金蝈蝈叫金云大仙,是从太行山飞升成仙的。"

孟池眼中满是向往:"世上还真有神仙?这神仙还是蝈蝈变的?!"

花如月宠溺地拍了拍孟池的脑袋:"傻子!才不是所有神仙都是蝈蝈变的!"

"你在这府中是做什么的?"花如月问小孟池。

"当小厮,不过没什么事情做。"孟池认认真真地答道,"我爹是画房梁的!这府里好看的房梁都是他画的!"

孟池提起爹爹万分自豪，可是转瞬间神情就暗淡下去："可惜我天生不能辨色，不能同爹一样。"

"谁说画画就一定要会辨色？"花如月双手叉腰，"辨色不一定要通过视觉，也可以通过嗅觉。"

"嗅觉？"

"这世上的生灵都有一种能力，那就是以一己之存在，而与万事万物相通。人有六识——眼、耳、鼻、舌、身、意，你只有一识受损，但是只要通过自身的努力，也是可以弥补的。"

花如月拔出一棵小草，举到孟池面前："闻闻。"

孟池乖乖地凑上前去闻了闻："涩涩的，凉凉的，有一种淡淡的清香。"

"对，就是清香。这种淡淡的清香就是绿色。野草从岩缝钻出，翠竹立于寒风中，它们都生生不息、坚韧不拔，因此，绿色是代表生机的颜色。"

孟池微微歪头："那你最喜欢什么颜色？"

"我啊，我最喜欢金色。"花如月仰面望向天空，缓缓闭上了眼睛，"跟着我学。"

孟池学着她的姿势也仰面望向天空。

"阳光的味道，暖暖的，柔柔的，是灿烂的金色。"花如月郑重道，"长夜漫漫，唯日可明。金色，便是希望。"

栖迟斋大门外，一驾马车停在门前，孟池一身小厮打扮站在马车旁，低头弯腰。

花如月缓步走来，管家和丫鬟一左一右跟在她后面。

孟池躬身行礼，伸出手臂："请夫人上马。"

花如月扶住孟池的手臂，跨上了马车。孟池微微偏头，瞧瞧抬眼望去，只见花如月的侧颜。

孟池微微一愣："你是……"

管家站在一旁，神色严肃："主人面前，不得多言。"

花如月等人上了马车。车夫一甩车鞭："驾！"马车便缓缓驶离栖迟斋。

马车停在街道边,孟池站在一旁等候,目光看向街道对面的脂粉铺子。

不一会儿,花如月从脂粉铺子里走出,管家与丫鬟捧着匣子跟在她身后。

突然,街道远处一阵骚乱,一辆马车横冲直撞而来。车夫站在马车上努力驭马却毫无作用,只得大叫:"闪开!都闪开!"

马车一路撞翻了菜摊,菜叶四处飘落,百姓们尖叫着躲避。

眼看着马车快要接近,花如月看向马车,目光淡然,丝毫不惊,手里暗中捏诀。

孟池紧张地大喊:"小心!"他猛冲过来,一把推开花如月。下一刻,孟池惨叫一声,被马车撞倒了,沉重的马车碾过他的双腿绝尘而去。孟池躺在地上,鲜血从他的身上不断流出,染红了周围的青石板。

花如月隔着人群静静地看着孟池,眼中闪过一丝不解,又似乎有几分触动。

栖迟斋的下人院中,房门大开,丫鬟端着一盆血水匆忙走出。地上遍布染血的纱布。孟池躺在床上昏迷,衣衫被褥尽是血污。大夫正站在一旁救治。孟启在旁边来回踱步,想要上前询问却又不怕打扰到大夫,只得独自焦急。

正在忙碌的大夫突然停下动作,长叹一声。

孟启急忙上前:"大夫,我儿子怎么样了?"

大夫擦了擦额上的汗水:"车轮碾碎了腿骨,他失血过多,已经没的救了。"

花如月站在院中,看着大夫走出来,眉心微皱。屋内传出孟启的哭声。花如月微微一愣,抬头看向屋内。她微微沉吟,指尖灵光一点,一缕不易察觉的光芒注入屋内孟启脑中。孟启眼睛一闭,晕了过去。

花如月让下人将孟启抬走照料,自己进了屋子,转身关上房门,屋内只剩下花如月与孟池两人。花如月目光坚定,上前几步,手指结印,源源不断的灵力注入孟池体内。

孟池的脸色逐渐好转,眼睑微微颤动。蒙眬中,他仿佛看见花如月站在床边,双手之间金光大盛。

庭院深深,孟池拎着扫把正在清扫庭院中的落叶与尘土。下人们端着托盘经过,看见孟池,不禁交头接耳,议论纷纷。

"你们看,小松说得果然没错,他真的活过来了!"

"怎么可能!我那日是亲眼看见的,他腿都断了,怎么还能完好无损地在这儿打扫院子?"

"听说咱们夫人进去一趟,他便不药而愈了,你说,是不是夫人用了什么法子救了他?"

栖迟斋的主人院落中,花如月脸色苍白地躺在床边。

白九思阴沉着脸喂她喝药:"你明明知道动用法术篡改凡人命数是会遭到反噬的,为何还要救那个孩子?"

花如月立刻举起手来:"我发誓,这真的是最后一次。我以后绝对不会再随意动用法术了。"

"你我生而为神,享无尽岁月,凡人一生须臾几十载,在你我眼中不过弹指之间,又和那些花鸟鱼虫、蝼蚁蜉蝣有什么区别?难道你在路上见到一只将死的蚂蚁也会出手援救吗?"

花如月沉默不语。

白九思意识到自己的语气过于严厉,想了想,又舀了一勺汤药喂给花如月:"我并非不近人情,只是你得先保护好自己,再去救别人。"

花如月乖顺地喝下药:"你就别生气了,不就是吐了点儿血嘛,我喝了药,很快就会好起来的。"

白九思瞪她一眼:"那是我用法阵遮掩了你的神力,不然,你早就被玄天使者抓去关在囚仙台了。"

"我就知道玄尊大人最是重情重义、怜悯弱小,定不会见死不救的。"花如月的语气中有几分撒娇的意味。

"因为孟池的事,现在外面流言四起,说我们院子出了怪事,是妖邪之术作祟。"白九思冷哼一声,"反正最近一段时间我们也出不了门。不就是度个劫吗,从今日起,我们整日形影不离,专心度劫。我就不信,区区一个情劫,还能困住你我!"

栖尺斋中的岁月,快速得让人恍惚。转眼间二十年已过,孟池从当年的孩童长成了一个沉稳持重的中年人。他的身子已经不再年轻，岁月在他脸上留下了痕迹。

"你在府中待了有十几年了吧？"花如月缓缓走来，手中拿着一袋子钱。

孟池停下手中的活计，躬身回答道："回夫人，是二十二年整。"

花如月依旧是当年的模样，丝毫不曾改变："我记得你刚来的时候还不及我肩高，如今你的儿子都快有我高了。"

孟池微微一笑："是啊，怀瑜正在长身体，最近蹿得可快了。"

花如月将钱袋递给孟池："那可真好。怀瑜是个好学的孩子，不能留在府中平白耽误了前程。这些钱你拿去，在外面买个宅子，再给他寻个好的学堂。我相信，凭借怀瑜的资质，将来定能功成名就。你也无须忧心生活，安心养老便是。"

孟池一愣，而后猛地跪了下来："夫人好意，孟池心领。只是自从夫人救下孟池那日起，我这条命便是夫人的了。孟池曾在鸿蒙神主神像前立下誓言，要照料夫人一生，忠心侍主，绝不背弃。"

花如月却转身离开："我很好，没什么需要你照料的。如今你我主仆缘分已尽，你便不必再留了。"

日落月升，栖迟斋的院落中，孟池如一尊雕像一般，跪在院子内一动不动。

眼前一阵阵地发黑，孟池只好紧紧盯着眼前的青石板，逼着自己集中精神，再坚持多一会儿。不知过了多久，石板地上出现一双精巧的绣鞋。他微微一愣，有些欣喜地抬起头来。

花如月站在他面前，手中拿着一串钥匙。

时光荏苒，垂垂老矣的孟池拎着钥匙、拄着拐杖走在小径上，身后跟着两个年轻的下人。

"主人素爱清静，你们平日做完事便留在自己院内，不要随意走动，尤其是不能进出主人的院子。"

孟池微微咳嗽两声，继续说道："主人冬日喜食红薯，因此后院那片红薯田千万要细心照料，按时浇水施肥，万不可有一日懈怠。"

"听说孟管家的小孙子是当官的,管家为何还要在这儿为人仆役,供人驱使?离开这里去享受荣华富贵、天伦之乐岂不更好?"新到的下人好奇地问道。

孟池微微一笑,未曾理会,继续说着规矩:"主人不喜乱嚼舌根之人,我亦不喜。你们须记得,在这里,少说话多做事。"

"管家,你的家书。"远处有年轻仆从举着一封信向孟池走来。

夜色幽深,烛火明亮。花如月坐在梳妆台前,白九思正在为她取钗梳发,两人依旧如胶似漆。门外响起拐杖落地声和脚步声,两人一同望去。

门扇上映出孟池佝偻的影子。

白九思微微皱眉,声音中带着一丝不悦:"这么晚了,还有何事?"。

花如月拍了拍白九思的手以示安抚,走上前去拉开门。

孟池正在门前踟蹰,一见花如月出门,连忙躬身行礼:"夫人。"

孟池有些难以启齿,踌躇片刻,还是鼓起勇气开了口:"我有个小孙子,就是在外做官的那个,不知道为什么被定了罪,过几日就要被斩首。但是我了解他,那孩子本性最是善良、纯正,不会做坏事的,其中定是有什么误会。我知道夫人您并非凡人,还望您能帮一帮他。"

花如月定定地看着他,摇了摇头:"万事皆有因果,便是我,也不能插手。"

孟池沉默半晌,渐渐由求人的不安变为无措:"深夜叨扰夫人,是小人逾矩了。"

"无妨,夜深了,你早些回去吧。"

"是,夫人早些休息,小人这就退下了。"他挂着拐杖慢慢走开,身形佝偻,背影沧桑。

花如月慢慢合上门。

夜色深沉,月光如水。孟池挂着拐杖颤颤巍巍地走在院子中。突然,他停下脚步,回头看向主人房间。窗扇上现出花如月的背影。孟池定定地看着,像想要把那身影永远镌刻在眼中。良久,他咳嗽着转过头,挂着拐杖慢慢离开了院子。

孟池脚步虚浮,咳嗽着走进自己的屋子。片刻后,屋内烛火亮起,一连串的剧烈咳嗽声响起。咚的一声,拐杖落地,一切归于寂静。

日升月落,又是新的一日。孟池屋内的烛火燃了一夜,直至天亮。

阳光透过门缝射入孟池生前居住的屋子里,照在桌上的画卷之上。房间门被推开,发出吱呀的声响。

花如月走进屋内,只见里面空无一人,一切设施依旧摆放如初,只是落了薄薄一层浮灰。

一幅长长的画卷从桌上垂到地上。

花如月拾起那画卷,缓缓铺开。画卷上是一幅色彩斑斓的画,有花有鸟,有树有草,有栖迟斋的一切景物。画卷正中央是花如月的模样,在她身边,还画着一支燃着的蜡烛。花如月全身都是用金色的颜料勾勒的,整个人都散发着金色的光芒。

一只蝴蝶自窗外飞来,落在画卷之上。

花如月轻轻读出画卷上的字迹:"长夜漫漫,朝阳未至。烛光虽微,仍可驱散孤寂,带来希望。"

她神色复杂,有些动容,有些失落,千言万语最终化为一声长长的叹息。

桌案上还有一封书信,正是孟池那夜冒昧相求前收到的家书。花如月拆开信件,仔细读了一遍,面色从不忍到犹豫,最后转为坚定。

京城的法场上,烈阳高照,却驱不走寒凉。监斩官高坐于上首,侍卫林立两侧。台下百姓围聚,议论纷纷。

"孟县尉究竟犯了什么罪?"

"说是贪污受贿、私吞官粮。"

"怎么可能?!孟县尉这样的好官定不会做出这样的事!"

孟长琴戴着枷锁、镣铐站在台上,两名侍卫一左一右手持长枪站在他身旁。

监斩官起身,拿出诏令朗读:"怀安县县尉孟长琴,贪污受贿,私吞官粮,导致怀安县灾情暴发,饿殍千里——"

孟长琴抬起头来,一副不耐的样子:"还没念完啊?我跪都跪累了。要不你直接念最后一句吧?"

监斩官瞪他一眼,直接从最后一句话读起:"今,天子盛威,判斩立决!"

刽子手拿起长刀,灌了口酒,猛喷向长刀。监斩官手中的火签令掉落在地,发出清脆的声响。杂音中,百姓们自发地挣扎着向前拥来,却被侍卫们拦住,上前不得。

"孟大人!"

"孟大人是个好官,杀不得啊!"

百姓们的声音此起彼伏。刽子手却不得不置若罔闻,高举起手中的鬼头长刀,对着孟长琴的脖颈直挥而下。

孟长琴没有等来预料中的疼痛,却发现四周仿佛忽然静了下来,连风声也没了。孟长琴睁开眼环顾四周,惊讶万分。那长刀在他脖颈上停滞不前,刽子手满脸狰狞,监斩官保持着丢令牌的姿势一动不动,向前涌动的百姓们停住了脚步。风声、长刀砍来的破空声、百姓的嘈杂声统统消失,整个世界仿佛凝固了。

孟长琴眼前神光一闪,花如月现身。

"孟长琴?"

孟长琴微微点头:"是我。"

"孟池的孙子?"

孟长琴懵懂地点点头。花如月一挥袖,两人一同消失在刑台上。

一道神光闪过,花如月与孟长琴出现在旷野中。孟长琴看着四周,一脸疑惑:"这是……"

花如月不语,抬手一挥,一套衣服落入孟长琴怀中。孟长琴看着怀中凭空出现的衣服,惊讶地拎起来上下打量,发现只是一套便服。

"你怎么变出来的?你是神仙吗?还是妖怪?"孟长琴满肚子的问题,一时间甚至不知道先问哪个好一些。

花如月脸色有些苍白,她轻轻按住自己的胸口,来不及回答孟长琴,就猛地喷出一口血来。擅用调整时间的法术原本就是犯大忌,何况还是在众目睽睽之下擅用,实打实地改变了一个凡人的命数。花如月此时承受的反噬足以让她五脏俱伤。

孟长琴一惊,上前扶住花如月:"你没事吧?"

花如月摇摇头,伸手抹去嘴边的血迹,向前走去。

孟长琴连忙跟上:"你要去哪儿?"

花如月闭口不答。

孟长琴继续问道:"那我去哪儿?"

花如月依旧不理,依旧向前走去。孟长琴站在原地看着花如月的背影,重重地叹了口气。思量再三,他还是边换衣服边追赶。

旷野的古道上,荒草萋萋,两个身影一前一后走着。花如月走在前方,脚步踉跄,孟长琴嘴里叼着草根跟在后面,悠闲自在。

花如月头上渐渐有冷汗流下,脚步一歪,身子向前栽倒。烈日下,孟长琴的脸渐渐模糊,直至完全黑暗。花如月晕了过去。

城外,天上一弯钩月,月色朦胧,星辰暗淡。

一棵巨大古树下燃着一堆篝火。花如月在一旁打坐调息,孟长琴坐在一旁,用树枝穿着兔子架在火堆上不停翻烤。

"早说了让你带着我,你还不听!看看,要不是我,你就倒在郊外被野狗给吃了!不过你也不用谢我,你救了我一命,我也救了你一命,咱俩一命换一命,相互抵消了,从此互不相欠。"孟长琴的声音带着一丝得意。

烤兔子冒着金灿灿的油光,色泽鲜亮。

孟长琴猛地吸了一口气:"真香啊!我告诉你,我烤兔子的手艺可是一绝,都是小时候上山下河练出来的。你今天吃了我的兔子,明天可得带着我离开!"

花如月缓缓睁开眼睛,看向孟长琴:"聒噪。"

孟长琴毫不在意,他撕下一只兔腿递给花如月,自己则拿着另一只兔腿大快朵颐起来。

"你可是有什么冤情?"花如月见他这副样子,实在不像大奸大恶之辈。不然,她也不会思索再三,还是赶来救他。

"冤到六月飞雪!"孟长琴啃着兔腿愤愤道,"小爷我行事正直无私,奈何如今官场之上大都是尸位素餐、贪婪无耻之人！因为我不与他们同流合污，他们便构陷我。这阴暗官场里的人，整日钩心斗角、相互陷害，实在是无趣得很！"

孟长琴将剩下的兔子肉放在火堆上继续烤着："小爷我也不打算继续干了，以后就跟着你修仙，等我得道成仙了，就回到怀安去，将那些狗官打得屁滚尿流！再指着那皇帝老儿的鼻子骂他一句'有眼无珠'，连小爷这种天资都看不上，他也就配被那几个奸佞小人玩弄在股掌之中！"

花如月看了孟长琴半晌，静默无语。

孟长琴斜着眼瞥她："看什么？你是不是也觉得小爷天资非凡、惊才艳绝，想要收我为徒？"

花如月摇头："我只是觉得，你真是一点儿也不像你爷爷。"

"那当然了，我爷爷可没我英俊。"孟长琴从靴子里掏出两块碎银子，放在手中掂了掂，"这是我的棺材本，等明日城门开了，我带你进城吃些好的，就当作我的拜师礼了。"

花如月不由得皱眉："你这个年纪就有棺材本了？"

"那是。小爷当官第一天就是扛着棺材进的县衙，以此证明誓不向权贵低头的决心！"

"官场而已，倒教你说得比无间地狱还要可怕。"

"这你就不懂了，这人心哪，一旦牵扯到名利，可比无间地狱可怕多了。"孟长琴立刻来了兴致，变得像话痨，"管你当初是什么风流才子还是儒雅书生，进了官场都得变成厉鬼恶魔。哎，要不要我给你讲讲小爷这些年曲折离奇的经历？"

"无趣。"花如月懒得搭理他，扭过头来，闭目调息。

孟长琴看了看花如月，学着她的姿态语调："无趣。"而后抱着肩靠在树上，找了个舒服的位置睡了。

天空星子寥寥，仍在散发光辉。

第十三章
两心离

太阳刚刚升起,阳光透过树枝间洒下斑驳的光影。孟长琴睡得正香,不时咂嘴,似乎还在梦中回味着什么。花如月缓缓睁开眼睛,结束调息,目光平静地扫过四周。

不远处的拱桥上热闹非凡,人群熙熙攘攘。一个留有长须的干瘦老头儿穿着修士的服饰,手持一把长刀,站在桥上大声吆喝:"诸位看官,你们可知这旱灾究竟因何而起吗?"

路人见着老头儿说得玄乎,渐渐聚集起来。

"那是因为北方的旱龙出世!这旱龙可是女魃的坐骑,当年与女魃一起被困赤水之北,如今逃脱,所过之处,尽为龟裂之地,江河干涸,颗粒无存啊!"

人群中有好事者,接着这老头儿的话嚷道:"那你可有除掉旱龙的办法啊?"

老头儿亮出自己手中的长刀,在众人面前展示一圈:"此刀乃上古神兽旋龟龟壳所制,罡风铸刃,寒冰锻魂,名唤旋泽。唯一能斩杀旱龙的宝刀就是此物。"

然而,路人并不买账,纷纷嘲笑他是个骗子,然后一一转身离去。

"别走啊!别走啊!这位兄台!价格好商量,五十枚铜板怎么样?三十!三十铜板行不行?!"

那老头儿急切地拉住一位路人,但还是被甩开了。

花如月看得入迷,直到孟长琴在她面前挥了挥手,才回过神来。两人也没什么行李,整理好仪容就可出发。

孟长琴随着花如月的脚步向那拱桥走去。

桥旁,一户人家跪坐在地上,显得格外凄凉。一名男子揽着一个男孩和一个女孩,一名妇人跪在一边,脖子上挂着一块木牌,上面歪歪扭扭地写着"卖身"二字。

一辆马车缓缓驶来,在那妇人面前停下。一个大腹便便的富商由下人搀扶着下了马车,目光贪婪地打量着那妇人和旁边的女孩。

"卖身?"

那妇人立刻点点头,道:"民妇朱氏,会煮饭煲汤、洗衣缝补,还能打扫院子,只换两袋小米。"

富商摸着下巴,手却一把推开那妇人,向她身后的女孩伸去:"滚开,你不值钱,你这女儿倒是有些姿色……"

那妇人死死护住女儿,坚决不肯。她丈夫却在一旁低眉顺眼,唯唯诺诺。妻子受辱,女儿吓得直哭,他权当没看见。

富商支使人高马大的仆从们上前,想要强行将那女孩拉走。

花如月见此场景,眉心紧蹙,正欲捏诀,就见孟长琴一个猛子冲进人堆里,与那些仆从厮打起来。

"小爷打死你们这些强抢民女的畜生!"孟长琴一副不要命的样子,倒是镇住了一群仆从。

富商还想招呼仆从上前,却被花如月施法封住了嘴巴。富商心口一阵抽痛,心里大骇,赶忙连滚带爬地逃回马车,惊慌失措地催着车夫驾车离开。那群仆从见主子走了,便急忙跟上。

那妇人感激涕零,拉着女儿向孟长琴叩首:"多谢恩公,多谢恩公。"

那男子也凑了过来:"多谢义士出手相助,若是您看上了我这糟糠妻,只一袋小米也是行的。"

孟长琴挥拳将他打倒在地,边打边骂:"你个杂碎,连自己妻子都卖,你还是人吗?"

那妇人和两个孩子赶忙扑过来拦下孟长琴。那妇人抱住孟长琴的小腿:"恩公,我知道您是善心,可我们这也是无奈之举,若是再没粮食吃,我这两个可怜的孩子便要饿死了。如今将我卖了,他们或许可以多活些日子。"她以袖掩面,低声抽泣,"这世道艰难,若是有法子,又有哪个当娘的愿意忍受骨肉分离、家人离散之痛啊!"

孟长琴喘着粗气,渐渐平静下来。那两个孩子跪坐在一旁看着孟长琴,眼睛湿润,却怯生生的,不敢说话。

孟长琴走到孩子们面前,蹲了下来:"别哭了。"

两个孩子撇着嘴不敢发声,一个没忍住,哭得更大声了。

孟长琴从袖子中掏出钱来递给那个女孩:"你是姐姐,这钱就给你保管了,去买些吃的,最好买些能长久维持生活的工具。千万别把钱给你爹,以后看着点儿他,别让他再把你娘亲卖掉了。"

花如月第一次见人间此种情形,一时理不清自己内心究竟是酸楚、悲悯还是怅然。

孟长琴轻轻抚摸女孩的发顶:"正是因为世道艰难,所以才要更努力地活下去。"

女孩紧紧攥住银子,点了点头。

孟长琴起身离开。

女孩在他身后问道:"恩公,你叫什么名字?"

孟长琴头也不回地离开,挥了挥手。

"怎么样,小爷刚才威不威风?"走出一段路,孟长琴得意地说道。

花如月不是很想搭理他。

孟长琴继续说道:"不过,耍威风也是有代价的,这不,咱俩的那顿山珍海味可能就要换成馒头咸菜了。"

卖刀那个老头儿的声音由远及近:"侠士留步!侠士!留步!"

花如月和孟长琴回过头来,看向他。

老头儿喘着粗气说道:"这位侠士!贫道方才观侠士义举,瞧你根骨奇佳、气质通灵,正是修仙的好苗子,贫道这里有一把刀,名唤——"

孟长琴打断他:"名唤旋泽,能斩旱龙、解旱灾,是吧?我都听到了,你就说多少钱吧。"

老头儿讨好地说道:"旁人都要五十铜板,但侠士有仙缘在身,只收三十。"

孟长琴抛出一些铜板。老头儿欢喜地接住,一摊开手,脸色顿时变得苦闷。孟长琴冷冷地说道:"侠士今日只剩十枚铜板了,爱卖不卖。"

老头儿无奈地收起铜板:"算了,就当是与你结个善缘吧。"

孟长琴接过那刀扛在肩上,冲着花如月一笑:"走着!"

两人离开了。

老头儿不知从何处又抽出一把刀,继续叫卖:"宝刀旋泽,可斩旱龙、解旱灾,只要三十铜板啊!"

花如月走在前面,神情淡然,步伐沉稳。孟长琴扛着长刀跟在后面,显得坦荡、自在。阳光洒在大地上,古道显得格外悠长。

花如月心中好奇,孟长琴为何会成为逃犯。

"我之前在怀安县当县尉,主管缉凶拿盗。后来,当地闹了灾荒,老百姓都快要饿死了。县衙里明明有囤粮,富户家中也有余粮,他们却都不肯放粮。小爷一气之下就和牢里的犯人达成了共识,自行组建了一支放粮小队。"孟长琴解释道。

花如月微微惊讶。

孟长琴嘚瑟起来:"是不是对我刮目相看?"

花如月这次倒是点了头,这孟长琴虽然看起来不着调,却有几分正气。

两人来到一个岔路口,花如月向左走去,孟长琴却停下了脚步。

"那是松鹤县的方向,我去不得。"孟长琴说道,"我爷爷就在松鹤县给人当管家,他脾气古怪得很,我都当了大官,我爹也成了有名的先生,有权有财,他都不肯告老还乡,偏要留下,一直给人家做管家。"

孟长琴自嘲一笑:"现在我做了逃犯,就更不能去了,要是给主家惹了麻烦,我爷爷非抽死我不可。"

孟长琴抱拳行礼,豪气干云地表示,他记下了花如月的救命之恩,他日相逢,定当结草衔环,以报恩情。然后,他转身走向右边的路口,与花如月就此分别。

孟长琴独自走在旷野上,肩扛长刀,哼着不成调的小曲。远处树林上方,鸟雀惊起。孟长琴警觉地停下脚步,持刀戒备。一众官兵从树林中冲出,将孟长琴团团围住。

"逃犯孟长琴,还不束手就擒,回京受斩!"

孟长琴手持长刀环视众人,冷冽地说道:"要杀便杀,小爷没罪,绝不和你们回去!"

官兵头领嘲弄地一笑,举起令牌,宣布奉旨行事,若孟长琴抵抗,就地格杀。官兵们一拥而上,与孟长琴缠斗在一起。

与孟长琴分别后,花如月只觉得心情沉重,难以平静。孟池的遗愿她已完成——救下了他的孙子孟长琴,可是她总觉得自己还是忽略了什么。

白九思的身影突然出现在眼前。花如月停下脚步,诧异地看向白九思。

"凡人的闲事,管够了吗?"白九思冷冷地说道。

花如月尴尬地一笑,点了点头。白九思一把抓住花如月的手臂,将灵力输入,修复花如月的经脉。而后他冷哼一声,转身离开。

花如月紧跟在他身后,沉思片刻,还是开口问道:"你看到孟池屋子里的画了吗?"

"一个双目不能辨色的人,竟然能画出如此色彩斑斓的画卷,还真是神仙见了都得大吃一惊啊。"花如月感慨万分。

白九思停了下来,目光沉沉地望向花如月:"这……与你何干?"

"我只是觉得,我们过去太小瞧凡人了。"

"这不足以成为你插手凡人之事的缘由。"

花如月气恼地盯着白九思,觉得他油盐不进,胸膛里装的莫不是冰疙瘩。

白九思翻了个白眼继续前行,花如月噘着嘴跟他在身后。突然,花如月似乎心有所感,顿住了脚步:"白九思……我……"

白九思回身盯住她:"若我说,我不想让你去呢?"

破庙内尘封土积，蛛网纵横。花如月盘膝坐在地上运功调息，脸色苍白，额上不断有冷汗滴落。

片刻之前，她还是丢下白九思，又一次运用法术救下了伤痕累累的孟长琴。若不是白九思刚替她医治过，只怕这会儿她早已扛不住反噬，重伤昏迷了。

孟长琴蹲在一旁，面前的火堆上架着一口破锅，里面烧着沸水。他一边咳嗽，一边驱散烟雾。

"喝点儿水再继续吧。"孟长琴舀了一碗水，递给花如月。

花如月睁开眼睛："我在打坐调息，你能不能安静一些？"

孟长琴解释道："我这不是担心你？再说了，这得道高人都像你这么弱吗？才刮了阵风就虚弱成这样，若是让你施展个起死回生的法术，还不得直接昏死过去？"

花如月面色一沉。孟长琴立刻讨好地把水递过去。

"催动风沙也是夺乾坤造化之力，逆天而为，法力消耗得多，我都理解的。"孟长琴忙着找补，"等你调息好了咱们就走吧，这些官兵都是属狗的，闻着味就能咬上来。"

"我们如今已身处雍州地界，距离怀安有千里之遥，他们便是四马齐驱，也追不上你我。"花如月说道。

"嚯！师父，你还真有些门道啊！"

花如月不解："我何时成了你师父？"

孟长琴笑嘻嘻地指了指花如月手里的那碗水："拜师水都喝了，不好赖账的啊！"

花如月只觉得他像个市井无赖。

孟长琴则飞快跑远，说是要去周围的村庄讨些吃的回来孝敬师父，实际上他是生怕花如月后悔。

花如月看着孟长琴的背影，无奈地摇了摇头。

夜幕降临，月上中天。寺庙一片黑暗，只有火堆的最后一丝火星还在亮着。花如月调息结束，却见孟长琴还没回来，于是起身走出门外。

村子破败、荒凉，不见人烟。道路上尽是倒下的门扉与杂物，无法辨别方向。花如月停住脚步，指尖灵光一闪，一只闪着灵光的灵蝶自指尖现身，向着前方飞去。灵蝶引领着花如月穿过大街小巷，最终在一户门前停了下来。

花如月推开门，走入院内。

孟长琴正背对着她坐在磨盘旁，背影显得格外孤寂。

花如月轻声呼唤他："孟长琴。"

孟长琴回过神来，起身看向她："师父，你怎么出来了？"

花如月问他在做什么。

"村子遭了灾荒，早就没了活人。我找遍了整个村子，却连半粒米都没见到，只有一地的老鼠死尸。"孟长琴无奈地说道。

"既是灾情，想来他们应该逃荒去了。"

孟长琴苦笑着摇了摇头："世道皆如此，他们能逃到哪儿去？不过是从一个地狱到另一个地狱罢了。"

花如月看着一扇闭合的房门，神色动容。她走上前，轻轻一推，腐朽的木门轰然倒下，激起一地尘土。她看着屋内的破败景象，脸上闪过错愕。一具已经显露出白骨的腐朽尸体趴在地上，手臂向前伸着，前方是一个摔碎的发黑的碗，里面沾着黑色的污垢。

"这……"花如月低声呢喃，声音中带着一丝震惊。

孟长琴走了过来，脸上带着少有的凝重："这村子里的百姓大多是靠劳作为生的穷人，如今正逢大旱，地里颗粒无收，他们没钱没粮，逃出去也是身无居所、食不果腹。与其客死异乡，不如饿死在家中，起码还能魂归故里。"孟长琴的声音中带着一丝无奈和悲怆。

孟长琴拾起花如月脚边的破布娃娃，拍了拍灰尘，回头展颜一笑："逝者已矣，生者如斯。走吧，再去别处看看，运气好的话，没准还能抓到只野兔！"

花如月垂眸看向地上的尸体，微微叹了口气，点了点头。

两人向外走去。经过磨盘时，孟长琴停住脚步，将手中的娃娃端正地放在磨盘上。

"屋里太闷了，让它出来晒晒太阳。"孟长琴轻声说道。

花如月想了想，终是什么都没说，抬脚出门。

孟长琴微笑着拍了拍娃娃的头："照顾好自己啊！"

大门被孟长琴小心合上。荒凉的院落中，磨盘上摆放着一只破布娃娃，是这死寂的院落内唯一的温馨。

火堆熊熊燃烧，锅里热水翻滚。花如月与孟长琴对坐火堆前，却都静默无言。半晌，孟长琴从怀中掏出几颗小蘑菇撒入锅中。

"算我们运气好，还能找到几颗蘑菇。"孟长琴的声音中带着一丝庆幸。

他仔细地数着锅里的蘑菇："一、二……一共七颗。你四我三，怎么样，够义气吧？"

花如月摇了摇头："你自己吃，我不需要。"

孟长琴却坚持道："嘴硬！练了些功法还真当自己是大罗金仙，不饥不渴、不伤不死了？这人活世上就得靠五谷杂粮续命，不要学人家修仙那一套，玩什么辟谷、绝食，不然怎么死的都不知道！"

花如月长叹一口气，颇有些无奈。

孟长琴突然问道："哎，师父，我问你个问题啊。你们修仙之人真的有能成功修炼成仙的吗？"

花如月微微点头："自然是有的，据我所知，九重天上的人修少说也有上百之数。"

孟长琴惊讶地问道："上百？这么多，那他们都住在哪儿啊？"

花如月解释说："超脱六界，飞离尘世，自然是去往众仙之境九重天了。"

孟长琴又问："九重天？那是什么样的世界？和凡间有什么区别吗？你说那些神仙会不会也和我们一样，为了生计奔波，为了衣食发愁呢？"

花如月微微一笑："神仙皆有仙力庇体，无须为了生计发愁。绝大部分神仙的愁苦，大概就是该如何游玩才能打发掉这漫长的岁月吧。"

孟长琴却愤愤不平地说："老天可真不公平。神仙有神力护体，就算是不吃不喝也不会饿死。凡人却是血肉之躯，会痛会伤，会病会死。你知道吗，仅仅是为了活着，我们都要拼尽全力！"

孟长琴的声调逐渐提高，带着一丝悲怆："师父，你是得道高人，你说，我们每天烧那么多的香、磕那么多的头,神仙真的会感受到吗?"

花如月回答说:"九重天诸神各司其职,若是心诚,便会感受到的。"

孟长琴却突然起身,一脚踢翻了锅。锅中的水倾洒在地上,几颗小蘑菇滚落到花如月脚边。

"既然他们听到了,为何就不肯管一管我们?为何要放任我们在这世间受苦,颠沛流离,艰难一生?这究竟是什么狗屁的世道!我们明明是人,却要整日吃糠咽菜,过着狗一样的日子!"孟长琴愤怒地吼道。他抽出长刀,握在手中仔细观看。刀身泛着冷光,折射出孟长琴的双眸。

"若是真的有神,那这世上便真的有旱龙,对吧?"孟长琴的声音中带着一丝绝望。

花如月抬眸看向孟长琴,眉心紧锁。孟长琴长臂一挥,长刀飞射而出,直直插入破败的神像上。

"从今日起,我只信我自己!"孟长琴的声音中带着决绝。他的双目通红,目眦欲裂。

花如月看向神像的方向,长舒一口气,目光幽深。

天刚破晓,屋外细雨绵绵。花如月站在屋檐下,静静观雨。片刻后,她伸出手试探,雨停了。

"雨停了,该动身了。"花如月轻声说道。

孟长琴迷迷糊糊地醒来,打了个哈欠:"师父,你怎么起得这么早?"

花如月回答说:"不早了,该回去了。"

孟长琴却抱怨道:"不行不行,我起不来,还得再睡个回笼觉,就不送师父了。"

花如月再次询问他是否确定不回松鹤县,孟长琴坚决地摇头:"说了不去就是不去。"

花如月提到孟长琴的爷爷:"你爷爷的主家很有钱,你若诚心央求,说不定人家会心善收留你。"

孟长琴却回答说:"哪儿也不去!"

花如月又问:"你与你爷爷分别多年,你就不想去看看他?"

孟长琴解释说:"我爹去世的时候,我就因为治理蝗灾没能见他最后一面,我爷爷呢,更是自我懂事起就没见过几面。我这辈子算是做不成孝子了,是我有失孝道。如今,我还有更重要的事要做。"

花如月皱了皱眉,随后抬手一挥,一旁已然枯萎的竹子便被她斩下一截,握在手中。她用那截竹子划破孟长琴的手掌,一滴鲜血滴落在竹子上。孟长琴吃痛,低呼了一声。

"师父,你这是做什么?"孟长琴问道。

花如月没有回答,将那截竹子收好:"你执意如此,我也不便再劝,山高路远,多加保重吧。"

花如月抬脚欲走。

孟长琴却叫住了她:"师父!"

花如月停下脚步,转头看向孟长琴。

孟长琴问道:"我是想问你,这世上真的有旱龙存在,对吧?"

孟长琴眼睛明亮,像在询问,但更像在确认。

花如月抬眸,看向插在石像上的长刀,幽幽长叹:"或许吧。"

花如月神情落寞地回到栖迟斋的院中。她左右张望了一会儿,然后走向一块空地,将那截竹子插在土地中。指尖灵光一闪,那截竹子登时由枯黄转为嫩绿,现出勃勃生机。

丫鬟自院外跑入,一副焦急的神情:"夫人,您可算是回来了!"

花如月问道:"白九思呢?"

丫鬟回答说:"先生留了话,说是有件很重要的事,您不愿认真做,他便去找别人了。奴婢听不懂,你们是不是吵架了?"

花如月问:"他在哪儿?"

丫鬟回答:"好像是往城北的方向去了。"

茶馆的大堂里,白九思端坐桌前,认真地看着对面的王姑娘和王夫人。王姑娘容貌姣好,丽质天成,抿着唇不说话,十分文静的样子。她身边的王夫人则一副审视的神情。

"敢问公子是做什么营生的？府苑何处？家中仆从、女使几人？出门带几个随从，乘轿还是骑马呀？"王夫人问道。

白九思回答说："开了间铺子，目前住在城东望舒巷一带，家中下人不多，出门不带随从。"

王夫人却嫌弃地说："城东望舒巷？那地方太偏，都快入城郊了，宅子也值不了几个钱吧？"

媒婆赶忙赔着笑打圆场："白公子喜静，这才选了城东那个地方，虽说偏了些，但风景是真真不错的，而且是一户七进七出的大院子。我昨日去瞧了瞧，虽只站在门外远远一望，但那园林绿植、假山流水建得一点儿也不比员外家的差！都说这风水养人，您家姑娘出落得如此水灵，再加上这福地的灵气滋养，那不得更加貌美动人啊！"

王姑娘抿唇笑笑，一抬眸，正对上白九思的目光，连忙羞怯地垂下头去，显然对这门亲事很满意。

王夫人却依旧挑挑拣拣："那公子可曾入仕？"

白九思回答说："不曾。"

王夫人不满意地蹙起眉头："上京的公子哥，最次等的出门都有三五仆从拥护，七进七出的宅子更是不用多讲，关键是位置好，地段值钱，族谱往上数三代，个个都是有官职在身的。这样的人，即便没有一副好皮囊，也称得上人中龙凤。白公子，你说，是吧？"

白九思饮了一口茶，声音清清冷冷："相看一事，本就讲究你情我愿。既然我与姑娘不合眼缘，那便不必多说了。"

媒婆眼见亲事要黄，立刻急道："王夫人，话不能这么讲。我做媒婆这么多年，那从来都是长相、家世相匹配的才会让两人相看，断不会出现高门配寒门、清官配屠户这种糊涂事。您再好好聊聊，这相看一事，越聊才越有戏。"

王夫人眉梢一挑，登时不乐意了："你这说的是什么话？这女子同男子哪能一样比较？我把女儿生得标致又乖巧，诗词歌赋、女红持家，她是样样精通。她都如此优秀了，若是再有家世加持，那莫说上京的公子哥，便是皇亲国戚，我女儿也配得！"

双方正争辩得起劲，白九思却如同置身事外。忽然，他目光一顿，瞥向门前。

花如月走了进来，悄悄走到一旁默默看戏的茶馆小二身边，低声询问："他们怎么吵起来了？"

小二回答说："没吵，这位公子正和姑娘相看呢，这公子长得这般俊秀，那姑娘的母亲忒没眼光了。"

花如月看去，正巧白九思转头望来，两人目光相撞，花如月起身走了过去。

"我还以为你是有正事才出门，没想到竟是来这儿相亲了。"花如月说道。

此言一出，几人纷纷看向花如月，只见她一派坦然。

"你便是要另寻他欢，是不是也得先跟我这个做妻子的商量一下？"花如月说道。

王夫人登时站起身，一掌拍在桌上："好哇！你们两个合起伙来瞒我，竟想让我女儿给他做妾！"

媒婆急忙解释："误会，天大的误会。我也是刚知道的。白公子，你相亲前也不说明白，这让我夹在中间如何做人？"

王夫人愤怒地泼了白九思一杯茶水，拉着一脸失望的王姑娘头也不回地走了。

白九思一副气郁的模样，拿起帕子擦拭身上的水渍。

媒婆也站起身，不高兴地埋怨起来："来之前您也没跟我说您是要纳妾啊，这纳妾与娶妻能一样吗？"

白九思低头擦身上的茶水，回答说："不纳妾。"

媒婆一副恍然大悟的样子，快速看了眼花如月，挤眉弄眼地继续埋怨："那……那您更得提前说了，这样的亲事，得先问过人家姑娘的意愿。再说了，您自己的事还没理干净呢，就急着找媒婆，不怨人家王夫人生气。"

媒婆说了半响，白九思一直没表态，甚至露出不耐烦的表情。

媒婆往白九思对面一坐，干脆直说道："公子，您这情况很难办啊。"

白九思回答说："你办不了？"

媒婆回答说："能办，得加钱。"

揽月楼二楼的包厢里，桌上已然摆好各式糕点餐食。白九思和花如月走进包厢，而媒婆正坐在桌边等候。

"公子稍坐，人马上就来。"媒婆说道。

媒婆瞥了一眼花如月，略显担忧。

花如月夹了一口小菜送进嘴里："不用在意我，你们聊你们的，我不说话。"

媒婆看向白九思，白九思不置可否。

门被推开，婉儿提着一壶酒走了进来。她已换了一身衣裙，端庄淑雅，很是文静。

"取酒去了，让公子好等。婉儿为您斟酒赔罪，还望公子莫要嫌弃。"婉儿说道。

未等白九思拒绝，婉儿便将酒水给白九思倒去。白九思伸手挡住杯口，那婉儿却作势一倒，摔进白九思怀里。

几人俱是一怔，婉儿刚要起身，却又手下一滑，重重地摔在白九思怀中。

花如月心中不是滋味，伸手一把将婉儿从白九思怀中扯了出来，扶她坐好："姑娘一看身子骨就不好，站都站不稳，还是赶紧坐下吧。"

媒婆打圆场："快坐快坐，咱们边吃边聊。"

婉儿轻扭腰肢，笑着给白九思夹了块肉："公子，吃菜。"

那筷子还未伸过去，便被白九思拦住，他手腕一转，便将那肉推回婉儿碗中："不用管我。"

婉儿勉强一笑，夹起那块肉递到嘴边，闻了闻，却有些难以下口。她盯着那块肉，犹豫再三，忍着一口吃下。可她刚咽下便干呕了一声。

白九思和花如月疑惑地看向婉儿，媒婆也愣住了。婉儿呕了两下，忍不住，去一边吐了出来，然后脸色泛白。

媒婆一边帮婉儿拍打后背，一边高声叫："小二！小二！"

店小二笑脸相迎进来，一甩手巾："来了，客官！"

媒婆说："你这店里的菜不干净，我家姑娘吃坏了身子，你得给个说法！"

店小二登时变了脸色，愤怒地争辩："话可不能乱说！我家酒楼开了这么多年，不可能吃坏身子！"

媒婆说:"怎么乱说了?好好一个人,吃了一口肉就吐了,还不是你们的错?好啊,不承认,是吧?那咱们就报官去,公堂之上辩一辩,看看究竟是谁理亏!"

婉儿一听,脸色更白,连忙扯了扯媒婆的衣袖:"不必了,我歇会儿就好。"

店小二说:"歇会儿?莫不是心虚了吧?几位客官许是刚来松鹤县,不知道深浅,每日来我们酒楼想吃白食的人多的是,你们这点儿小戏就别拿出来丢人现眼了。老老实实把钱交了,官府案宗上也不留姓名。"

媒婆一听顿时急了,站起来便向着店小二走来:"我们吃白食?!你出去打听打听我李媒婆的名声,还用在你这儿吃白食!我告诉你,这事儿你今日想三言两语糊弄过去都不成,你去找个大夫来瞧瞧。若是真因为饭菜的问题吃坏了肚子,我定要让你们赔得倾家荡产。"

店小二也是个硬气人,推开房门就要往外走:"大夫,是吧?我这就去请。"

婉儿听了,忙撑着虚弱的身子连连摆手:"别找了。不是菜的问题,是我!"

众人目光望来,婉儿抚上肚子,有些愧意:"我有身孕了。"

揽月楼的大门外,白九思大步离去,媒婆紧紧跟在后面,试图挽回局面。花如月则一脸看戏的表情追了上去。

"白公子,白公子,您别生气。我也不知道她有身孕了啊,就像您,您不也是没跟我说您有妻室吗?"媒婆试图解释。

白九思停下脚步,语气冷淡:"我并非生气,而是觉得这样找下去,寻不到我想要的人。"

媒婆咬咬牙,直言不讳道:"白公子,老婆子我说句实话。我给人相看姻缘已有数十年,经我牵线搭桥做成夫妻的,不说百对,几十对也是有的。我就没见过您这样挑剔的人,东不成西不就,自己非官宦弟子,家中也无父母兄长扶持,还要这世上最好、最美的姑娘,也不知哪儿来的胆子。"

说完,媒婆便愤愤不平地离开了。

白九思瞥了一眼正在看笑话的花如月,大步离开。花如月赶紧追随而去。

长街之上,行人如织,热闹非凡。花如月避开行色匆匆的路人,走到白九思身边。

"照我说,这媒婆给你找的两位姑娘都不怎么样,那位有孕骗婚的风尘女子自是不必多说,茶馆里面的王姑娘人虽然性子温柔,人也貌美,只是她有个不好相与的母亲,你便是娶了,日后也得受气。"花如月说道。

白九思一言不发,大步流星走着,像要躲开花如月一样。花如月亦步亦趋地跟着。

太阳即将落山,长街两侧商铺的灯盏一盏盏亮起,几个小童正在街角踢球玩闹。一个小球滚落到白九思脚边,一名小童跑过来捡球,可脚下一绊,险些摔倒。白九思一把将他扶住。

"小心一些。"白九思说道,声音温和。他拾起地上的小球递了过去。

小童接过球,连声道谢:"多谢公子。"然后噔噔噔地跑远了。

花如月站在一旁看着,眸光隐有触动。

"你这不也算是救人吗?为何我救孟长琴便不行,你救别人就行?"花如月问道。

白九思回答说:"不一样。"

花如月追问:"哪里不一样?"

白九思的语气骤然严肃起来:"孟长琴会给你带来危险。"

白九思继续说道:"当初孟池来时,我便有过这种感觉,从你第一次出手救他,再到他在栖迟斋做管家数十载,这期间传出过多少流言,你不是不知道。阿月,世间万物,皆有其命数。你贸然干预,定会引火烧身,不得善果!"

花如月咬唇不语。

白九思又问:"你知道为什么神族都要来人间历劫吗?"

花如月不解地看向他。

白九思解释说:"因为人间的苦难太多了。生老病死,七情六欲,爱别离,怨憎会,求不得。纵然拼尽全力,有些事情仍旧无法圆满。可神族天生神力,有操控凡人生死的力量。倘若神族真的与人共情,又如何能忍得住不用神力干预天道?届时天道无序,人间祸起,神也将无法独善其身。阿月,你如今,便是踏上了这条路。"

花如月沉默片刻,低声说道:"我答应你只此一次。救了孟长琴,我便再也不会擅自救人了。"

两人沉默片刻,花如月试探性地抬眸看向他:"那你呢?"

白九思反问:"我?我怎么了?"

花如月问:"你还要继续去相亲吗?去找下一个愿意与你共度情劫的人?"

白九思回答说:"你说呢?"

花如月见白九思神色软化,试探着牵住他的手:"好好好,我都答应你。以后我们日日在一处,腻得你嫌烦了我都不走,我们就专心度情劫,好不好?"

白九思不语,来到街边的一处炒栗子摊前:"老板,一份糖炒栗子。"

花如月问:"你想吃栗子?"

白九思回答说:"刚才席间你光顾着看热闹,连饭菜都没动两口。先吃些栗子垫垫肚子,等回家了再用饭。"

花如月一笑,上前挽住他的手臂:"那……我们一起回家?"

白九思回答说:"一起。"

白九思接过栗子,两人挽着手臂一同走远。

天边夕阳沉入天际,只剩最后一抹昏黄,远方传来花如月和白九思的声音。

"你说我们来人间这么多年了,怎么一直都没有度过情劫的迹象呢?是不是你心里讨厌我,不喜欢我啊?"花如月问道。

白九思轻笑一声,没有回答。

花如月追问:"你默认了是不是?白九思,你给我说清楚……"

花如月在栖迟斋卧房的屋前清出一小片空地,四周用围栏围起,围栏中,一截嫩绿竹子显得生机勃勃。

白九思醒来时下意识地摸了摸床榻,却发现花如月早已不在屋内。窗外传来叮叮当当的声响。白九思推开窗子望去,花如月正拿着锤子固定围栏,见白九思醒了,立刻招呼道:"你醒了,快来帮忙!"

白九思走出门来。他靠近竹子,微微抬手,便见一张符纸浮现出来,上面写着七个小字:"豫地怀安,孟长琴。"

"通灵之术,人死竹枯。阿月,你还是放心不下他。"白九思说道。

"你都答应我了只此一次,大成玄尊一言九鼎,可不能轻易反悔。"花如月说。

白九思接过花如月手中的锤子,上前将栅栏钉好:"那我只能盼这竹子粗壮如柱、四季常青了。"

第十四章
论道心

　　松鹤县的天气变幻莫测，清晨阳光明媚，草长莺飞，黄昏时却阴雨连绵，时间悄然流逝。屋外栽种的竹子在岁月的洗礼下日益茁壮，已有一人之高。

　　长街上行人稀少，街边小摊摆满了香烛纸钱，还有白色的灯笼。花如月好奇地张望，白九思则在一旁解释。

　　"这是引魂灯。"白九思的声音平静而温和。

　　"引……魂？"花如月有些疑惑。

　　白九思继续说道："引魂灯便是引领魂魄归乡之意。有些人客死他乡，寻不到故土，便不甘心离去。亲人点亮一盏引魂灯，便可指引他们寻找回家的路。如此，魂魄便可安心离去。"

　　花如月点了点头，目光一直瞟向那些白色的灯笼，似乎在思考什么。

　　天色渐渐暗了下来，白九思和花如月走在泥泞的小路上。花如月不小心踩在水洼中，轻呼了一声。白九思扶住她，随即屈身蹲了下来，拍了拍肩膀。

　　"雨路难行，我背你回去。"白九思的声音带着一丝关切。

　　花如月微微一笑，跳了上去。伏在白九思背上，她轻声问道："你说，那引魂灯真的有指引魂魄归乡的灵力吗？"

　　白九思回答说："那只是凡人制的玩意儿，毫无灵力，不过是求份心安罢了。"

　　花如月想了想，手中灵光一闪，一盏灯笼提在手中，发出微弱的光芒，照亮了前路。

　　"你便是不点灯笼，我也能在夜间视物。"白九思说道。

　　花如月却说："我知道，这灯笼不是给你点的。"

　　"那是给谁点的？"白九思有些好奇。

花如月轻声回答："给那些找不到家的人。"

白九思喉间溢出一丝叹息："我觉得，你跟以前不一样了。"

两人走在山路上，所过之处浮起点点灵光，一路追随那盏灯笼而去。两个渺小的人影淹没在山路上。黑暗中，一灯耀眼，万千灵光追随。

白九思背着花如月走入栖迟斋的院落时，花如月已睡着。白九思施法，让花如月手中的灯笼浮起，自行挂在树梢。两人进门后，一切归于宁静。

冬去春来，雪落花开，时光飞逝。三年后，房门被轻轻推开，花如月轻手轻脚地走了出来。她行了几步，回首望向屋子，目光似犹豫不决。最终，她转头，果决地离去。

朝阳初升，白九思缓缓睁开眼睛，一探身侧，早已冰凉一片。他起身走到窗前，只见那竹子的枝干已经发黄、枯萎。白九思指尖一点，一行字在眼前摊开："豫地怀安，孟长琴。"白九思眉心微皱。

一座高山直插云霄。孟长琴嘴上咬着长刀，正在山腰上艰难地攀爬。如今的他与三年前大不相同，沧桑了许多，蓄起了胡须，脸上满是风霜摧残过的痕迹。

突然，孟长琴脚下一滑，急速下坠。落叶飞速聚拢而来，托住他，将他稳稳放在地上。孟长琴一愣，慢慢望向四周，声音颤抖，眼圈微红。

"师父，是你吗？是你救了我吗？"孟长琴的声音带着一丝难以置信。

不远处，微风拂过，卷起一撮尘土，却没有半点儿声息。孟长琴自嘲地笑笑，摇了摇头，站起身来。

"摔傻了摔傻了，她怎么会来这种地方！"孟长琴自言自语。

他向前走去，想要拾起长刀，刚要碰到，那长刀却瞬移到更远的地方。孟长琴瞪大眼睛，一脸惊诧："见鬼了！"

他迈出一步，手伸向长刀，长刀飞得更远。

旋泽刀直直向前飞去，悬于花如月掌上。

"师父！"孟长琴抬头惊住，揉了揉眼睛，颇为惊讶，"真的是你？"

花如月不语，抬手一抛，长刀径直飞入孟长琴怀中。她抬眼，上下打量着孟长琴。

"三年不见,你怎么变成了这样?"花如月的声音带着一丝关切。

破洞的鞋子,破烂黢黑的衣衫,手臂上还有几道深深浅浅的疤痕。孟长琴撸下袖子将疤痕遮住,露出些许不自然。

"别说我了,说说你吧,怎么突然想着来看我了?"孟长琴试图转移话题。

"我是来接你的。"花如月说道。

孟长琴一愣:"接我?去哪儿?"

花如月回答:"我府上正巧缺个管家,你读过书,又当过官,想必可以胜任。"

孟长琴微愣,没有搭话。

花如月继续说道:"放心吧,每日三大碗蘑菇汤,饿不死你的。你之前不是说,人生在世就要好好活着吗?跟我走,保管你活到寿终正寝。"

孟长琴回过神来,尴尬地一笑:"三碗蘑菇汤哪够啊,小爷我这些年走南闯北的,一直都是有酒有肉。"

花如月回答说:"酒肉管够。"

孟长琴又问:"那天上飞的白羽鸡、海里游的江白鱼呢?"

花如月回答说:"都有。"

孟长琴顿了顿,却摇了摇头:"那我也不去。"

花如月有些不解:"为何?"

孟长琴回答说:"我事儿还没办完呢。"

花如月闻言,眉心微皱:"你还要去找旱龙?"

孟长琴点了点头:"是啊,我可忙了。"他拎起长刀,颠颠地向前跑,"师父,咱们就此别过,来日再见!"

花如月叫住他:"孟长琴!你就不能放弃吗?"

孟长琴脚步一顿,身形僵住。

花如月继续说道:"你既叫了我一声'师父',那我便会尽我所能地护着你。随我回去,我会给你找份事做,让你维持生计,不必再奔波劳碌,从此安稳地过完这一生。"

孟长琴紧握着长刀,手微微颤抖:"师父,我现在就过得很好了。"

花如月定定地望向孟长琴手臂上的伤痕:"你所说的好,就是疲于奔命、九死一生吗?"

孟长琴回身,不以为意地笑笑:"师父,你不知道,从我出生起,这个世间便是连年大旱,总也不见好。我目睹过饿殍遍地、民不聊生,所以去当了官;我看到过寺庙面前灯火长明,所以也求过神。可是到头来,官,管不了,神,亦不曾管。"

他握住手中的长刀对着空气劈砍:"人活于世,总要有些信仰。所以,如今我只信自己。你府上管家的位置给小爷我留着,待我斩杀旱龙之后,就去寻你。"

花如月问:"若是你一辈子都找不到旱龙呢?"

孟长琴回答说:"那我就下辈子再去你府上任职。"

花如月不语,定定地望了孟长琴许久:"你可以信我。"

"什么?"孟长琴有些疑惑。

"信我。"花如月抬起头来,一双眼睛明亮若雪,"我来帮你斩杀旱龙。"

巫居山四周一片荒凉,土地龟裂,百草干枯,一片死气。

花如月带着孟长琴来到巫居山脚,一起抬头望向巫居山。山顶乌云蔽天,云雾缭绕,不见景物。

"这便是巫居山——旱龙的栖身所在。"花如月的声音平静而坚定。

孟长琴望着巫居山,眸光震颤:"旱龙,真的就在这里吗?"

花如月轻轻点了点头。

"那……那是不是我杀了旱龙,就可以破除旱灾了?"

花如月回答:"旱龙虽然祸乱人间,但实乃它生性体质所致,或许造成旱灾并非它本意,我们之间还有转圜的余地。"

孟长琴有些不解:"什么意思?"

花如月解释说:"赤水有净化之灵,可中和旱龙身上的干涸之气,若是它愿意回到赤水之北,不再危害人间,那便无须杀它。"

孟长琴又问:"那它若是不愿呢?"

花如月回答说:"那便不必手软,就地斩杀!"

花如月抬手,一只灵鹰现身于她掌心,鹰眼锐利,锋芒毕露。花如月手掌一动,灵鹰飞出,直直扎入山巅云雾之中。片刻过后,山巅云雾聚拢,隐隐欲动。

孟长琴握紧长刀，眉头紧锁："师父！"

花如月上前一步，以保护者的姿态将孟长琴护在身后。一条黑龙自山巅飞出，穿云破雾。四周顿时尘土飞扬，黄沙漫天。待尘烟散尽，露出旱龙真身。

"四灵仙尊？"旱龙的声音带着一丝疑惑。

花如月扬起头来，目光锐利："如今天下大旱，饿殍遍地，皆是因你之故。你若尚有一丝慈悲怜悯之心，便立刻返回赤水，莫再危害人间。"

旱龙回应道："本座在北海平息水妖之乱立了大功，受了天宫封赏，可随意来往三界，不必受到拘束。仙尊所言，恕本座不能听从。"

花如月闻言眉心微皱："你的自由，不可凌驾于三界生灵之上。"

旱龙冷笑道："三界生灵？不过是一个人族罢了。他们的生死，不过是花落叶零，如蜉蝣、蝼蚁，又有什么重要的？"

花如月冷笑一声："我还以为你是作恶而不自知，却没想到你是明知而不悔改，既然如此，你便该死！"

她眸色如刀，手中灵光一闪，逐日剑现于掌中。

栖迟斋卧房内，兽首香炉中，香烟袅袅，盘旋而上。白九思斜倚在榻上，闭目养神。

正在燃着的长香骤然熄灭，白九思猛然睁开眼，一拂袖，便有一道灵光射出。那灵光击打在突然出现的法力波纹上，毫发无伤。而那波纹迅速聚拢，化作玄天使者。

"大成玄尊。"玄天使者的声音冷若冰霜。

白九思起身："使者前来，可是玄天有诏？"

玄天使者说："你与四灵一同入世历练，你可知她如今要做什么？"

白九思眉心微皱。

玄天使者继续说道："她要弑神！世间有成、住、坏、空四大劫难，因果循环，生生不息，乃天道所在。她如今却要斩杀旱龙，不光是犯了弑神之罪，更是坏了劫难，干扰天道运转！你同她一起入世，绝不可任她妄为而坐视不理。"

白九思目光微凝，沉默不语。

花如月与旱龙化作两道灵光撞在一处。顿时，灵光大盛，四周石裂山崩，激起巨大的烟雾。待烟雾渐渐散去，花如月半跪在地，以逐日剑支撑着身体，嘴角带血，看向前方。前方露出旱龙倒地的身躯。

孟长琴急忙跑来，扶住花如月："师父，它快死了！"

花如月嘴角沁出鲜血，勉强支撑着起身："去！杀了它！"

孟长琴有些犹豫："我？我不行的，我怎么能杀得了旱龙？"

花如月催促道："别废话，我说你行你就行，还不快去？！"

孟长琴微怔，随即拾起长刀，跌跌撞撞地跑向旱龙。天边黑云迅速聚拢，以遮天蔽日之势布满整个天空，阵阵雷声中传来玄天使者的声音。

"花如月，你敢弑神！"玄天使者的声音带着一丝愤怒。

几道天雷降下，落在花如月周身。花如月望着漫天翻涌的雷云，如临大敌。她冲天空喊道："它为祸人间，受得一死！"

天雷阵阵，紫电挥舞，仿佛下一刻就要攻来。

"它是神，即便有罪，也应当由天道来惩戒它，而不是你！"玄天使者的声音冷若冰霜。

花如月冷笑一声："人间大旱，天道在哪儿？遍地死尸，天道又在哪儿？若是这天道如你说的一般无情，那这天道，不遵也罢！"

她握紧逐日剑，带起一道流光挡住万千雷电："孟长琴，你还在等什么？"

孟长琴目光锐利，握紧长刀向着旱龙奔去。万千雷电之力压得花如月连连后退。

孟长琴来到旱龙身边，挥刀斩龙。锵！长刀如同击在钢铁之上，未能入旱龙皮肉半分。孟长琴拿着长刀不断砍杀，却是徒劳。

"为什么？！为什么杀不死？！为什么！"孟长琴双目通红，犹如疯魔。他无助地望向四周，只见花如月仍在奋力抵抗。

"师父，我杀不了它……"孟长琴的声音带着一丝绝望。

"莫说是个凡人，便是你身为神族，也抵抗不得天道！"玄天使者的声音再次响起。

天雷压下，花如月眼看着便要抵抗不住，她咬牙用尽全力，打算殊死一搏。就在这时，雷光突然消散，花如月吐出一口鲜血，半跪在地。她有些错愕地望着天空，似乎不明白自己为何能化解玄天使者的攻击。

"师父！"孟长琴的声音带着一丝无助。

"长琴，心正道正，信你自己，你便可成！"花如月侧头望来，声音虚弱却坚定。

孟长琴举起长刀，对准旱龙额间，刀尖似有灵力汇聚。"身居神位，为祸世间，若是神都这般模样，便是凡人，亦可屠神！"孟长琴的声音带着一丝决绝。

刀尖灵力越来越盛，孟长琴一剑挥出，刺入旱龙额间。巨大灵力涌动，旱龙化作齑粉，渐渐消散。随即，孟长琴体力不济，挂着长刀跪倒在地，虽然形容狼狈不堪，但他嘴角挂着欣慰的笑意。

"师父，我真的……做到了！"视线渐渐模糊，孟长琴合上眼眸，晕了过去。

以孟长琴为中心，巨大的灵力波光向着四周涌动，周围土地一寸一寸重获生机。干裂的土地变为良田，花草钻出嫩芽，树干飞速生长，一片郁郁葱葱。

花如月再度醒来时，只见白九思背对着自己负手而立。

"白九思？咳咳……孟长琴……孟长琴呢？"花如月的声音带着一丝急切。

白九思回答："他还昏睡着，并无大碍。"

花如月松了口气："那就好，那就好。你知道吗？我们今日杀了旱龙，解了旱灾，从此以后，人们就再也不会无米可食……"

白九思依旧不肯回身，只是淡淡吐出三个字："我知道。"

因此花如月没有机会看到他惨白得不正常的脸色。

花如月看向白九思冷漠的背影，试探着问道："你觉得，我错了？"

白九思嘴唇轻颤，最终缓缓吐出一个字："是。"

花如月有些不解："为什么？"

"我说过的话，你一个字都没有听进去。"

花如月挣扎着起身，看向白九思："你说凡人微如蝼蚁，与那些花鸟鱼虫并无不同。可这是错的！我看到了孟池，他天生不能辨色，却仍以残缺之目画出色彩斑斓的画卷。我看到了孟长琴，他以凡人之躯、卷刃之刀斩杀了旱龙。这些……这些甚至连神都做不到！"

白九思平静的语气让花如月觉得冰冷："那又如何？"

花如月有些激动："那又如何？白九思，你知道自己在说什么吗？"

白九思语气严厉，面沉如水："我一直都清楚自己在做什么，真正不清醒的人，是你。"他缓缓举起手掌，掌中灵光涌现，渐渐浮起黑色咒文。

"你要做什么？"花如月的声音带着一丝惊恐。

白九思回答说："我要回去。"

花如月有些不敢相信："你说什么？"

白九思说："我要回九重天，去弥补我私自降世应承担的罪责！"

花如月看向白九思手掌的灵光，有些难以置信："你……你要杀我？"

"我不杀你，但我会封印你的神力，以此向玄天表明立场。我与你所行之事并无关系！"

花如月缓缓向后退去："你不能这么对我！你不能这么对我！"她哽咽道，"我本以为凡间相守的这两百年岁月，你对我也是有过真心的。可我没想到，这一切都是假的，自私凉薄、冷血无情，这才是你的本性！难怪你一直都不愿与我有个孩子，难怪你从来不肯出手帮我。是不是在你心里，我也与蝼蚁无异？需要时便甜言蜜语地哄着，一旦与你利益相悖，你就会弃如敝屣！"

白九思双眸幽深，如同深潭："我给过你选择，这是你自己选的。"

花如月难以置信地看着白九思，挣扎着想要起身离开。白九思上前，一把将花如月桎梏在怀中："很快就好了，不会痛很久的。"

花如月拼命挣扎："你放开我！放开我！"

白九思手掌贴近花如月心房，手掌灵光一闪，一道道带有咒文的灵光迅速射入花如月体内，在花如月经脉里游走。花如月发出惨叫。白九思眼中闪过一丝痛楚，最终只是垂眸掩去情绪，依旧不肯停手。

灵光骤然熄灭，花如月喷出一口鲜血，脱力倒在白九思怀中。白九思将花如月轻轻放在地上，擦去她嘴角的鲜血，毅然决然地离开了。花如月挣扎着睁开眼睛，眼前一片模糊，唯有白九思离去的身影。

烈日高悬，净云宗腾云坪处，往日里或勤勉或懒怠的净云宗众人，既没练功也没打盹，而是恭敬且好奇地端坐下来围成个圈。圈的中心，正是李青月那个一脸心虚的师父——青阳长老。

"青阳师叔，"蒋辩喋喋不休道，"为什么长老们和平日里的外门师兄弟们忽然上了九重天又忽然回来啊！为何你也是长老却没有一同去啊？又为何他们现在去了大殿商议也不带上你啊。"

"咳，这个嘛……"青阳郁闷地喝了一口酒，"每个人都有自己的问题和秘密……"

青阳正想着如何合理又体面地解释自己也十分茫然时，张酸从远处走了过来。

"张师兄！"眼尖的上官日月起身迎去，剩下的弟子们也都一窝蜂地奔向张酸。

翻天印落下后，李青月与白九思双双失去踪迹，净云宗与藏雷殿众人面面相觑，最终只得暂时休战，各自归去，想办法追索两位仙尊的所在。

张酸跟着玄微与紫阳从九重天回到净云宗后，长老们便赶去鸿蒙大殿商议，徒留他满腹疑问，不知该问谁。

"张师兄，"蒋辩凑过来，抢先问道，"你可是和掌门他们一起回来的？你也去九重天了吗？"

张酸沉默着点点头。

"你们去九重天做了些什么？平时外门的师兄们怎么突然变了样，法术高强不说，竟然能直接飞升仙界，难不成是吃了些什么仙丹吗？"

"这……我也不知……"张酸摇着头苦笑。

净云宗，鸿蒙大殿。

山河地图宽大，铺满了整张桌面。

紫阳一根手指在地图上滑动。

"汉地之土，地势广大，分为雍、兖、荆、凉、幽、益、平、交、营、豫、秦、宁十二州。极东为兖，极西为荆，极南为益，极北为幽，而这中心之地便是雍州。"

紫阳一边说，一边用手指在地图中央点了点。

"九重天分为四方天地。丹霞谷游离于四方天地之外，亦在四方天地之中。师祖与大成玄尊交手于天姥峰，正是正中之处，按照天地对照、星辰折射之法，应当落在雍、凉、豫三州附近。"

玄微坐在一旁，皱眉道："话虽如此，可翻天印乃上古神器，并非按常理就能推断出其所在的。只怕要我们一寸寸地去搜索。"

地图上群星对照之处已被一一标出，众人看着偌大的地图垂头不语。

"不只我们在寻，藏雷殿的人也在寻。"丹阳从袖中拿出一件风铃似的小玩意儿，"混战时，我往龙渊身上放了个小物件。"

风铃轻轻晃动，龙渊的声音传入众人耳中："翻天印法力强盛，虚空破碎，踪迹难寻。上至九天，下达九幽，三界六道，八荒四海，皆有可能。"

紧接着，便是离陌的声音："那有什么！就是找遍这三界，一点点翻，也要把玄尊翻出来。"

"谛听之灵？"玄微眼前一亮。

丹阳点点头："如此便可监听九重天动向，先他们一步找到四灵仙尊。"

"如此甚好。"玄微满意地点点头，"我会前往后山闭关，用问灵大阵搜寻仙尊下落，丹阳便留在宗门随时监测藏雷殿的动向，一定要先藏雷殿一步找到仙尊。"

玄微又转向紫阳："紫阳，你便带领弟子按照十二州的划分，一寸寸地找下去。"

紫阳正要拱手应下，玄微突然想起什么，接着说道："据说，有一名本宗弟子以通天梯登上九重天，是想要去营救四灵仙尊？"

紫阳垂首，沉默良久才道："是我门下弟子张酸，他与青——仙尊有些交情，应是一时冲动。"

玄微连连摆手："只是叫他进来问话而已，他营救仙尊是大功一件，可功过相抵。"

"多谢长老。"紫阳领首一拜，"我这便将这逆徒带进来。"

鸿蒙大殿大门被关上，众人各自领命而去。

"弟子张酸见过玄微长老。"张酸走进殿内，拱手行礼紫阳立在一旁，看着自己这个沉默内敛的弟子，内心不由得一阵酸楚："张酸，你以通天梯上九重天，是为师没想到的，你天资极佳，误了你是宗门的错。"

张酸颔首，沉声应道："是弟子鲁莽，还请掌门责罚。"

玄微目如深潭，凝视着眼前的张酸，似乎看透了什么。

"张酸，这世上从无净云宗弟子李青月，只有与天同寿的四灵仙尊。"

张酸的瞳孔微微放大，不自觉颤抖的手指暴露了内心的不安。聪明如他，其实早已猜到这一层，只是一直不愿相信罢了。他沉默不语，眉头紧锁。

紫阳继续说道："三百年前，师祖与大成玄尊白九思在藏雷殿一战，肉身被毁，元神在世间飘荡了三百年。这三百年来，师祖忍辱负重，藏匿于凡间，以躲避藏雷殿的追杀。直到她收了玄微师叔等上一代师门高人为徒，传授功法，开宗立派，帮助他们建立了净云宗。"

"所以青月……"张酸涩然开口，却再说不出半句话。

"她便是净云宗祖师。"

小秋山的果子落了满地，细雨斜风迎面而来。

山路泥泞，留下探访者的脚印。张酸坐在湖心亭看着微风与细雨，玄微长老的话犹在耳旁：

"一场大水中，师祖借李青月之躯再生，重新投入我宗门，又以弟子身份掩人耳目，再世为人。

"可以说，我净云宗最初建立的目的便是帮助师祖夺回灵力，重回九天。

"资质平庸，那不过是她的伪装罢了，她的真身早就在幼年时死在大水之中了。你身在局中，难免迷雾遮眼，须得跳出棋局，方能看得清事实，分辨出真假。……"

朝阳耀眼，终不可攀。

人人都以为他贪心存妄念，执着于视日而自伤双目，却根本无人在意，他一心爱慕的从来不是什么骄阳明月，只是路边一颗小小石子。宗门上下千百号弟子，宛如琳琅珪璧之室，夺目者何止一二？他自以为对一颗小石子情有独钟，所以才小心翼翼地呵护，下雨天怕淋着，阳光下怕晒着，心有爱慕却不敢宣之于口，恨不能将她捧成美玉怀揣于心。到头来才发现，那石子原就是独山美玉，是他不自量力。

丹霞境，落樱林。

樱花绽放，瑰如云霞。樊交交负手走在小径上，竹沥随侍一旁。一缕红色流光自远处飞来，飞速掠过天际，直冲云霄。樊交交停住脚步，抬头望去。

正是泰逢仙人豢养的新灵宠朱雀。这小朱雀生性顽劣，整日追着神鸟异兽打架，在这丹霞境内四处游荡。

樊交交长吁一口气，有些伤感："鸟雀尚可自在遨游，本君却要被困在这一隅。"

藏雷殿数十名弟子皆离开丹霞境去寻师尊了。唯他一人，被关在这落樱林，名义上是闭门思过，实则是囚禁。

竹沥在他身侧安慰道："龙渊仙君误会您了，四灵仙尊的事情，您并不知情。"

"误会？我的女儿与四灵仙尊勾结行事，我却丝毫不知情，这种误会，如何能解释得清？"

"旁人或许分辨不清，但玄尊乃上古真神，存于世间上万载，阅人无数，等到玄尊归来，定能还您一个清白。"

"浓墨入水，墨淡水浓，清清浊浊，不是那么容易看得透的。"

净云宗内，樊凌儿在床上打坐，忽而眉头一皱。她冷眼看向闯入自己识海的樊交交。

樊交交挤出一抹笑："凌儿是不是还在生为父的气？"

樊凌儿回答："父亲想多了，我又不是第一天见识到父亲的冷漠自私，哪里还会生气？"

樊交交哑了一瞬，继续道："那你告诉我，你是什么时候投靠了四灵仙尊？"

樊凌儿回答："不是投靠，我本就是仙尊的人。"

樊交交问："这么说来，你跟我说喜欢大成玄尊，都是假的？假借爱慕玄尊的名义，好对四灵仙尊出手？"

"我第一次对仙尊出手，是为了让仙尊顺利到达深潭，将白蛇的元神取出。"樊凌儿嗤笑一声，嘲讽父亲后知后觉。

"原来，从四灵仙尊上九重天起，你们便勾结了？"樊交交似想通了什么，摇了摇头，"不，不对，应该是更早，不然你们的计划绝不会如此周密。"

"三百年前，我带母亲去药王谷求医之时，不小心坠落悬崖。就是在那时，我见到了四灵仙尊。若不是仙尊出手，只怕我已经死在山谷之中了。"

樊交交恍如大梦初醒："难怪，难怪在那之后，你便展现了惊人的炼器天赋，一跃成为族中的佼佼者。你还将逐日献给我，以此引得玄尊下凡收我为徒！这一切，都是四灵仙尊在背后指使你！"

樊交交说完，似是有些无力，停顿片刻，继续说道："你究竟是为了什么，竟为四灵仙尊做到这般地步？"

"父亲，你还记得我的母亲吗？还记得她是你的第几房夫人吗？"樊凌儿语气平淡，忽然转换了话题。

樊交交语塞，猛然怔住。

樊凌儿继续说道："是第八房。可你们相爱不过三个月，你便又娶了第九房夫人。母亲只是一个再普通不过的凡人，没有娘家背景，更不会法术修行，在府里受尽冷眼。可是父亲……你从未真正地关心过她。"

樊交交面色微变，似乎有些愧疚，但更多的是疑惑："这些，与此事有何关系？"

樊凌儿眼中闪过一丝受伤，笑容苦涩："原来，母亲的命，在你口中，只剩一句'有何关系'？"

樊交交一哑，目光有些闪躲："我如今问你，是在担心你。"

樊凌儿冷笑一声："担心我？父亲只是担心自己会受我连累吧？如同你过去对母亲丝毫不关心，到头来还是仙尊救了她。"

樊交交试图解释："那只是利用！她在利用你复仇，你如此通透，竟也认不清吗？"

樊凌儿苦涩一笑："能被四灵仙尊利用，难道不是一件好事吗？你有无数的夫人，我亦有无数的兄弟姐妹。你是一家之主，我却是家族中微如蝼蚁的存在。小时候我最喜欢做的事情，就是坐在院门口等父亲偶尔经过，你笑着叫我一声'凌儿'，我就会高兴好几天。"

樊交交看着樊凌儿逐渐泛红的眼眶，眼里也有了几分涩意："凌儿，我——"

樊凌儿打断他："现在我受够了总是等着你偶尔施舍的父爱。若是没有四灵仙尊，母亲早就含恨病逝了。所以，能被利用，是我的幸运。"

樊交交还想说什么，樊凌儿却抬手一挥，他的身影化为碎片，消失了。

房门外，张酸和樊凌儿相对而立。一张蛛网结在树枝上，在日光照射下，泛着丝丝亮光。

"你有什么事找我？"

张酸拱手行礼："樊仙君可知青月在哪儿？"

"我不知道。"

张酸皱眉，目光凌厉如刀："你投靠青月，已然遭到藏雷殿的追杀，可以说，你的命系在青月手中。但你镇定异常，似乎丝毫不担忧她的下落。对此，我只能想到两种情况：一是你有办法解决藏雷殿的麻烦；二是，你已经知道青月的下落。"

樊凌儿避而不答，反问张酸道："你为何如此关心仙尊？"

张酸不语，静静地看着樊凌儿。

一只灵蝶飞来，撞入蛛网，拼命挣扎。樊凌儿转过身，看向那蛛网。

"爱与恨相生相伴，自我认识仙尊起，她心中便只有一人。旁的人，便是拼上性命也进不去的。"

张酸不解："你是什么意思？"

"情海难渡，我只是劝你早日脱身，莫要越陷越深，伤己伤人。"樊凌儿挥手，一道灵光闪过，蛛网断裂，灵蝶飞走了。

张酸垂眸片刻，语气未有丝毫退缩："是否难渡，也要试过才知。"

樊凌儿有几分诧异，抬眼对上张酸异常坚定的双眸，心中莫名一动。